SUSANNE ZIEGERT

Küstendorf

MORD IM MOOR Ein Knall zerreißt die Stille im idyllischen Dörfchen Finstermoor am Ahlenmoor bei Cuxhaven. Das Haus des Reichsbürgers Holger Waldmann ist bei einer Gasexplosion in die Luft geflogen, er wird tot unter den Trümmern geborgen. Zuvor hatte die Polizei zwei vermisste Mädchen bei ihm gefunden, der Dorfmob protestierte gegen seine Freilassung. Hauptkommissarin Friederike von Menkendorf ermittelt mit den Cuxhavener Kollegen in der zutiefst zerstrittenen Dorfgemeinschaft. Zugezogene und Einheimische einte nur der Hass auf den schwer bewaffneten Mann, der mit Dutzenden Hunden hinter Stacheldraht in einer eigenen Republik lebte. Fast jeder Nachbar lag mit dem isolierten Eigenbrötler im Streit. Doch wer hat den Mann umgebracht? Die Ermittler vermuten einen Fall von Selbstjustiz. Oder ging es um uralte Feindschaften im Ort?

Susanne Ziegert wurde im Erzgebirge geboren und wuchs in Leipzig und Plauen im Vogtland auf. Zwei Tage vor dem Mauerfall floh sie in den Westen, um endlich Paris zu sehen. Nach ihrem Studium in Aix-en-Provence in Südfrankreich arbeitete sie mehrere Jahre in Brüssel und zog dann nach Berlin, wo sie eine Stelle als Reporterin bei der Berliner Morgenpost antrat. Seit 2019 lebt Susanne Ziegert mit ihrem Ehemann und den gemeinsamen Pferden und Eseln in einem alten Bauernhof im Landkreis Cuxhaven und in Berlin. Sie arbeitet als Journalistin für die Neue Zürcher Zeitung am Sonntag. Schreiben war ihr von klein auf ein Bedürfnis. Als Kind verfasste sie Briefe in alle Welt, Tagebücher sowie einen Roman über die Stadt der Liebe. Schon damals träumte sie davon, Schriftstellerin zu werden.

SUSANNE ZIEGERT

Küstendorf

KRIMINALROMAN

GMEINER

Personen und Handlung sind frei erfunden.
Ähnlichkeiten mit lebenden oder toten Personen
sind rein zufällig und nicht beabsichtigt.

Immer informiert

Spannung pur – mit unserem Newsletter informieren wir Sie
regelmäßig über Wissenswertes aus unserer Bücherwelt.

Gefällt mir!

Facebook: @Gmeiner.Verlag
Instagram: @gmeinerverlag
Twitter: @GmeinerVerlag

MIX
Papier | Fördert gute Waldnutzung
FSC® C083411

Besuchen Sie uns im Internet:
www.gmeiner-verlag.de

Im Ehnried 5, 88605 Meßkirch
Telefon 07575/2095-0
info@gmeiner-verlag.de

1. Auflage 2023

Lektorat: Claudia Senghaas, Kirchardt
Herstellung: Mirjam Hecht
Umschlaggestaltung: U.O.R.G. Lutz Eberle, Stuttgart
unter Verwendung eines Fotos von: © mstein / stock.adobe.com
Druck: CPI books GmbH, Leck
Printed in Germany
ISBN 978-3-8392-0368-2

O, schaurig ist's,
über's Moor zu gehn,
Wenn es wimmelt vom Heiderauche,
Sich wie Phantome die Dünste drehn
Und die Ranke häkelt am Strauche,
Unter jedem Tritte ein Quellchen springt,
Wenn aus der Spalte es zischt und singt,
O schaurig ist's, über's Moor zu gehn,
Wenn das Röhricht knistert im Hauche!

Aus: *Der Knabe im Moor*,
Annette von Droste-Hülshoff

KAPITEL 1

Augusta hatte sich einen Wollponcho übergeworfen und wärmte ihre Hände abwechselnd an ihrer Teetasse. Es war kurz vor 6 Uhr und dämmerte. Früher wäre es ihr schwergefallen, um diese Uhrzeit das warme Bett zu verlassen. Seit Felix weg war, schlief sie kaum und hatte in der Nacht Stunden wach gelegen. Sie konnte sich noch so viele Schäfchen vorstellen, sobald sie im Bett lag, fühlte sie sich hellwach. Es holte sie ein, sie grübelte. Lieber aufstehen und mit der Arbeit beginnen.

Ihre Hand strich über die Initialen auf der Holzbank. »FR« und »AR« in einem Herzen hatte er damals in dicken Buchstaben in die Lehne geschnitzt, ein Seufzer entfuhr ihr. Das war einmal. Nun musste sie sehen, wie sie alleine zurechtkam. Kurz dachte sie daran, wie es war, sich an ihn zu lehnen, seinen holzigen Männerduft zu atmen, doch es schmerzte sie so.

Von ihrem Tee stiegen Dampfwölkchen auf, Augusta pustete und nahm hastige kleine Schlückchen. Kurz schloss sie die Augen und sog den zitronigen Duft der Kletterrosen ein. Einen Augenblick der Ruhe genießen. Dann stellte sie den Pott ab, sodass es schwappte.

Es war kalt geworden an diesem Septembermorgen, sie fröstelte, zog ihren Wollumhang enger, stand dann auf und ging ein paar Schritte über das bucklige Pflaster des Hofes, das sie bei der ersten Besichtigung des alten Herrenhauses bewundert hatte. Das schien lange her, in einem anderen Leben. Jetzt entdeckte sie an allen Ecken unerledigte Aufgaben. Sie stolperte über ein Unkrautbüschel, das aus einer Ritze der Pflastersteine wucherte. Nicht einmal mit dem Unterhalt kam sie hinterher. Der Hof war ungepflegt und wirkte heruntergekommen, sie schaffte es nicht, den Verfall aufzuhalten. Das konnte eine berufstätige, alleinerziehende Mutter kaum alleine bewältigen.

Felix war die treibende Kraft für den Umzug aufs Land. Raus aus der Hamburger Enge, der verrußten Luft, dem Lärm ins grüne Cuxland. Lange hatten sie darüber diskutiert, Augusta wollte nicht aus der Großstadt weg. Felix hatte ihrer Tochter Sophie ein Pony versprochen. Damit war die Sache entschieden, denn diese war schon mit vier Jahren von Pferden fasziniert.

Vielleicht wäre alles anders gekommen, wenn sie die beiden an einem regnerischen Sonntag nicht alleine losgeschickt hätte. Sie waren im Tierpark, wo es Pferde zu sehen gab. Lärmend kamen die beiden die Treppe hinaufgestürmt und warfen eine Zeitung auf den Tisch.

»Mama, wir haben das Haus für uns und mein Pony«, schrie die Kleine aufgeregt. Das Bild in der Anzeige wirkte malerisch. Rosen verwandelten den Hof in Finstermoor auf dem Foto in eine wilde Idylle, der selbst Augusta einiges abgewinnen konnte. Zwei Stunden später standen sie auf den buckligen Pflastersteinen. Nach dem Rundgang mit einem Erben der ehemaligen Besitzer waren Felix und Sophie so begeistert, dass Augusta es nicht über das Herz brachte, die Spaßverderberin zu spielen. Sie hatte eingelenkt. Da er als Chef einer Werbeagentur deutlich mehr verdiente, hatte sie ihre Hamburger Stelle aufgegeben. Ihren Traumjob in ihrer Lieblingsstadt hinter sich gelassen für ihre beiden liebsten Menschen.

Sie hatte den Fachbereich Kunst in einer Waldorfschule geleitet. Ihre Werke, darunter Bühnenbilder für die Theater AG und ein Piratenspielplatz, hatten Auszeichnungen bekommen. Ihre Schuldirektorin wirkte wie vor den Kopf geschlagen, als Augusta ihre Kündigung eingereicht hatte. Mit Tränen in den Augen räumte sie ihr Atelier. Es hatte sich falsch angefühlt, diesen Ort und ihre befreundeten Kollegen hinter sich zu lassen. Doch sollte sie das Glück ihrer Familie opfern?

Der 230 Jahre alte Backsteinhof hatte sie in seinen Bann geschlagen. Die Lage in einem Dorf mit reetgedeckten Häusern, umgeben von Feldern, Wiesen, einem Wäldchen und dem Moor, das dem Ort seinen Namen gegeben hatte, war idyllisch. Gesäumt von knorrigen Weiden, verlief ein Pflasterweg von der Hauptstraße auf das ehemalige Herrenhaus zu. Im rechten Winkel zum Hauptgebäude befand sich eine Scheune, auf der linken Seite und gegenüber Stallungen.

Die Räume waren abgewohnt und die Wohnung im Stil der 50er-Jahre mit braunen Fliesen und gemusterten Tapeten eingerichtet, Risse durchzogen die Mauern, viele Wände hatten Feuchtigkeit der Umgebung aufgesogen, die ohnehin niedrigen Decken hatten frühere Bewohner abgehangen.

Voller Tatendrang hatten sie sich in die Sanierung gestürzt, das Gebäude entkernt, das Mauerwerk des Herrenhauses instand setzen lassen, das Reetdach erneuert. Die Fenster hatte ein betagter Tischlermeister aus dem Nachbardorf aus Holz im alten Stil mit Querstreben angefertigt. Da das Haus vorher nur mit Kachelöfen beheizt wurde, mussten sie alle Wände und Decken aufreißen, Rohre legen und einen Heizkessel installieren. Jedes Wochenende waren sie von Hamburg aus zum Hof gefahren, hatten selbst verputzt, gemalert und den Handwerkern hinterher geräumt, bis sie vor drei Jahren eingezogen waren. Endlich.

Sophie bekam ihr Pony, sie hatten ein weiteres Pferd dazugekauft, auf dem Augusta am Anfang geritten war.

Eines Tages war Felix mit zwei Eseln nach Hause gekommen, die er spontan aus dem Tierheim mitgenommen hatte. Das war wieder typisch. Als er voller Begeisterung strahlte, hatte sie ihre Bedenken heruntergeschluckt, aber schon geahnt, dass die Arbeit an ihr hängen bleiben würde. Zu ihrem Geburtstag hatte er ihr drei Hühner und einen Hahn geschenkt, die gackernd auf dem Hof pickten. Im Gemüsegarten baute sie Tomaten und Kartoffeln an, hinter dem Haus hatten sie sogar eine eigene Streuobstwiese, wo sie Kirschen, Äpfel und Quitten ernteten. Sie genossen ein Landleben wie aus dem Bilderbuch. Stolz führten sie den Hamburger Freunden ihr aufpoliertes Herrenhaus und die kleine Idylle mit Tierschar vor. Felix hatte die Fortschritte in einem Internettagebuch festgehalten. Das Hinausziehen ins Grüne war unter Großstädtern in Mode, doch die meisten ihrer Freunde begnügten sich mit einem Ausflug zu ihnen. Sie hatten nicht jedes Wochenende Lust auf eine Landpartie. Manchmal hatte sie die ganze Woche keinen erwachsenen Gesprächspartner.

Im Dorf waren die Leute nicht gesprächig, vor allem da sie sich öffentlich auf der Bürgerversammlung für den Schutz des Moores ausgesprochen hatte. Hasserfüllte Kommentare waren auf sie eingeprasselt. »Unsere Vorfahren haben all das urbar gemacht, und Sie wollen zurück ins Mittelalter«, hatte ein Nachbar sie beschimpft. Allgemein waren Zugezogene nicht sonderlich beliebt. So hatte sie niemanden, mit dem sie sich austauschen konnte.

Sie seufzte. Der Blick in die Höhe holte ihre Aufmerksamkeit in die Gegenwart zurück. Im Dach der Scheune klaffte seit dem Sturm vor zwei Wochen schon wieder ein Loch. Der Dachdecker hatte die Schäden erst im Sommer notdürftig mit Dachpappe geflickt und ihr gesagt, dass sie das dringend neu eindecken müsse. Aber sie hatte keine Ahnung, woher sie das Geld nehmen sollte. Aufgeben kommt nicht infrage, dachte Augusta, als sie durch die Scheune zu den Offenställen der Pferde und Esel ging. Sie öffnete das Tor hinter deren Paddocks und ließ die Tiere auf die Weide. Sie sah den Vierbeinern hinterher, die ins Grüne galoppierten, und dachte an Sophie, die mitten in der Pubertät steckte und mit all den Veränderungen zurechtkommen musste. Sie konnte ihrer Tochter unmöglich ihr Zuhause wegnehmen.

Das Mädchen hatte sich schnell eingelebt, Freundinnen in der Schule gefunden, und sie hing an ihrem Pony. Täglich striegelte sie ihren Max, unternahm Ausritte. Nachdem Felix verschwunden war, hatte sich Sophie tagelang in ihrem Zimmer eingeschlossen. Doch nach ein paar Tagen sah sie, wie sie sich eng an das Pferd schmiegte und weinend auf das Tier einredete. Sie kannte die wohltuende Wirkung von Pferden auf die menschliche Psyche und war erleichtert, dass ihre Tochter Trost fand.

Augusta nahm sich eine Schubkarre und begann, den Offenstall ihrer Vierbeiner auszumisten, fast automatisch schaufelte sie das Stroh aus dem Unterstand und hing ihren Gedanken nach.

Sie hatte in den ersten Tagen überlegt, ob sie nach Hamburg zurückgehen sollten, doch das hätte Wunden in der Seele des Mädchens hinterlassen. Deshalb hatte sie beschlossen zu bleiben. Dank ihrer Anerkennung als Kunstpädagogin war es ihr gelungen, eine Vereinbarung mit dem Jugendamt zu schließen und Pflegekinder aufnehmen zu können, um sich finanziell über Wasser zu halten.

Über ihre Schützlinge hatte sie in der Nacht nachgedacht und sich eingestanden, dass sie überfordert war. Der Hof und das riesige Grundstück waren arbeitsintensiv, mal abgesehen davon, dass die Hälfte des Anwesens im Zustand einer Ruine war. Die Tiere brauchten Futter und Wasser, vor allem im Winter war das eine echte Plackerei. Sie hatte lernen müssen, mit dem Oldtimer-Traktor zu fahren, den sie in der Scheune gefunden hatten, musste Zäune ziehen und die Unterstände ausmisten. Sie brauchte die Hilfe der Jugendlichen, doch dabei bewegte sie sich am Rande der Legalität. Denn sie war nicht berechtigt, ihre Schutzbefohlenen als billige Arbeitskräfte zu missbrauchen. Doch wie sollte sie die ganze ungewohnt harte körperliche Arbeit sonst schaffen? Augusta seufzte, als sie die letzte schwere Karre ausgekippt hatte. Jetzt musste sie mit dem Traktor einen neuen Heuballen platzieren, dann war das Schwerste erledigt.

Erleichtert dachte sie daran, dass sie bald Hilfe bekommen würde. Eine Studienfreundin hatte zugesagt, zunächst für ein halbes Jahr in das Projekt einzusteigen. Diese sollte am Abend eintreffen. Bis dahin musste sie praktisch ohne Pause durcharbeiten, wenn sie ihr Pensum nur halbwegs erledigen wollte.

Sie schreckte aus ihren Gedanken und bremste den Traktor, als sie jemanden am Scheuneneingang lehnen sah, ausgerechnet Elegante, ihr Pflegekind, der ältere der beiden rumänischen Brüder. Er hatte seine dunklen Haare schon wieder mit Gel in alle Richtungen gezupft, er war ein hübscher Junge und wusste das. Er galt als schwer erziehbar, da seine Stimmung innerhalb von Sekunden zum heftigen Wutanfall umschlagen konnte. Fast provokativ lächelte er. In seinem Mundwinkel klemmte eine nicht brennende Zigarette. Sie hatte ihm das Rauchen am Heulager strengstens verboten. Am Abend hatte sie Sophie und ihn beim Qualmen erwischt, ausgerechnet in der Scheune im Heu – und war außer sich.

»Guten Morgen, Elegante. Ich hoffe, du willst nicht wieder da drin rauchen«, begrüßte sie ihn bemüht versöhnlich, obwohl sie innerlich wütend war.

»Guten Morgen, Augusta, und ich hoffe, dass du dich entschuldigen willst für die Ohrfeigen. Dafür müsste ich dich anzeigen«, entgegnete er frech.

»Das würde ich nicht tun. Dann seid ihr schnell wieder im Heim«, antwortete Augusta, die von ihrem Traktor heruntergestiegen war, ihm eine Mistgabel in die Hand gedrückt hatte und sich bemühte, gelassen zu wirken.

»Was springt denn raus, wenn ich dich nicht anzeige?«, fragte er grinsend. Die Gabel hatte er an die Wand gelehnt und lief mit seinem schlaksigen Gang zum Haus zurück. Sie überlegte, ob sie ihm folgen sollte. Das fehlte noch, dass sie sich von ihrem Pflegekind erpressen ließ.

*

Sie war wieder da, konnte einfach über das Moor gehen, wie andere auf Asphalt liefen. Trug sie tatsächlich eine Krone aus Schlamm, wie sie im Dorf erzählten? Wie alt mochte sie sein? 100 Jahre oder älter? Hatte nur das Wetter draußen ihre Haut gegerbt? Nur einen Zahn hatte sie. Angeblich lebte sie in einer Hütte im Wald, und wenn im Dorf eine Katze verschwand, hieß es:

»Die Gewitterhexe hat sie geholt.« Ging sie auf die Jagd, lebte von Pilzen und Beeren, die sie im Wald fand? Wer wusste das so genau.

Es brachte Unheil, wenn man der Alten in die Augen sah. Manchmal stellte sie sich vor das Fenster und starrte. Sie weiß alles über euch, sagten die Leute. Sie kennt die Leichen, die ihr im Keller habt.

KAPITEL 2

Einmal am Tag musste er auf dem Fleckchen Erde, für das er sich trotz allem verantwortlich fühlte, nach dem Rechten sehen. Es war nicht mehr so wie früher, bedauerte Henning Lüder voller Groll. Am Morgen, wenn die Fenster dunkel waren, die Autos der Pendler in den Carports standen und keines der zugezogenen Frauenzimmer hysterisch nach den Gören, dem Hund oder dem Ehegatten schrie, wirkte das Straßendorf Finstermoor friedlich wie eh und je. Ursprünglich hatten sich die Häuser auf beiden Seiten der Hauptstraße entlang gezogen, im letzten Jahrhundert hatte sich der Ort durch das Erschließen mehrerer Neubaugebiete ausgedehnt und grenzte ans Moor, in das Holzstege für die Besucher führten. Felder und Wiesen säumten den kleinen Ort an den anderen Seiten.

Sein Karree umrundete er jeden Morgen mit Arko, einem sibirischen Schäferhund, der wegen seiner Größe gefährlich aussah, aber zu seinem Ärger einen gutmütigen Charakter hatte. Nicht einmal eine kräftige Abreibung hatte das Vieh auf Zack gebracht, der Hund hatte allerhöchstens untertänig gewinselt. Der war genauso jämmerlich wie er selber, dachte er manchmal, doch dann straffte er sich. Er war hier der Ortsvorsteher wie schon seine Vorfahren. Sie waren von seinem Haus in der Mitte des Dorfes losgegangen und jetzt beinahe am anderen Ende der Straße angelangt. Er verlangsamte seine Schritte vor dem Herrenhaus, dem früheren Stammsitz seiner Familie, wie immer ballten sich seine Fäuste, als er das Tor sah, das ihm verschlossen blieb. Der alte Lehrer hatte mal die Geschichte der Ortschaft erforscht und herausgefunden, dass die Lüders schon seit über 500 Jahren in Finstermoor die Dorfschulzen stellten, sie hatten das Dorf gegründet und das Land besessen. Er war in diesem Haus geboren, und es hätte ihm zugestanden, dort eines Tages eines friedlichen Todes zu sterben, aber seine Nichtsnutze von Verwandtschaft hatten ihn nach dem Tod der Großeltern um seinen rechtmäßigen Besitz gebracht. Er spuckte aus, als er am Bürgersteig an dem Anwesen vorüberging so wie jeden Tag.

Jetzt wohnten hier Großstädter, die es sich leisten konnten, mit dem Porsche spazieren zu fahren. Ein völlig abgehobener Typ, der sich für Tausende Euro Fenster auf alt machen ließ, das musste man sich ja einmal vorstellen. Jeder vernünftige Mensch wusste, wie die Witterung dem Material zusetzte, und setzte sich moderne Kunststoffrahmen ein, die so lange hielten, bis die nächste Generation das Haus übernahm. Aber diese Schnösel mit ihrer weltfremden Landromantik ließen sich für Zehntausende Euro ein Reetdach bauen und setzten ihren Edelkaten altmodische Holzfenster ein, die in ein paar Jahren völlig verrottet sein würden. Sie verstanden nichts, rein gar nichts. Die wollten wieder Moore anlegen, die seine Vorfahren mit harter Arbeit trocken gelegt hatten. Wovon sollte die Menschheit sich ernähren?

Unwirsch schüttelte er den Kopf. Das Haus lag still an der Allee, aber sonst war das eine Plage mit den kriminellen Jugendlichen. Seit die hier wohnten, ließen die Alteingesessenen nicht mehr so wie früher ihre Türen offen stehen, denn die klauten wie die Raben. Schon klar, dass die im Bett lagen um diese Uhrzeit, einer vernünftigen Arbeit gingen solche Menschen ja nicht nach.

Sein Blick fiel auf den Spruch über dem Tor: »Segne Herr dieses Haus und alle, die in ihm wohnen. Erbaut von Mattias und Anna Lüder. 1815.« Das waren seine Ururgroßeltern, es war bitter, dass jetzt Fremde dort lebten.

Er setzte seinen Weg bis an den Ortsausgang fort, die ersten Lastwagen bretterten vorbei. Als sie aus seinem Sichtfeld waren, dachte er zurück an seine Großeltern. Die hatten im Herbst immer ein großes Schlachtfest organisiert, zu dem das ganze Dorf eingeladen war. Er konnte sich daran erinnern, wie die frische Suppe geschmeckt hatte, von der jeder Dorfbewohner einen Topf voll mit nach Hause bekam. Nie wieder hatte er so würzige Leberwurst gegessen. Doch die Neuen, die scherten sich nicht um die Traditionen, nicht einmal vorgestellt hatten die sich bei ihm, dem Ortsvorsteher. Und während die es sich im Herrenhaus gut gehen ließen, hauste er in seiner Kate, die früher für das Gesinde seiner Vorfahren gebaut worden war. Er hatte schon lange seinen Job bei Mercedes am Band aufgeben müssen, da seine Frau schwer erkrankt war, sein Vermögen hatte er für die teuren Behandlungen bei einem Heiler ausgegeben, als es Gitti wieder schlechter ging. Eine neue Stelle hatte er mit über 50 nicht gefunden. Er lebte mehr schlecht als recht davon, die Tierkörper bei Wildunfällen zu verwerten, das schloss den finalen Gnadenschuss ein, wenn die schwer verletzten Tiere überlebt hatten, erlöste er sie. Keine schöne Arbeit, aber eine, die getan werden musste und die ihn und seine Tochter über den Monat brachte.

Er war am Ende der Hauptstraße angekommen, auf der um diese Zeit nur vereinzelt erste Pendler aus den Nachbardörfern entlangfuhren. Er überquerte den Asphalt in Höhe des Sportlerheims am Schießplatz, einem schmucklosen Ziegelflachbau, an das sich das Einfamilienhaus der Betreiber anschloss. Nachdem Bäcker Müller in Rente gegangen war und die Meyers ihr Gasthaus aus Altersgründen für immer aufgegeben hatten, war die Kneipe, die an den Wochenenden geöffnet hatte, der einzige Ort, an dem sich die Dorfbewohner zumindest gelegentlich trafen. Einmal im Jahr ging es hoch her, wenn sie dort das Schützenfest feierten und der Spielmannzug durch das Dorf zog, eine dörfliche Tradition, die ihnen geblieben war. Ansonsten trafen sich an den Abenden, wenn geöffnet war, eine Handvoll der Übriggebliebenen, wie er sie nannte. Die Alteingesessenen, die immer weniger wurden.

Die Hansens, die jahrzehntelang die Schießanlage und die Gaststube betrieben hatten, waren in Rente. Die heutigen Wirte waren Ausländer, das hätte es früher nicht gegeben. Angeblich waren das Russlanddeutsche, doch die konnten Deutsch nur radebrechen. Er schüttelte den Kopf, traurige Zeiten waren das für Finstermoor. Das Dorfleben von früher gab es nicht mehr. Die jungen Leute wollten heute alle nach Hannover, Hamburg oder gleich Berlin. Das konnte er nicht verstehen, das war ihm immer zu stressig, wenn er die Menschenmassen sah. Es war schon ein paar Jahre her, seit er dort nicht mehr gewesen war; damals hatte er Gitti in Hamburg im Klinikum besucht.

Er ließ seinen Blick über die Anlage mit dem Schießplatz des Finstermoorer Schützenvereins schweifen und dachte an die Feste, die sie früher hier gefeiert hatten; doch das war lange her. Von der Straße aus war er in einen kleinen Pfad zwischen dem Maschendrahtzaun der Sportanlage und einem Kartoffelacker eingebogen, der durch ein Kiefernwäldchen zum Moorpfad führte und die westliche Begrenzung des Dorfes darstellte.

Er schreckte auf, als Arko ungewöhnlich heftig anschlug, und Henning Lüder schaute grimmig zu der heruntergekommenen Kate hinter dem Schießplatz, aus der ein ohrenbetäubendes Gekläffe einsetzte. Das war ein weiteres ehemaliges Gesindehaus gewesen, in dem die Knechte und Mägde gelebt hatten, die auf den Feldern oder in den Ställen seiner Vorfahren gearbeitet hatten. Drei von sechs alten Katen, die einmal zum Lüderhof gehört hatten, standen noch. Diese war in einem beklagenswerten Zustand. Vom Reetdach war nur eine grünliche Masse übrig, das ganze Grundstück lag voller Müll, der teilweise schon wieder von Gestrüpp überwachsen war. Wie viele Hunde mochte der Verrückte dort halten? Der hätte längst in die Klapsmühle gehört, auch wenn es kein Zugezogener war. Aber die Behörden hatten Angst, er drohte, jeden, der sein Grundstück betrat, sofort zu erschießen. Zum Glück wohnte er nicht in Hörweite von dessen Tierpension oder was immer der Bastard auf seinem Land mit seinen Dreckskötern trieb. Er musste Arko mit ganzer Kraft festhalten, damit der nicht losstürmte. Aber der Irre hatte um sein Anwesen Stacheldraht gezogen. Überall am Zaun hingen »Betreten verboten«-Schilder mit dem Hinweis, bei Zuwiderhandlung werde geschossen.

An der Rückseite des verkommenen Areals, auf dem der zusammengefallene Schuppen völlig überwuchert worden war und sich dichtes Unterholz gebildet hatte, befand sich der protzigste Neubau des Dorfes. Hinter einem Palisadenzaun erstreckte sich ein raspelkurz geschnittener Rasen um eine weiße Villa, die mit ihren Säulen und einem goldenen Gitter vor dem Balkon nicht in ihr Moordorf passte. Der Besitzer, Eduard Scholten, wurde regelmäßig bei ihm, dem Dorfvorsteher, vorstellig, um sich über den Lärm und den Gestank der Hundepension zu beschweren. Er meldete angebliche Umweltverbrechen, wenn sein Nachbar mitten in der Brutzeit irgendeine Eiche umsägte oder Abfall auf seinem Grundstück verbrannte. Da konnte er sich ein klein wenig Schadenfreude nicht verkneifen, was dachte der reiche Schnösel? So ist eben das Landleben. Der hatte als Manager in der Ölbranche vermutlich Millionen gescheffelt. Warum zog er nicht in einen der reichen Hamburger Vororte, wenn es ihm in Finstermoor nicht passte? Obwohl Lärm und Gestank vom Nachbargrundstück extrem waren. Aber mit Holger Waldmann, der die Tierpension betrieb, würde er sich als ehrenamtlicher Ortsvorsteher garantiert nicht anlegen, er hatte eine Tochter zu versorgen. Sein Vorgänger hatte versucht, dem Mann ein Stück Feld an der Hauptstraße für den Bau eines Radwegs in den Nachbarort abzuhandeln.

Nachdem Holger Waldmann den Verkauf abgelehnt hatte, sollte er vom Kreis enteignet werden. Er erinnerte sich genau, was der ehemalige Ortsvorsteher, ein Onkel von ihm, erzählt hatte. Der Mann kam in Schwarz gekleidet, mit einer Sturmhaube und zwei Pitbulls im Schlepptau in sein Büro gepoltert und fuchtelte mit einem Gewehr herum.

»Keine Ahnung, was das war, aber zumindest keine Schrotflinte«, hatte sein Vorgänger berichtet. Er hatte starr vor Angst hinter dem Schreibtisch gestanden.

»Wer mein Land enteignet, erklärt mir den Krieg. Das ist exterritoriales Gebiet, die Gesetze der Bundesrepublik Deutschland scheren mich einen Dreck«, brüllte ihn der Waldschrat an.

»Da kannst du nichts tun, nur ruhig bleiben und den Blickkontakt vermeiden«, so der Onkel. Dabei hatte er recht, denn er kam glimpflich aus der Situation heraus. Der Irre hatte ihm gedroht. »Das war nur ein Höflichkeitsbesuch, beim nächsten Mal wird es ernst!«

Dann war der Mann hinausgestürmt, hatte die Scheiben des Autos von seinem Onkel zerschossen und drohend die Faust in dessen Richtung erhoben. Davor hatte er zudem zahlreiche in einem komischen Rechtskauderwelsch verfasste Dokumente an die Verwaltung geschickt und sein Grundstück zum eigenen Staat erklärt; er weigerte sich, sein Tor zu öffnen, und drohte sofort mit Waffen, sobald sich jemand nur näherte. Seinen Ausweis und seinen Führerschein hatte er eingeschickt, mit einer Austrittserklärung aus der angeblich nur auf dem Papier bestehenden Bundesrepublik Deutschland. Damals waren die Behörden damit völlig überfahren, mittlerweile gab es deutschlandweit Tausende solcher Spinner. Nannten sich wohl »Reichsbürger«. Gleich zwei von der Sorte hatten sie im Dorf. Der Bastard und sein nichtsnutziger Großcousin, der dumme Kuhbauer, hielten zusammen wie Pech und Schwefel. Sein Vorgänger hatte das Projekt wegen der Drohungen sang- und klanglos beerdigt.

Das ohrenbetäubende Kläffen hatte sich gelegt, als er sich mit Arko entfernt hatte und von der Hundepension nicht mehr zu sehen war. Er ging den Weg weiter und wartete, bis sein Hund die Laternenpfähle gründlich beschnüffelt und markiert hatte. Vor sich sah er die Wasserfläche des Moors, aus dem verrottende Baumstümpfe wie schwarze Zahnreste ragten, halb verdeckt von dichten Nebelschwaden. Er ging nicht gerne dort entlang, trotz der neuen Holzstege für die Wanderer. Zu viele Menschen und Tiere waren auf diesem unheimlichen Boden versunken und qualvoll umgekommen. Als Kind war er einmal in ein Moorloch gefallen, je mehr er gestrampelt hatte, desto tiefer sackte er ein. Als nur noch sein Kopf herausschaute, hatte ihn der Großvater entdeckt. Auf einem Brett war der alte Mann herangerobbt, hatte ihn in letzter Minute an den Haaren gepackt und mühsam aus dem Schlammloch gegraben. Manchmal träumte er davon.

Er pfiff kurz und bog dann in die zweite Häuserzeile der Schulstraße ein, an einigen Ferienhäusern vorbei, die fast das ganze Jahr leer standen, bis zum anderen Ende der Ortschaft, wo sich das Schulgebäude und der Fußballplatz befanden. Ein Gehege mit Schafen und Rehen bildete den östlichen Abschluss des Ortes, dort bogen sie auf den Wacholderweg ein, der wieder zur Bundesstraße und seinem Haus führte.

Er war jetzt fast angekommen, da hörte ein »Moin« von der anderen Seite – das war einer der Neubewohner, Herbert Löwen, ehemaliger Frachterkapitän, der wegen einer angeblichen Depression berufsunfähig war und sich mit einer stattlichen Rente ein schönes Leben machte. Deprimiert sah er selten aus. Getrübt wurde das Glück nur von seinem Nachbarn, Holger Waldmann, dem Hundemann. Der ehemalige Seefahrer überschüttete ihn ebenfalls mit Beschwerden, weil ihm das Gebell von nebenan den Schlaf raubte. Er lebte im dritten Häusling, so hießen die Nebengebäude der Herrenhäuser. Löwen hatte versucht, seinen unliebsamen Nachbarn mit Klagen zur Räson zu bringen, auch dieser Versuch scheiterte. Seine Kate war, im Gegensatz zu der verwahrlosten Hundepension, ein Schmuckstück mit saniertem Fachwerk, Reetdach und einem prächtigen Garten, in dem derzeit Astern in allen Farben blühten. Martha, die Frau des Kapitäns, hatte ein grünes Händchen. Über sie gab es Gerüchte, die im Dorf die Runde machten. Er war am Ende seiner Tour angekommen und grinste süffisant beim Blick auf das Anwesen der Löwens auf der anderen Straßenseite. Angeblich hatte Martha, die Noch-Ehefrau des Kapitäns, die in einer ausgebauten Scheune auf dem gleichen Grundstück wohnte, ein Verhältnis mit dem Irren von nebenan. Die Löwens ließen sich scheiden. Unvorstellbar, dass sie sich mit so einem Waldschrat einließ. Aber die Zugezogenen waren merkwürdige Menschen. Er seufzte. Finster blickte er auf die andere Straßenseite, wo sein Großcousin Volker durch den Matsch zu seinem Viehzeug stapfte. Der Verräter würdigte ihn keines Blickes, sie grüßten sich schon lange nicht mehr. Dann sah er auf die Uhr, beschleunigte seinen Schritt und schloss die Tür auf. »Michelle, aufstehen«, rief er hinein.

Ein Lächeln glättete seine Falten bei dem Gedanken an seine Tochter, bis er seine Brauen wieder zu seinem üblichen grimmigen Ausdruck zusammenzog. Denn er dachte daran, dass seine Kleine, sein Ein und Alles, nicht seine Ansichten teilte. Sie hatte sich sogar dieser Fremden, die im Herrenhaus wohnte, an den Hals geworfen, nannte sie ihre beste Freundin. Immer wollte sie jetzt zu dieser verzogenen Göre, statt ihren Nachmittag nach der Schule mit ihrem Vater zu verbringen, der sie über alles liebte. Das musste ein Ende haben. Er wollte nicht, dass sie Umgang mit diesen Leuten hatte. Die passten nicht zu ihnen. Heute würde er ihr das klarmachen, dass es so nicht weiterging. Notfalls würde er sie ab sofort direkt von der Schule abholen, damit sie sich die Flausen gleich aus dem Kopf schlug.

KAPITEL 3

Immerhin hatte ihre Mutter mal den Tisch eingedeckt. Mit einem angewiderten Gesichtsausdruck ließ sich Sophie auf den Stuhl fallen, vor dem ihre Fototasse mit dem Bild ihres Ponys stand. Bis auf das Geschirr befand sich nichts auf dem Tisch. »Sollen wir uns von Luft ernähren?«, motzte sie, obwohl sie allein im Raum war. Wieder hatte Mutter kein Frühstück zustande gebracht. Trotzig knallte sie die Tasse auf den langen Holztisch in der Mitte der Küche, vor dem bodentiefen Fenster den Blick auf den Hof freigaben. Die Alte war weit und breit nicht zu sehen, da entdeckte sie einen gelben Zettel auf ihrem Platz.

»Sophiechen, kannst du bitte für dich und die Kinder Frühstück machen? Der Esel hat eine Kolik«, stand darauf. Wie sie es hasste, so genannt zu werden. Und es war mal wieder typisch, diese blöden Esel, Sandiego und Antonio, stellten dauernd irgendeinen Mist an, das war dann niedlich. Und bei ihr rastete Mutter aus, wenn sie etwas ausgefressen hatte, so wie am Abend vorher. Die Viecher waren halt wichtiger!

Sie zitterte vor Wut, beinah wäre der Holzstuhl umgefallen, als sie aufsprang. Sie war doch nicht die Arbeitssklavin. Nicht nur, dass weder ihr Kakao fertig war noch die Cornflakes bereitstanden. Schon lange hatte sie keine Schulbrote mehr bekommen. Sie sollte gar die Familie mitversorgen. Sie stutzte, das war ja nicht einmal Verwandtschaft, diese ganzen Spackis, mit denen sie sich in der Schule blamierte. Dabei hatte sich ihre Mutter gestern etwas Übles geleistet.

Sie hatte sie geschlagen, so richtig die Hand ins Gesicht klatschen lassen, dass es brannte.

Bloß weil sie in der dämlichen Scheune geraucht hatten. Das machten doch alle in ihrer Klasse! Wie borniert war ihre Alte? Sophie rannte die Treppe wieder hinauf und warf sich auf ihr Bett, die anderen sollten nicht mitbekommen, dass sie heulte.

Augusta war die ganze Zeit bei den Tieren oder mit den Pflegekindern beschäftigt. Sophie kam sich an manchen Tagen vollkommen überflüssig vor. Die merkte nichts mehr, hatte keine Ahnung, wie sie sich fühlte. Zum Glück hatte sie ihr Pony Max, das für sie da war, immer gut gelaunt und sanft. Der Wallach stupste sie mit der Nase an, wenn sie traurig war, und tröstete sie. Er freute sich, sie zu sehen, wieherte ihr entgegen. Anders als ihre Erzeuger, die waren doch nur auf ihren Selbstverwirklichungstrips. Warum schafften sich solche Leute Kinder an?

So durchgedreht, wie ihre Mutter war, konnte sie nachvollziehen, dass Felix sich eine andere gesucht hatte. Eine, die nicht den ganzen Tag nörgelte und von Problemen erzählte, sondern so war wie Mama früher, als sie abends an Sophies Bett saß, Geschichten vorlas oder wilde Abenteuermärchen erfand. »Sag mir mal einen Namen, ein Tier, eine Pflanze und eine Stadt.« Das war ihr Ritual gewesen, und dann hatte sie die tollsten Dinge daraus gesponnen. Das war so lange her, und es gab nicht die ganzen anderen Kinder, die Sophie meistens kräftig auf die Nerven gingen. Bis auf Elegante, das war ihr Freund. Reden konnte man mit dem nicht, schon allein deshalb, weil er ein Junge war. Und sein Deutsch war nicht das beste.

Mit Papa hatte es keinen Sinn, der war nur peinlich mit seinem jungen Ding. Sophie schluchzte laut in ihr Kissen, als sie an ihren letzten Besuch in Hamburg dachte. Der wohnte jetzt in so einer fabrikartigen Dachgeschosswohnung fast ohne Möbel mit dieser dämlichen Tussi, die rosa Klamotten trug. Wie geschmackvoll, mit seiner Sekretärin zu ficken, wenn man Frau und Tochter hat. Sophie war zwischen Traurigkeit und Wut hin und her gerissen. Sie hatte Felix beim letzten Treffen klipp und klar gesagt, dass sie mit der Tussi, die sie peinlich fand, nichts zu tun haben wollte und nicht mehr nach Hamburg käme, solang sie die sehen musste. Das hatte sie ihm im Auto mitgeteilt, als er sie wieder auf den Hof gebracht hatte. Er hatte anders reagiert, als sie gehofft hatte.

»Du wirst ja eine richtige Bäuerin, kommst nach deiner Mutter«, das waren die letzten Worte, die sie mit ihrem Vater gewechselt hatte. Und sie taten weh! Sie hatte auf sein Verständnis für ihre Gefühle gehofft und dass er sich künftig Zeit für sie nehmen würde, dass sie beide Papa-Tage im Schwimmbad oder im Zoo verbringen würden. Sie war immer ein bisschen neidisch gewesen, wenn ihre Freundin Maya aus ihrer alten Klasse in Hamburg von ihren Papa-Tagen erzählt hatte und sogar fast jedes Mal ein neues Spielzeug bekommen hatte. Aber Felix hatte so gar keine Lust, etwas gemeinsam zu unternehmen. Er hatte sie ernsthaft mit seinem Barbie-Püppchen losschicken wollen. Er rief immer seltener an und wenn, dann legte er schnell wieder auf. Sie hatte gehört, wie er nebenbei auf seinem Computer tippte. Er schien immer nur mit einem Ohr zuzuhören. Sophie stand auf und nahm das Bild von ihrem Papa, das ihn eingebuddelt am Strand zeigte. Das war im letzten Urlaub in Griechenland, bevor sie hierhergezogen waren. Danach hatten die beiden immer nur am Hof gebaut, bis Papa genug von ihnen und den Tieren gehabt hatte.

Nach ihrer letzten Fahrt hatte er sie kein einziges Mal besucht, es gab einen lautstarken Streit zwischen ihren Eltern am Telefon, da sie sich weigerte, Papa zu besuchen.

Sie sah auf die Uhr und sprang erschrocken auf. Sie musste schnell ihre Schulsachen packen und schmiss die Bücher in die Tasche, als sie hörte, wie ihre Mutter ihren Namen rief, und schrie zurück:

»Ich komme.« Sicher würde die schon wieder wütend sein, weil sie das Frühstück nicht gemacht hatte. Deshalb würde sie erst im letzten Moment mit ihrer Schultasche nach unten rennen, ihre Jacke vom Haken reißen und gleich ins Auto einsteigen.

Der einzige Lichtblick heute war die Schule, denn dort traf sie ihre beste Freundin. Zufällig war sie neben sie gesetzt worden, und sie waren vom ersten Tag an ein Herz und eine Seele. Denn Michelle verstand, was sie durchmachte. Sie hatte vor einigen Jahren ihre Mama verloren. Die anderen Kinder konnten sich nicht vorstellen, wie das war, ein Elternteil zu verlieren. Sophie musste wieder weinen und wischte schnell die Tränen weg. Ihre Klassenkameraden würden sie auslachen, wenn sie verheult aussah, und ihre Mutter hatte sie schon lange nicht mehr in den Arm genommen. Nur ihrer Freundin konnte sie alles sagen, oft verbrachten sie Stunden nach der Schule im Stall oder in ihrem geheimen Schloss, wo sie niemand finden konnte. Michelle hatte ihr dort gestern ein Geheimnis erzählt, über das sie mit keinem sprechen durfte. Das war furchtbar, und Sophie überlegte, was sie am besten tun sollte. Denn vielleicht hatte ihre Freundin darüber gesprochen, weil sie sich Hilfe wünschte. Sie hatte klar gesagt, dass sie das alles nicht mehr aushielt. Aber wie könnte sie ihr helfen?

Wenn Mama wieder normal würde, hätte sie sich ihr anvertraut. Früher hatte ihre Mutter immer einen Rat gewusst, auch bei üblen Dingen, wie damals, als sie im kleinen Laden auf ihrer Straße in Hamburg Schokolade geklaut hatten. Es war eine Mutprobe, und kurz darauf tat es ihnen leid. Denn Onkel Özcan, der das Geschäft führte, war immer freundlich und schenkte den Kindern Leckereien. Aber heute war ihre Mutter keine Hilfe mehr so wie damals, als sie die Süßigkeiten heimlich wieder zurückgeschmuggelt hatte. Vielleicht könnte Michelle ja mit Henry reden. Das war ihr Freund, den niemand im Dorf mochte. Er hatte angeboten, dass sie zu ihm kommen könnten, wenn es ihnen schlecht ginge. Er wisse genau, was sie fühlten, und könne helfen. Als Kind hatte er hier im Ort gelitten, weil er ein Fremder war. Seit er groß war, hatte er keine Angst, vor nichts und niemandem. Das glaubte ihm Sophie sofort, so entschieden, wie er das sagte. Menschen, die Tiere mögen, sind gut, das wusste sie. Das hatte ihre Oma immer gesagt. Sie hörte ein wütendes Rufen.

»Sophie, komm jetzt endlich. Wir müssen in fünf Minuten los.« Stampfende Schritte kamen die Treppe hinauf, sie hatte eines der Kinder geschickt, sie zu holen. »Ich bin ja schon da.« Sophie schnappte die Tasche und hätte beinah Elegante umgerannt.

Mit einem Lächeln steckte er ihr einen Trinkkakao und eine Brottüte zu. Sie schämte sich, eine Träne tropfte auf ihre Schultasche. »Danke«, murmelte Sophie, und er nickte nur.

Er war manchmal so ein Schatz, nie wieder würde sie ihn Spacki nennen. Er war einer der wenigen Menschen, der sie verstand, ohne viele Worte. Sie rannten über den Hof und stiegen in den Familienbus. »Na endlich«, schimpfte Augusta, die nicht gemerkt hatte, wie verheult sie war. Manchmal hatte es einen Vorteil, dass die sich einen Dreck um sie scherte. Sie hätte sich gescheut, vor den anderen zu erklären, warum sie geheult hatte. Endlich waren sie an der Schule. Grußlos sprang Sophie aus dem Auto und rannte in den zweiten Stock in ihre Klasse.

KAPITEL 4

Margo zwängte sich mit ihrem riesigen Koffer in den voll besetzten Bus, wo sie sich zwischen Schulmädchen quetschte. Neben einem verlassenen Bauernhof stieg sie aus und wartete an der Straße, die rechts und links tiefe Gräben säumten. Das nächste Haus lag mindestens einen halben Kilometer entfernt. Traktoren mit Anhängern rasten mit geringem Abstand vorbei, sie musste ihren Koffer abstellen, um nicht in das Wasser zu fallen. Die zerschlagenen Scheiben einer Bäckerei gegenüber sahen nicht vertrauenserweckend aus, die Tür war geschlossen. Keine Menschenseele entdeckte sie, der Ort schien wie ausgestorben. Augusta wollte sie abholen, doch Margo hörte immer wieder die Ansage der Mailbox. Sie hatte den Zug verpasst, dann musste sie ewig auf den Bus warten und kam mit zwei Stunden Verspätung an.

Der Anruf ihrer Freundin Augusta hatte sie genau zur richtigen Zeit erreicht. Zuerst war in ihrer Hafenhalle Asbest gefunden worden, zudem hatten die Baugutachter Schadstoffe im Fabrikfußboden festgestellt. Das Gebäude wurde sofort gesperrt, ihre gut laufenden Kunstnächte kamen von einem Tag auf den anderen zum Erliegen, sie hatte über Monate Buchungen von Malschülern, die sie stornieren musste. Das Dach ihres Wohnhauses sollte ebenfalls erneuert werden, der Vermieter hatte das Loft gekündigt. Ein Anwalt erreichte, dass sie nur für sechs Monate ausziehen musste. Er hatte geraten, so lange auf Reisen zu gehen. Sie hatte von Japan geträumt, Singapur oder Thailand. Doch der Blick auf ihre Kontoauszüge machte die Entscheidung einfach. Dann eben Finstermoor. Sie freute sich auf Augusta, die sie lange nicht gesehen hatte.

Wahrscheinlich hatte die Freundin vergeblich gewartet – und die Benachrichtigung nicht bekommen. Margo hoffte, dass Augusta ihre Mailbox abhörte. Sie war gespannt auf das gemeinsame Projekt. Die Arbeit mit den Jugendlichen hatte sie gereizt, die Stelle wurde vom Jugendamt gut bezahlt. So viele Arbeitsangebote bekam man als Malerin nicht auf dem Silbertablett serviert. Mit Augusta hatte die Chemie immer gestimmt, sie würden ein gutes Team. Sie hatte die Freundin damals vermisst, als sie nach Hamburg gezogen war.

Sie wechselte die Seite mit dem Koffer und keuchte. Was für eine unwirtliche Gegend – und für Fußgänger war die Straße absolut nicht ausgelegt. Weit und breit war kein Auto zu sehen. Sie versuchte, Augusta anzurufen. Doch zu allem Überfluss war der Empfang auf ihrem Handy zu spärlich, das Internet funktionierte nicht, es gab kein Taxi weit und breit, und allmählich fror sie in dem kühlen Wind. Sie beschloss, in die Richtung zu laufen, in die der Bus verschwunden war, vielleicht konnte sie telefonieren? Keuchend stellte sie das Gepäck ab, sie war an einem zweistöckigen Gebäude mit dem Logo der Kreissparkasse angekommen, doch die Bank war geschlossen. Ein Restaurant-Schild leuchtete ein paar 100 Meter weiter an einem See. *Moorteufel* las sie, als sie das Ziel fast erreicht hatte, an dem Backsteinbau mit Wintergarten und Terrasse. Ein See glitzerte dunkel im Hintergrund.

Sie trat in die mit dunklem Holz getäfelte Gaststube, wo eine Stammtischrunde laut lachte. Ihre Augen mussten sich erst an das schummrige Licht der Lampen mit braunen Samtschirmen anpassen. Bei ihrem Eintreten verstummten die Gäste, auf ihr »Moin« kam keine Antwort. Die mittelalten Männer in Latzhosen saßen in einer Ecke des Raums an einem runden Tisch und musterten sie skeptisch. An den Wänden hingen ausgestopfte Fische und ein röhrender Hirsch. Nachdem niemand geantwortet hatte, trat sie an den Tresen. Dahinter stand eine etwa 70-jährige Frau mit silbernen Haaren mit Rotstich, zu einer beeindruckenden Masse auftoupiert. Auf ein zweites »Moin« in ihre Richtung presste die Frau irgendein unverständliches Wort zwischen zusammengekniffenen Lippen hervor und zapfte weiter, ohne sie anzusehen.

»Hallo, darf ich bitte telefonieren?«, bat Margo.

Die Frau sah auf und musterte sie von oben bis unten. »Warum das denn? Können Sie das nicht zu Hause machen, statt unsere Runde zu stören?« Darauf ging sie in den Hinterraum. Margo rief ihr hinterher.

»Ich besuche eine Freundin, habe keinen Empfang. Das wäre wirklich nett, dann bin ich gleich weg und störe nicht länger.«

Die Frau tauchte mit einem Teller voller Bouletten wieder auf und knallte diesen auf den Tresen. »Tjark, Futter«, rief sie in Richtung der Männer. Ein übergewichtiger Gast brachte den Proviant zum Tisch.

Mit unwilligem Gesichtsausdruck wandte sie sich wieder Margo zu und knurrte: »Na dann.« Sie stellte ein schwarzes Festnetztelefon mit Wählscheibe auf den Tresen.

»Wie das geht, weißt du ja wohl?« Sie musste ihren verdutzten Blick bemerkt haben. So einen Apparat hatte sie schon seit vielen Jahren nicht mehr gesehen. Die Wirtin ließ sie nicht aus den Augen, während sie wählte.

Endlich hatte sie Augusta in der Leitung. »Margo? Ach ja, du kommst ja heute an. Schon unterwegs …« Das klang überrascht. Hatte sie ihre Ankunft komplett vergessen? Sie schilderte ihr, wo sie sich befand. Als sie aufgelegt hatte, bedankte sie sich. Die Bedienung sah an ihr vorbei, nahm unwirsch das Telefon an sich und beachtete sie nicht weiter.

Zehn Minuten später hielt der dunkelblaue verbeulte Bus vor dem Restaurant. Sie umarmten sich, dann stieg Margo ein. »Entschuldige bitte, ich hatte vergessen, wann du kommst«, sagte Augusta. Sie wirkte fahrig und zerstreut.

Rasant fuhr ihre Freundin die Hauptstraße weiter an Birkenwäldchen vorbei, Wiesen und Flächen, auf denen das Wasser glitzerte. »Schau mal, das ist das Ahlenmoor. Hier gibt es einen Erlebnispfad, da kannst du einen herrlichen Spaziergang machen«, deutete sie vor sich. »Eine faszinierende Landschaft, aber gefährlich.« Sie bog auf eine größere Straße ein.

»Von hier geht es immer geradeaus«, erklärte ihre Freundin. »Finstermoor zieht sich über mehrere Kilometer an der Straße entlang«, schickte sie schnell hinterher, denn sie hatte Margos fragenden Blick aufgefangen.

»Wir sind fast da«, kündigte Augusta an, als sie das Ortsschild passierten. Das Haus von Gustl, wie sie ihre Freundin früher genannt hatte, und Felix stand am Ende des Dorfes.

Sie holperten einen Weg mit Pflastersteinen hinauf, an dessen beiden Seiten borstige Weiden mit komischen Gesichtern standen, und fuhren auf ein zweistöckiges Fachwerkhaus mit einem Turm zu, durch einen Torbogen in den Hof. Das war ein stattliches Haus, dessen repräsentativer Stil sich von den niedrigen Bauernkaten abhob. Margo sah sich überrascht in dem Innenhof um, denn die Rückseite des Anwesens wirkte weit weniger nobel, als sie das von Gustl und Felix erwartet hätte. Nur das Quergebäude hatte eine sanierte Fassade, die anderen Gebäuderiegel des Vierseitenhofs waren in einem ruinösen Zustand, zudem wucherte überall Unkraut; alte Geräte, Holzbalken und Eimer lagen im Hof herum.

Außen hui, innen pfui, dachte Margo, das schien gar nicht zu der Augusta, die sie vom Studium kannte, zu passen, denn die war eine Perfektionistin gewesen.

Augusta bemerkte ihren Blick. »Ich schaffe es kaum, das ist ein Riesenprojekt.«

Sie sprach nur in der Einzahl. Doch Margo verkniff sich die Frage, warum Felix nicht in die Hände spuckte oder zumindest ein ganzes Regiment von Handwerkern engagierte. Geld genug verdiente er doch in seiner Agentur.

Augusta sah sie bittend an, als hätte sie ihre Gedanken geahnt: »Du lässt mich nicht im Stich, auch wenn es bei uns momentan chaotisch ist, oder?«

Margo fühlte sich ertappt, denn genau das hatte sie überlegt. Die Reise nach Japan wäre zwar teurer, aber deutlich entspannter.

»Was glaubst du denn, wir sind Freundinnen. Und im Chaos bin ich Königin, das weißt du doch«, beteuerte sie stattdessen.

Zum ersten Mal zeigte ihre Freundin ein zaghaftes Lächeln, und Margo schämte sich für ihre Gedanken.

Sie hatte bemerkt, dass ihre ehemalige Kommilitonin tiefe dunkle Augenringe hatte. Zuletzt hatte sie Gustl einmal in Hamburg besucht, doch seitdem hatte diese sich verändert. Ihre Hände waren von der harten Arbeit rau wie die einer Fabrikarbeiterin. Ihre roten Haare waren in ein wirres Knäuel am Hinterkopf zusammengesteckt, sie hatte ein paar graue Strähnen entdeckt. Sie trug fleckige Jeans, und ihre helle Jacke hatte einen halb abgerissenen Ärmel und war rundum mit braunen Flecken bedeckt. Sie dachte an das elfenartig schöne Mädchen mit fantasievollen Kleidern zurück, das schien lange her zu sein.

»Ich kam gerade aus dem Stall«, erklärte ihr Augusta, als hätte sie ihre Gedanken erraten. »Den zeige ich dir gleich mal.«

Doch Margo war nicht der große Landwirtschaftsfan. Sie deutete auf ihre Absätze und den Koffer. »Kann ich das erst mal unterbringen, dann machen wir den Rundgang?«, schlug sie vor.

»Oh entschuldige, ich zeig dir dein Zimmer.« Augusta stemmte den schweren Koffer hoch und ging ins Haus.

Sie öffnete die breite dunkelbraune Holztür mit eingeschnitzten Pferden und bäuerlichen Szenen. Ein schönes und kostspieliges Stück. In einem Flur direkt dahinter sah es wüst aus, fast die ganze Fläche war von kleinen und größeren Turnschuhen und Stiefeln bedeckt, wild durcheinander gewürfelt. Jacken hingen an der Garderobe, andere lagen auf den Schuhen. Margo sah in dem Gewimmel mindestens drei Schultaschen. Das konnte ja heiter werden. Sie gingen eine Treppe in den ersten Stock hinauf, und als sie in das Zimmer traten, war Margo positiv überrascht. Der Raum war hell, groß und geschmackvoll eingerichtet, alles wirkte sauber und aufgeräumt.

In der Mitte befand sich ein Doppelbett mit offenbar frisch aufgezogener Bettwäsche, an der einen Wand war ein wandhoher Schrank eingebaut. Eine Tür führte auf einen Balkon, von dem sie einen Blick auf die Weidenallee, die Straße und die übrigen Bauernhöfe im Dorf hatte. Zudem hatte sie einen eigenen Arbeitstisch mit zwei Stühlen. Augusta öffnete den Schrank und fragte: »Hast du damit genug Platz? Das Zimmer habe ich für dich freigeräumt.«

Dann zeigte sie ihr ein Badezimmer, das sie für sich alleine hatte. Das Zimmer versöhnte Margo fast schon wieder mit ihrem Landaufenthalt. Wenn sie sich eingerichtet hatte, wollte ihr Gustl die Kinder und die Jugendlichen vorstellen und den Rest ihres Reichs zeigen.

»Wann kommt denn Felix nach Hause?«, fragte Margo und bemerkte, wie Gustl zusammenzuckte.

»Bitte erwähne ihn nicht, wenn Sophie da ist«, bat sie die Freundin. »Er kommt gar nicht mehr. Das erzähle ich dir später, wenn die Kids im Bett sind«, vertröstete Augusta sie.

Margo war überrascht. Die beiden hatten eine Bilderbuchehe geführt, und die Einladung, die sie zur Hofeinweihung erhalten hatte, sah nach einer Werbung für eine glückliche Familie auf dem Land aus.

Nachdem sie ihre Tasche ausgeräumt und eine Dusche genommen hatte, ging sie nach unten zu Gustl, die in der Küche am Herd stand. Vor ein paar Jahren musste der Raum ausgesehen haben wie aus dem Katalog für die Landhausküche, Einbauschränke aus Massivholz waren um teure Markengeräte verbaut, in der Mitte gab es eine Kochinsel mit dem Herd und einer Platte. Dann fiel ihr Blick auf einen langen Eichentisch, an dessen Ende ein etwa zehnjähriges Mädchen mit seinem Heft saß. »Hallo, ich bin Margo«, stellte sie sich vor. Die Kleine ergriff ihre Hand und sah sie treuherzig an. Mit ernstem Gesicht stand sie auf und machte einen Knicks. »Ich bin Gülce. Willst du meine neue Mama werden?«, wollte die Kleine wissen. Margo sah sich hilfesuchend nach Augusta um, doch die war am Herd beschäftigt.

»Ich werde helfen und mit euch Kindern tolle Bilder malen«, wich sie aus.

»Schade, ich hätte so gerne eine neue Mama, und die Gusta schreit so viel«, sagte das Mädchen enttäuscht und kritzelte weiter in ihrem Heft, ohne Margo länger zu beachten.

Sie sah zu ihrer Freundin, die demonstrativ mit den Töpfen klapperte. Dann drehte sie sich zu ihr. »Wie wäre es mit einer Haustour?«

Augusta ging vorneweg. »Die Kleine ist traumatisiert, weil ihre Mutter sie zurückgelassen und gefeiert hat. Sie saß alleine über Tage in der Wohnung. Die Mama hat sie zur Adoption freigegeben«, flüsterte sie, als sie aus dem Raum waren.

»Und wie gehst du damit um?«, wollte Margo wissen.

»Schwierig, ich versuche, ihr Aufmerksamkeit zu schenken. Aber all das hier …«, sie verstummte.

Sie zeigte nach oben, wo sich drei weitere Zimmertüren befanden. »Dort sind die Kinderzimmer, die anderen sehen wir gleich«, erklärte Augusta. Sie ging den Flur entlang in ein Wohnzimmer. Sie bemerkte einen Kamin, vor dem ein großes weißes Sofa in L-Form aufgestellt war. Den Inhalt der deckenhohen Bücherregale würde sie ein anderes Mal genauer inspizieren. Der hintere Teil des Raums diente offenbar als Esszimmer, dort stand ein langer Holztisch mit Regalen davor. An den Wänden hingen abstrakte Bilder, die Augusta selber gemalt hatte. Auch hier wirkte alles vernachlässigt und fast schmuddelig, auf der Couch lagen Legosteine und Puzzleteile herum, beinah wäre Margo über ein Spielzeugauto gestolpert. Vom Flur aus ging eine weitere Tür ab, das war Gülces Kinderzimmer.

»Wo schläfst du eigentlich?«, wollte Margo wissen. Gustl murmelte etwas, das sie nicht verstand. Platz hatten sie ja mehr als genug auf dem großen Hof. Finanziell schien es Gustl nicht so gut zu gehen. Der ganze Unterhalt musste Unsummen verschlingen, und die Sanierung stockte. Und was war mit Felix?

Sie gingen hinaus zur Rückseite des Herrenhauses, dort parkte der Wagen. Die beiden Gebäuderiegel, die nach hinten führten, standen leer und sahen baufällig aus. Abgeschlossen wurde der Innenhof durch eine Scheune. In einem Verschlag parkte ein grüner rostiger Traktor, daneben lagerten Heuballen. Lächelnd ging sie weiter auf eine Streuobstwiese hinter den Nutzgebäuden. Sie nahm einen Apfel, der am Boden lag, und reichte ihn Margo zum Probieren. »So ein Aroma findest du nicht im Supermarkt. Wir haben auch Birnen, Knorpelkirschen und Pflaumen, alles alte Sorten. Und die tragen«, schwärmte sie.

»Säuerlich, aber intensiv«, bestätigte Margo.

Von der Wiese nebenan waren zwei Esel zu ihnen gelaufen, dahinter grasten ein Pony und ein Pferd. Augusta kraulte die langen Ohren. »Fass mal diese Flauschelöffel an, das beruhigt.« Margo hatte es nicht so mit Tieren und reagierte allein beim Anblick von Fell mit allergischem Niesen.

Sie war überrascht, was für ein riesiges Grundstück zu dem Herrenhaus gehörte, kein Wunder, dass Augusta so müde aussah, wenn sie sich um all das Gelände und den ganzen Zoo kümmern musste. Nebenbei, denn sie hatte ja ihre Tochter und drei fremde Jugendliche zu betreuen.

»Jetzt zeige ich dir mein Eierteam.« Sie gingen zur Scheune zurück, an deren Seite ein weiteres Gehege abgezäunt war. Darauf stand ein Holzwagen, den Augusta öffnete. Gackernd sahen ihnen drei dicht nebeneinander auf einem Brett sitzende braune Hühner entgegen, ein Hahn erhob sich mit drohendem Kamm. »Das sind alles gerettete Tiere aus der Massentierhaltung. Die haben nie zuvor Licht und Luft gehabt oder gar im Sand gebadet. Was denkst du, wie dankbar sie sind.«

Nachvollziehen konnte Margo die Tierliebe nicht, lobte aber höflich: »Sehr schöne Tiere.« Sie war gespannt auf die Jugendlichen, um die sie sich kümmern sollte. Augusta hatte geseufzt, als sie nach ihnen fragte. Sie bat Margo, ob sie mit Sophie sprechen konnte, an die sie nicht mehr herankam.

Ein köstlicher Geruch entströmte dem Ofen, als sie wieder in der Küche waren. Die Kinder fläzten sich an ihre

Plätze. Sophie, die sie als niedliches kleines Mädchen in Erinnerung hatte, war zum schlaksigen Pubertier herangewachsen. Hoch erhobenen Hauptes ging sie an ihr vorüber, statt sie zu begrüßen, und ignorierte sie ebenso wie ihre Mutter und das kleine Mädchen. Sie sah, wie die Jugendliche gelegentlich Blicke mit dem Brüderpaar wechselte und ein maliziöses Lächeln auf ihren Lippen spielte.

»Was will denn die hier«, fragte der Größere, das musste der 16-jährige Elegante sein, sein jüngerer Bruder sagte: »Die will mit uns ficken.«

»Ihr wisst ja gar nicht, was das ist«, hatte Margo geantwortet, der nichts Besseres einfiel. Darauf waren die Brüder so ausgerastet.

»Klar wissen wir, was das ist«, hatte Elegante geschrien. »Wir ficken hier den ganzen Tag. Ficki.«

»Ruhe jetzt, Schluss mit diesem Blödsinn«, hatte Augusta die beiden angeschrien. Der ältere Bruder hatte gerufen: »Willst du uns wieder schlagen wie gestern? Dann kann die Neue sehen, was hier los ist!«

Margo war entsetzt, was für ein Ton in der Familie herrschte. Diese beiden Jungs schienen Gustl auf der Nase herumzutanzen, und Sophie genoss die ganze Situation. Schwierig und nichts, was Margo in ihrer Ausbildung gelernt hatte.

Sie half ihrer Freundin, Auflauf aus dem Ofen auf die Teller zu verteilen und jedem seine Portion zu servieren. Augusta knallte den beiden Jungs ihre Gerichte auf den Tisch.

»Das wird Konsequenzen haben. Jetzt haut ihr sofort mit dem Essen ab in eure Zimmer, ich will euch hier nicht mehr sehen.« Daraufhin hatte erst Elegante seinen Teller an die Wand geklatscht, sein Bruder machte es ihm nach, bevor die beiden die Treppe hinaufrannten. Oben drehte sich der ältere noch mal um: »Und ich glaube schon, dass ich dich anzeigen werde.«

Margo war schockiert von dieser Eskalation. Appetit hatte sie nicht mehr, doch allein aus Höflichkeit blieb sie am Tisch sitzen und aß den lauwarmen Gemüseauflauf auf. Augusta und die Mädchen hatten sich über ihre Teller gebeugt und aßen schweigend. Mit keinem Wort hatte ihre Freundin erwähnt, dass es sich um derartig verhaltensauffällige Kinder handelte. Sie hatte von Pflegekindern mit Integrationsbedarf gesprochen. Darauf war sie nicht vorbereitet, sie hatte zwar eine pädagogische Ausbildung, jedoch keinerlei Erfahrung mit schweren Problemfällen. Sie fragte sich, ob sie hier in diesem Nest bleiben sollte. Nach dem Essen hatte sie einen Spaziergang ins Dorf gemacht. Die Hauptstraße wirkte wie ausgestorben. Nur ein dicker älterer Mann war ihr begegnet, der seinen Hund ausführte. Er grüßte nicht zurück, spuckte auf ihrer Höhe aus. Das war nicht direkt ein Willkommensgruß. Eine runzlige Frau in einer schmutzigen Kittelschürze stieß wilde Flüche aus, als sie an ihr vorüberging. Sie verstand nicht, was die Alte sagte, doch deren Augen funkelten hasserfüllt, sie drohte ihr mit wütenden Gesten. Das Dorf sah idyllisch aus, aber die Stimmung schien feindselig. Augusta hatte offenbar keinen Nachbarn im Ort, mit dem sie Kontakt hatte. Sie war hier vollkommen isoliert, außerdem wirkte sie völlig abgearbeitet und überfordert. Margo hatte nicht die Absicht, den Haushalt auf Vordermann zu bringen oder die Tiere zu betreuen. Sie war als Kunstpädagogin eingestellt worden. Es wäre das Beste, wenn sie gleich morgen früh wieder ihren Koffer packte.

KAPITEL 5

Am Anfang hatte sie diese Margo für eine arrogante Ziege gehalten. Diese Blicke, die sie Mama zugeworfen hatte. Klar, Augusta nervte tierisch. Aber sie hatte es nicht leicht. Niemand hatte das Recht, ihre Mutter zu verachten. Sie konnte sich vorstellen, was diese Frau über sie dachte, das Chaos, den Dreck. Seit Papa nicht mehr da war, lief das alles aus dem Ruder. Davor hat er manchmal gemeckert, wenn es bei ihnen so aussah wie jetzt. Angepackt hatte er eher selten; mittlerweile waren die drei anderen Kinder hier, die Ärger machten und ihre Sachen herumwarfen. Margo passte nicht in ein Dorf. Mit ihren ausgeschnittenen Kleidern, ihren Absätzen und ihrer Schminke sah sie aus, als ob sie in die Oper ging. Warum zog die sich nicht wie die anderen hier in Finstermoor an? Aber das war ja egal, wenn die mit ihren Pfennigabsätzen durch den Schlamm stakste.

Es ärgerte sie, mit Mama das Zimmer teilen zu müssen. Augusta hatte ihr versprochen, dass sie ihren Raum behalten würde, als die neuen Kinder einzogen. Diese Margo hatte sich im Elternschlafzimmer breitgemacht, ihre Mutter hatte ihr Versprechen vergessen, das fand Sophie unfair. Sie hatte Mama die Tür vor der Nase zugeknallt und ihr gesagt, dass sie wegen des Schnarchens kein Auge zutun konnte. Ihre Mutter zog ins Wohnzimmer. Traurig hatte sie die Matratze nach unten gebracht und nicht geschimpft. Da wäre sie lieber angeschrien worden. Endlich mal wahrgenommen werden. Auf jeden Fall war kein Platz für die Malerin. Deshalb hatten die Jungs und sie beschlossen, die Neue schnellstmöglich rauszuekeln. Am Tag, als sie angekommen war, gab es irgend so einen von Mamas komischen Aufläufen, und wie verabredet hatten sie die Künstlerin komplett ignoriert und rumgepöbelt. Elegante hat den Vogel abgeschossen, als er den Teller mit seinem Essen gegen die Wand geworfen und die ganze Zeit »Ficken« geschrien hatte.

Sie hatte den Eindruck, in dem Moment beschloss Margo, den Hof schnellstmöglich wieder zu verlassen. Aber dann war Mama zum Tier geworden, so wütend hatte sie sie selten gesehen. Wie sie Elegante und Maurizio zur Schnecke gemacht hatte. Dabei hatte sie die beiden ja angestiftet. Zum Glück hatten die Jungs dichtgehalten. Sie hätte ihnen gerne geholfen, als sie die Küche saubermachten, aber das hatte Mama strengstens verboten. Am Abend hat Sophie den beiden ein paar Kekse gebracht, da sie ja gar nichts gegessen hatten, doch Elegante war sauer. »Wenn wir noch mal so ausrasten, will sie uns zurück ins Heim geben«, hatte er ihr vorgeworfen, und sie hatte sich geschämt.

Wie sie vermutet hatte, stand Mamas Freundin am nächsten Morgen mit gepackten Koffern in der Küche. Da hatte Mama einen richtigen Weinkrampf bekommen, sie gebeten, nicht aufzugeben. Normalerweise seien die Kinder pflegeleicht. Als sie gehört hatte, wie ihre Mutter schluchzte, hatte sie beschlossen, die Wahrheit zu sagen, um Margo aufzuhalten. Sie rannte die Treppe runter und riss die Küchentür auf, um ihr Geständnis abzulegen.

»Ich muss euch was sagen: Wir wollten, dass Margo schnell wieder abreist, deshalb haben wir gestern so ein Spektakel gemacht. Das haben wir nicht so gemeint«, sagte sie und bereute es sofort. Denn sie sah, wie Mama rot wurde im Gesicht, tief Luft holte, und erwartete das Donnerwetter ihres Lebens. Aber sie starrte sie erst mal nur wütend mit funkelnden Augen an und sagte: »Geh auf dein Zimmer. Wir sprechen uns, Fräulein.« Sie ging die Treppe hinauf, blieb hinter der Tür stehen und lauschte. Augusta sprach leise mit Margo, die ihren Koffer wieder nach oben trug.

Kurz darauf flog ihre Zimmertür auf, und ihre Mutter trat ein. Ihre Haare, die ebenso rötlich waren wie ihre eigenen, standen chaotisch in alle Richtungen, ihr Gesicht war rot gefleckt, die Augen funkelten. Oh je, die kochte aber! So hatte sie Mama nicht mehr erlebt, seit sie in Hamburg mal drei Tage die Schule geschwänzt hatte und stattdessen lieber mit ihrer Nachbarin, Oma Emilia, *Mensch-ärger-dich-nicht* gespielt hatte. Die alte Frau hatte ihr geglaubt, dass die Schule ausfiel und sie allein zu Hause war. Die Stimme ihrer Mum holte sie auf den Boden der Tatsachen zurück.

»Du wolltest nicht das Zimmer mit deiner Mutter teilen.« Das klang eher traurig als wütend. Und wie sie das sagte, wirkte es egoistisch und gemein. Sophie schämte sich. »Das tut mir leid, ich habe das nicht so gemeint«, versuchte sie, sich zu entschuldigen. Da wäre ihr blanke Wut lieber gewesen.

»Du musst in der nächsten Woche gar nichts teilen. Du kannst deine Mahlzeiten alleine im Zimmer einnehmen. Dann wird dir niemand auf die Nerven gehen«, sagte ihre Mutter. Sie wollte sich, obwohl sie sich x-Mal entschuldigt hatte, auf keinen Fall umstimmen lassen.

Seit zwei Tagen saß sie nach der Schule alleine rum, Besuche waren solang verboten, und Michelle durfte nicht zu Max kommen. Sie hatte sich vorher schon einsam gefühlt, hatte keinen zum Reden. Aber jetzt musste sie immer daran denken, wie sie beim Abendessen mit Elegante und Maurizio herumblödelte, und Gülce hatte sie so lieb gewonnen wie eine kleine Schwester. Abends hatten sie immer gemeinsam Puzzles gelegt, und sie hatte ihr gezeigt, wie man mit

Bauklötzen eine Burg baute. Manchmal hatten sie zusammen »feine Dame« gespielt und Mamas Kleiderschrank ausgeräubert, die schönen Hamburger Kleider angezogen, die ihnen zu groß waren, genau wie die Stöckelschuhe, in denen sie vor dem Spiegel hin und her staksten. Sie dachte daran, wie sie gelacht hatten. Ihr war es so langweilig. Den ganzen Abend musste sie alleine herumbekommen. Sie lief auf und ab. Lust zu lesen hatte sie nicht, Computerspiele fand sie öde, die Zeit kroch so langsam dahin.

Elegante hatte erzählt, dass sie mit Margo jeden Nachmittag total verrückte Dinge malten, so wie verliebt sein, Wut oder sich selbst in Farben und Formen gestalten. Er mochte sie gerne. »Sie mag Jugendliche, auch wenn wir nicht einfach sind«, schwärmte er. Er klang fast ein wenig vorwurfsvoll, es tat ihm leid, wie er sich aufgeführt hatte. Und sie war schuld, aber sie hatte sich ja dafür entschuldigt und alles zugegeben. Wenn sie nicht die Wahrheit gesagt hätte, würde sie jetzt da unten sitzen und mitmalen. Das war so gemein von Mama, dass sie ihr alles verbot. Einmal hatte sie versucht, mit Margo zu reden, als ihre Mutter draußen die Tiere versorgte. Sie saß mit den drei anderen am Küchentisch, sie hatten sich eigene Farbpaletten angerichtet und waren dabei, die Farben frei ineinanderfließen zu lassen. Sie malte leidenschaftlich gerne und hätte am liebsten mitgemacht. Sie hatte eine Weile zugesehen, doch sie waren alle vollkommen in ihrer Arbeit gefangen, dass sie Sophie gar nicht bemerkten.

»Margo, darf ich mitmachen?«, hatte sie gebeten.

Mamas Freundin sah überrascht auf und zögerte. Einen Moment lang hoffte sie, dass sie ja sagte. Aber dann sah sie Sophie an:

»Du weißt, dass du etwas Schlimmes gemacht hast, oder, Sophie? Beinah hätten Elegante und Maurizio deshalb ihr

Zuhause verloren, ist dir das klar? Kannst du dir vorstellen, wie das ist in einem Kinderheim?«

Sie nickte stumm, ja, sie hatte die beiden angestiftet und im Regen stehen lassen. Margo hatte den Pinsel weggelegt und sah sie fragend an, dann sagte sie:

»Deine Mama hat das so entschieden, ich kann das nicht ignorieren. Male doch für dich, zeig es mir, und wir reden später darüber.«

»Keinen Bock«, schrie Sophie enttäuscht. Sie war so unendlich traurig, rannte die Treppe hoch und warf sich aufs Bett. Sie hatten doch nur diesen einen, wenn etwas heftigen Streich gespielt und eine Woche Strafe, das war so lang. Sie hätte gerne mal mit einer Erwachsenen geredet, denn sie hatte in der Schule den Eindruck, dass es Michelle immer schlechter ging ohne ihre Nachmittage bei den Pferden. Ihre Freundin hatte sich Hilfe von ihr erhofft. Doch sie hockte in ihrem Nachmittagsgefängnis. Leider hatten sie dadurch kaum Zeit, in Ruhe miteinander zu sprechen. Auf dem Schulhof in den Pausen ging das nicht, denn niemand dort durfte das wissen, sonst würde alles noch übler. Sie hoffte, dass Michelle durchhielt, bis sie wieder die Nachmittage im Stall verbrachten. Gemeinsam würde ihnen etwas einfallen.

Der einzige Lichtblick, den sie hatte, war Henry. Leider konnte sie nicht tagsüber zu ihm rüber marschieren. Sie besuchte ihn nachts. »Das ist doch kein Umgang«, hatten ihre Eltern schon am Anfang erklärt, als sie von den Hunden erzählt hatte. Wenn die anderen schliefen, kletterte sie leise aus dem Fenster und schlich im Dunkeln rüber. Zum Glück befand sich dieses Gitter für den Efeu an der Fassade, da konnte sie früh bequem wieder hochklettern. Sie wusste genau, wo der Schlüssel für Henrys Tor lag. Die beiden Wachhunde kannten sie, die sahen nur gefährlich aus. Sie hatte schon so oft mit denen gekuschelt. Mit Henry konnte man über alles reden, er behandelte sie nicht wie ein unmündiges Kind. Schade, dass er nicht ihr Papa war.

KAPITEL 6

Jetzt hat es Bob und Bora getroffen. Das war das Schlimmste, was ihm passieren konnte. Die beiden waren so etwas wie seine Familie. Holger Waldmann war aus der Tür seiner Heidekate getreten, um sich eine Zigarette zu drehen. Doch seine Hände zitterten, und er spürte auf einmal, dass er sich vor Müdigkeit und Hunger kaum auf den Beinen halten konnte. Er lehnte sich gegen die Außenwand und versuchte, seine Selbstgedrehte zu einer halbwegs tauglichen Form zu verarbeiten, was ihm nicht sonderlich gelang. Mit gierigen Zügen inhalierte er den Rauch aus dem schiefen Papierstängel. Durch die Schwaden hindurch ließ er den Blick über den Garten schweifen. Obwohl er am Ende seiner Kräfte war, würde er sich aufraffen und die Gräber ausheben. Im Moor, da sahen ihre Körper noch in Hunderten Jahren aus, als würde sie nur schlafen. So viele von seinen jüngeren Cockerspaniels hatten es nicht geschafft. Jetzt traf es seine Stammhalter, von denen seine Zucht abstammte. Sie hatten einen besonderen Platz in seinem Herzen, es waren nicht nur Tiere. Das war Familie.

Der finanzielle Aspekt rückte in den Hintergrund. Ihm drohte der Ruin, wenn sein Geschäft zum Erliegen kam. Die Hundezucht hielt ihn wirtschaftlich über Wasser. Das waren die einzigen Einnahmen, die er noch hatte. Pensionstiere konnte er wegen der Seuche schon lange nicht mehr aufnehmen. Nach der Privatisierung hatten ihn die Stadtwerke rausgeworfen. Jahrelang hatte er sich abgerackert, seine Gesundheit aufs Spiel gesetzt, und das war der Dank. Aber er ließ sich nicht klein machen, betrieb eine Hundepension. Er nahm Vierbeiner auf, die im Sommer an der Autobahnraststätte an einen Baum gebunden wurden, wenn die Familie etwas Besseres vorhatte, als mit dem Dackel Gassi zu gehen. Für diese fand er ein neues Zuhause. Doch seit dem Befall seines Rudels bestand für fremde Tiere eine Ansteckungsgefahr. Er stand finanziell vor dem Ende. Diese beiden Hunde so schrecklich leiden zu sehen, das hielt er kaum aus. Tränen hatte er lange keine mehr, die hatte er als Kind geweint. Jahrelang wurde er von den Jungs gequält. Bis er eines Tages beschlossen hatte zurückzuschlagen. Das verzieh man einem wie ihm nicht. Einem Fremden, dem Sohn einer rechtlosen Putzfrau? Aber das war lange her, heute traute sich keiner mehr, ihn schief anzusehen. Er wusste sich zu wehren, nur seine Lieben, die konnte er nicht mehr retten.

Er ließ sich auf den Boden rutschen und blieb dort sitzen, auch wenn die Pflastersteine vor dem Haus eiskalt waren. Das spürte er nur wie durch einen Dunst, er dachte an die beiden, sein ein und alles. Er konnte sich nicht vorstellen, wie er weitermachen sollte, wenn sie starben. Ohne die Menschen fühlte er sich nicht einsam. Nur Kinder mochte er ebenso wie die Tiere. Die waren unverdorben, ehrlich und frei von Bosheit. Auf die meisten Erwachsenen konnte er verzichten und er hielt sie sich vom Leibe. Die sannen nur danach, ihn zu vernichten. Bis auf eine Ausnahme: seine Nachbarin. Doch sie war die Frau eines Feindes. Konnte er ihr trauen?

Mühsam erhob er sich. Mit wackligen Beinen und einem Anflug von Schwindel schaffte er es bis ins Haus. Er hatte die beiden Hunde in sein Wohn- und Schlafzimmer gebracht, de facto war es das einzige Zimmer, das er benutzte, in den restlichen Räumen hatte er Welpen oder junge Hunde in

Boxen untergebracht. Alle Tiere, die nicht die Krankheit hatten, musste er schützen, bis er mehr über den Ursprung wusste. Nur die Pitbulls ließ er draußen. Komischerweise hatten die sich nie angesteckt.

Auf eine weiche Decke legte er die beiden schwer kranken Hunde so vorsichtig ab, als handle es sich um zerbrechliches Porzellan. Mit einem nassen Handtuch, mit dem er die Köpfe seiner zwei Lieblinge benetzte, versuchte er, das Fieber einzudämmen. Er flößte ihnen mit einer Pipette Wasser ein. Nahrung verweigerten sie komplett, obwohl er aus dem Supermarkt feinstes Rinderfilet geholt hatte. Vor allem Bora schien ihm schwach, sie litt Schmerzen im Bauchraum und fiepte leise. Bob war zwar müde, doch er hatte Hoffnungen, ihn durchbringen zu können.

Die Symptome glichen exakt der Katzenseuche, er hatte schon einmal eine solche Epidemie erlebt und war sich sicher, dass sich seine Hunde bei einer Katze angesteckt hatten. Die Anzeichen entsprachen der Parvovirose, das hatte er nachgelesen. Doch sein Tierarzt hatte behauptet, es sei keine Ansteckung möglich. Er hatte auf eigene Kosten Proben in einem mikrobiologischen Labor untersuchen und den Virus isolieren lassen. Mit seinen Untersuchungsergebnissen war er zum bekanntesten Virenprofessor an der Tierärztlichen Hochschule Hannover gegangen. »Hm, interessant«, erklärte der Anzugtyp, der dort in einem noblen Büro mit Ausblick auf den Herrenhausener Park, bewacht von einem echten Drachen als Sekretärin, hockte, er habe aber leider keine Zeit, weil er in die Vorlesung müsse. Er verwies ihn an seinen Tierarzt, der bei ihm studiert hatte. Dieser nahm die Dokumente mit arrogantem Ausdruck entgegen, widersprach seinen Erkenntnissen vehement.

Er war nicht mit einem Silberlöffel im Mund geboren, hatte kein Abitur gemacht, sondern immer arbeiten müssen.

Einem wie ihm wollten die feinen Herren nicht zuhören. Irgendwann hatte er dann ein allgemein gehaltenes Schreiben bekommen, in dem sie abstritten, dass die Erkrankung von Katzen auf Hunde übertragen werden könne. Die Versicherung übernahm die Kosten nicht, Tausende Euro musste er für die verstorbenen Pensionstiere ausbezahlen.

Das war eine Lüge, doch zu diesem Zeitpunkt hatte er geglaubt, sie seien zu eingebildet, seiner These nachzugehen, da sie nicht hinnehmen konnten, dass ein Mann ohne höhere Bildung so etwas entdecken konnte. Heute wusste er, dass sie ihn belogen haben. Sie hatten die anderen gedeckt, die ihn vernichten wollten.

Er wusste nicht, wie sie die Seuche wieder in sein Land, das er *Cocker* genannt hatte, eingeschleppt hatten. Vielleicht hatten die Pitbulls doch eine Katze übersehen, obwohl die darauf abgerichtet waren, mit Miezen kurzen Prozess zu machen. Den Schaden hätten sie durch infizierten Kot oder Köder anrichten können. Er würde wie ein Detektiv jeden Quadratmeter seines Landes absuchen, um das zu klären, wenn er nur Bob und Bora durchbrachte.

Sie hatten ihn nicht besiegen können mit ihren Anwälten, ihren Drohungen, mit dem Gerichtsvollzieher. Denn er hatte sich schon vor Jahren entschlossen, aus dem Staat der Bundesrepublik Deutschland auszutreten. Was sollte er in diesem Scheißland, das Menschen wie ihm keine Chance ließ. Er kam aus einfachen Verhältnissen, seinen Vater hatte er nie gekannt, seine Mutter putzte in der Schule und bei den Reichen. Allein deshalb hatte er keine Chance, von Anfang an hatte er die schlechteren Noten, wenn auf seinem Blatt exakt das Gleiche stand wie bei den Kindern der feinen Einheimischen. Schon von klein an wirst du aussortiert, in dem System, wenn du nicht die richtigen Noten hast, kannst du kein Abitur machen. Dann gibt es nur die Resterampe, eine Lehrstelle, die sonst niemand haben will. Und er war bei den Stadtwerken gelandet, die anderen Jugendlichen hatten ihn wie üblich ausgelacht und verprügelt. Aber er hatte sich geschworen, dass er es ihnen zeigen würde, er brauchte sie nicht. Und nun hatte er sein eigenes Land. Er hatte sich nichts gefallen lassen, doch hatten sie einen Weg gefunden, wie sie ihn in die Knie zwingen konnten.

Er war verzweifelt, Bora ging es immer schlechter, sie hatte das bisschen Wasser erbrochen, das er ihr eingeflößt hatte. Sie wand sich vor Schmerzen, quälte sich so sehr, dass er es kaum mit ansehen konnte, er hoffte nur, dass sie die Nacht überleben würde. Zum Tierarzt hatte er schon lange kein Vertrauen mehr, er musste seine Hündin alleine durchbringen. Oder das Schlimmste tun, was er sich vorstellen konnte, um ihr Leiden zu beenden. Es war schon die zweite Nacht, in der er um das Leben seiner Hunde kämpfte, und langsam hatte er keine Kraft mehr. Er hörte die Pitbulls leise knurren, es klopfte an die Tür. Die beiden waren wieder da. Nachts kamen sie zu ihm, weil sie sich unverstanden fühlten und ihnen niemand anderer zuhörte. Er hatte jetzt keine Kraft, um sich ihre Sorgen anzuhören. Doch er öffnete die Tür. Die im Dorf würden bereuen, sich mit ihm angelegt zu haben.

KAPITEL 7

Margo liebte es, nach dem Aufwachen einen Moment im Bett zu verweilen. Sie stapelte ihre aufgeschüttelten Kissen auf und machte es sich bequem. Bevor die Kinder die Treppe hinab gestürmt kamen und wild durcheinander riefen, hatte sie sich einen Tee gemacht und war wieder ins Bett geschlüpft. Auf ihrem Tabletcomputer überflog sie Zeitungsartikel, las den einen oder anderen. Als Landpomeranze musste sie sich durch die Lektüre auf den neuesten Stand der Ereignisse in der Kunstwelt bringen.

Das waren die wenigen ruhigen Momente. Aus dem Bett im ersten Stock des Herrenhauses hatte sie einen weiten Blick über die Bauernhäuser von Finstermoor. Die Sonne glitzerte golden auf der Oberfläche des Moors, das dem Dorf seinen Namen gegeben hatte. Eine dunkle Landschaft mit einer düsteren Anziehungskraft. Das Rauschen und Plätschern wirkte unheimlich, mit jedem Schritt konnte ein Spaziergänger in den Sog des Schlamms geraten, unwiederbringlich verschwinden. Selbst die Pflanzen besaßen Tentakel, verschlangen die Insekten, die sich an ihrem Nektar labten. Sie schauderte. An diesem Morgen wirkte die Umgebung fast freundlich.

Das Moor bestand aus niedrigen Wasserflächen, aus denen die Stümpfe halb abgestorbener Birken ragten, darüber führten Stege, die aber an vielen Stellen durch rötliche Sträucher fast zugewachsen waren. Im Frühjahr, das hatte ihr Augusta erzählt, blühte das Wollgras und verwandelte die Natur in eine schneeweiße Landschaft. An den Herbsttagen lag am Morgen dichter Nebel über dem Moor, dann konnte sie sich lebhaft vorstellen, wie der *Hund von Baskerville* mit bedrohlich leuchtenden gelben Augen aus den grauen Schwaden auftauchte. So abwegig war das nicht, sie hatte neulich wieder eine Begegnung der dritten Art mit einem Waldschrat gehabt. Er kam ihr mit zwei wild bellenden Pitbulls ohne Maulkorb auf dem Bohlenweg in das Moor entgegen, und im Stil eines Cops aus einem amerikanischen Actionfilm fragte er:

»Wer hat Sie geschickt? Was wollen Sie hier?«

»Sind Sie hier der Dorfsheriff?«, antwortete Margo schnippisch. Sie bemerkte, dass er ein Gewehr umhängen hatte, und ging schnellen Schrittes weiter. Sein unheimlicher Blick brannte im Rücken, hoffentlich drehte der Mann nicht durch. Sie hatte ausreichend Erfahrungen mit psychisch gestörten Fremden, die man in der Berliner U-Bahn nicht selten traf. Und sie hatte gelernt, ihnen am besten möglichst still aus dem Weg zu gehen, nicht in die Augen zu schauen und sich auf kein Gespräch einzulassen. Das schien ihr in diesem Fall geraten. Aus dem Augenwinkel hatte sie die Hand des Schrats am Auslöser der Waffe gesehen. Aber da hatte ihr ihre Fantasie sicher einen Streich gespielt. Das gab es doch mitten in Deutschland nicht.

»Ein Spinner, aber vollkommen harmlos«, hatte Augusta später nur gesagt, als sie von der unheimlichen Begegnung berichtete. Margo streckte eine Fuß aus dem Bett, sie wollte mit ihrer Freundin das pädagogische Programm besprechen. Davor brauchte sie einen Kaffee.

Jemand kam die Treppe aus der unteren Etage hinaufgerannt, klopfte hektisch an ihre Tür, dann hörte sie Augustas Stimme schrill rufen:

»Margo, ist Sophie bei dir?«

»Nein«, sagte sie verwundert. Das Mädchen ging ihr eher aus dem Weg, sie hatte sie seit dem Wutanfall nicht mehr gesprochen.

»Darf ich reinkommen, ich habe sie überall gesucht? Entschuldige, das ist ein Notfall.«

Margo war es zwar peinlich, dass sie im Bett lag und Augusta schon von früh an auf den Beinen war. Sie stand auf und öffnete die Tür, denn Augustas Stimme klang regelrecht panisch.

Augusta sah schrecklich aus. Ihre übliche Hochsteckfrisur, die sie schnell zusammenzwirbelte, war in Auflösung und ihre weiße Porzellanhaut rot gefleckt, sie wirkte atemlos, gehetzt.

»Was ist denn los?«

Augusta schluchzte, sodass sie erst nach einigen Nachfragen erfuhr, dass Sophie nicht wie üblich zum Auto gekommen war. Sie waren schon über der Zeit.

»Das macht sie jetzt immer so. Sie kommt in letzter Minute mit ihrem ganzen Kram angerannt, weigert sich, mit den anderen zusammen zu frühstücken. Aus Trotz. Aber heute kam sie gar nicht«, erklärte Augusta. Sie hatte dann in Sophies Zimmer nachgesehen, das leer war. Bei Max im Stall hatten die Jungs nach ihr gesucht.

»Kannst du noch mal mit den beiden reden, ob sie irgendwas wissen?«, bat Augusta sie schluchzend und sagte dann: »Ihr muss etwas Schlimmes passiert sein, ich fühle es.«

Margo dachte daran, was für ein Früchtchen das Mädchen war, wie es die beiden Jungs angestiftet hatte, bei ihrer Ankunft ein derartiges Theater zu veranstalten. Als Sophie dann eines Nachmittags bei ihnen in der Küche gestanden hatte, war ihre Verzweiflung zu spüren, ihre Einsamkeit. Ob sie deshalb abgehauen war, um mehr Aufmerksamkeit zu bekommen? Ihre Mutter schien völlig aufgelöst zu sein, es ging jetzt erst einmal darum, einen klaren Kopf zu behalten und systematisch vorzugehen.

»Bitte wartet unten auf mich, wir werden gemeinsam zuerst einmal alles absuchen, ich bin in zwei Minuten bereit«, bat sie ihre Freundin. Dann legte sie ihr beruhigend den Arm um die Schulter. »Bestimmt ist sie putzmunter in einem Versteck und lacht sich ins Fäustchen.«

Sie hatte sich vor ein paar Tagen Jeans und einen alten Pullover von Gustl geliehen, denn solche Kleidungsstücke besaß sie überhaupt nicht, die zog sie schnell über. Als sie die Treppe hinunterkam, warteten die vier anderen ungeduldig und sahen ihr erwartungsvoll entgegen. Jetzt galt es, die Nerven zu bewahren.

»Darf ich mal ihr Zimmer sehen?«, fragte Margo. Elegante sprang auf und führte sie die Treppe hinauf und deutete hinein. Der Raum war größer als ihr Schlafzimmer, an einer Wand befand sich ein richtiges Prinzessinnenbett, das von einem blauen Baldachin überspannt war. Das Bett sah zerwühlt aus. Sie hatte zumindest zeitweise darin geschlafen.

»Geh bitte wieder nach unten«, bat sie den Jungen. Sie konnte nicht ausschließen, dass es polizeiliche Untersuchungen geben würde. Der Raum sollte möglichst unverändert bleiben, falls es Spuren zu sichern gab. Auch wenn es sich vermutlich nicht um den Tatort eines Verbrechens handelte. Die Göre war bestimmt abgehauen. Und entführen würde sie niemand freiwillig. Gustl war ohnehin nicht interessant für einen Erpresser, sie war nicht begütert. In einer Nische befand sich eine Sitzecke mit Sofa und zwei Sesseln, alles in der gleichen Farbe wie der Baldachin. Direkt vor dem Fenster stand ein etwas kitschiger weißer Schreibtisch mit Messingbeschlägen an den Schubladen und einem Bürostuhl davor. Sie sah auf dem Tisch nach, ob sich dort irgendeine Nachricht befand, sah einen Stapel Schulbücher durch, spürte einen kühlen Lufthauch, dann fiel ihr Blick auf das Fenster, das nur angelehnt war. Sie blickte hinaus, es ging drei Meter in die Tiefe. Dieser Teil der Fassade war von Efeu dicht bewachsen, darunter schien eine Art Gerüst als Rankhilfe angebracht. Vermutlich war das Früchtchen abgehauen, aus dem Fenster geklettert. Das würde selbst sie schaffen. Margo dachte nach, ob es etwas bringen würde, die Polizei einzuschalten. Sie mussten gründlich alles absuchen, die Freunde des Mädchens kontaktieren. Ansonsten war sie nicht sicher, ob ihre Anzeige überhaupt angenommen würde. Die Jungs waren, wenn sie sich nicht von ihrer Ziehschwester manipulieren ließen, so vernünftig, dass sie die beiden in die Suche einbinden konnten. Das kleine Mädchen war am besten in ihrem Zimmer aufgehoben. Zunächst wollte sie aber Elegante und Maurizio befragen, die mit den anderen um den Küchentisch saßen und aufsprangen, als sie wieder in die Küche kam.

»Das ist jetzt kein Spiel mehr. Wisst ihr, wo Sophie sich versteckt hat?«, wollte sie wissen. Die beiden schüttelten den Kopf. Aber sie sah Elegante an, dass er überlegte. Er wusste irgendetwas. »Wenn du etwas weißt, bitte sag es jetzt. Sophie möchte, dass wir sie finden.« Doch der Junge verneinte, und sie konnten nicht untätig warten, bis er seine Meinung geändert hatte.

»Dann werden wir jetzt das gesamte Grundstück absuchen«, bestimmte Margo. Neben dem Herrenhaus, das Gustl schon durchkämmt hatte, mussten sie nochmals die beiden leer stehenden Gebäudeflügel und den Stall kontrollieren. Sie würde sich mit Elegante den linken Flügel und die Scheune vornehmen, Gustl sollte mit Maurizio die Ruine und die Schuppen, die sich hinter dem Hühnerstall befanden, begehen. Doch Gülce begann zu schreien wie eine Feuerwehrsirene:

»Das war der schwarze Mann, der kommt und holt mich. Ich will nicht alleine bleiben.«

Margo nahm sie an die Hand. »Okay, du kommst mit uns«, lenkte sie ein. Als sie außer Hörweite der beiden anderen waren, fragte sie: »Was war mit dem schwarzen Mann? Hast du jemanden gesehen?«

Gülce verneinte: »Nein, gesehen nicht.«

Margo bohrte nach: »Aber gehört?«

Gülce nickte. Das Mädchen ließ sich alles aus der Nase ziehen.

»Was genau hast du gehört?«

»Ich bin aufgewacht, und es hat laut gepoltert. Jemand ist weggelaufen. Ich hatte doll Angst und hab mich unter der Decke versteckt«, sagte das Mädchen mit piepsiger Stimme.

»Woher weißt du denn, dass es der schwarze Mann war«, fragte Margo.

»Das hat mir Sophie immer erzählt, er kommt aus dem Moor mit seinen großen bissigen Hunden und fängt Mädchen weg, wenn die nicht artig sind«, antwortete die Kleine. Margo strich ihr über den Kopf und sagte dann: »Das war nur ein Märchen, du brauchst keine Angst haben.«

Die Kleine schluchzte: »Aber nun hat er doch Sophie geholt, weil sie nicht artig war.«

Margo nahm sie in den Arm und redete ihr gut zu. »Bestimmt geht es Sophie gut, wir müssen sie nur finden.«

Das beruhigte das Mädchen, und sie schlossen die Tür zu dem Gebäude auf, in dem sich unten eine Werkstatt befand. Ein muffiger Geruch schlug ihnen entgegen. Sie knipste das Licht an und blickte auf Regale mit Werkzeug und Hobelbänke, die von Spinnweben bedeckt waren. Sie hob eine Plane hoch, unter dem sich ein uraltes halb verrostetes Auto befand. Es musste mal ein wunderschöner

Sportwagen gewesen sein, »Isabella« las sie hinten an dem Kofferraum. Aber hier hatte sich lange niemand mehr aufgehalten. Sie gingen eine Stiege hoch, wo alte Koffer, Kartons, Schränke und Stühle aufgestapelt waren. Die stammten vermutlich von den Bewohnern, denen das Haus vor Felix und Augusta gehört hatte. Keine Spur von dem Mädchen. Sie gingen weiter in die Scheune, die unten mit runden Heuballen gefüllt war. Sie hatte überrascht gesehen, wie ihre Freundin diese mit dem daneben stehenden Traktor über das Gelände fuhr, das hätte sie der zierlichen Kunststudentin von einst niemals zugetraut. Auch hier war kein Hinweis auf Sophies Verbleib zu finden.

Eine Holzleiter führt in das zweite Geschoss der Scheune, wo sich das Strohlager befand. Sie waren hinaufgeklettert, dort sahen sie etwas liegen. In der Ecke lagen eine Decke, Kissen, eine Flasche Cola, jede Menge leere Packungen von Keksen und Schokoriegeln sowie Zigaretten.

»Weißt du, was das ist?«, wandte sie sich an Elegante. »Es geht hier nicht um die Raucherei und dass ihr einen Brand auslösen könnt. Wir müssen Sophie finden.«

»Ja, da haben wir uns manchmal getroffen, und neulich hat mir Sophie beigebracht, wie man raucht«, gab dieser zu. Aber auch hier schien sie sich nicht versteckt zu haben. Als sie in der Küche eintrafen, telefonierte Augusta gerade.

»Nein, sie sind nicht hier«, antwortete sie einem unbekannten Anrufer.

Dann hörte sie, wie ihre Freundin energisch wurde: »Das ist doch Unsinn, Sophie hat niemanden zu irgendetwas angestiftet. Sie ist nie von zu Hause weggelaufen, dazu hat sie überhaupt keinen Grund.«

Margo hörte, dass der Mann am anderen Ende herumschrie, verstand aber nicht, worum es ging. Augusta hatte offenbar genug und legte auf. Dann schluchzte sie wieder und sagte: »Nichts, Sophie ist wie vom Erdboden verschwunden; auch Michelle ist weg, ihre engste Freundin.«

»Willst du mir erzählen, wo Felix steckt? Könnte sie bei ihm sein?«, fragte Margo. Augusta war das Thema unangenehm, sie wich ihr immer aus, sobald die Sprache auf ihren Ehemann kam.

»Ausgeschlossen, da ist sie nicht«, schnitt sie ihr kurz das Wort ab. »Ihr ist etwas passiert, ich habe Angst.«

Margo tröstete sie und sagte: »Das muss nichts Schlimmes sein, wie waren wir in dem Alter?« Vorsichtshalber schlug sie vor, die Polizei einzuschalten, auch wenn das Mädchen sicherlich nur ausgebüxt war. Dafür sprach ihr ganzes Verhalten, die angespannte Stimmung zwischen Mutter und Tochter.

Sie dachte daran, wie das Mädchen in der Küche gestanden hatte, im Nachhinein hatte sie das Gefühl, dass sie den Kontakt gesucht hatte. Es ging um Aufmerksamkeit, aber sie wollte ihr etwas mitteilen. Sie bedauerte, dass sie nicht mit ihr gesprochen hatte. Sie war sich sicher, dass Elegante mehr wusste. Würde er reden, wenn sie ihm verdeutlichte, was Sophie alles passieren konnte? Vielleicht würde er ja irgendetwas malen, was sie weiterbrachte. Augusta stimmte zu, das Verschwinden bei der Polizei zu melden.

Sie setzten die Jungs an das Telefon zu Hause und fuhren beide mit Gülce nach Ihlienworth. Dort befand sich die nächstgelegene kleine Polizeistation. Ein übergewichtiger Polizist, der keine 40 Jahre alt war, aber aussah, als stünde er kurz vor der Pension, nahm die Angaben unbeeindruckt entgegen. »Aha, das Fenster stand offen? So sind die in dem Alter«, erklärte er dann. Die Mädchen würden schon wieder auftauchen. Über eine Suchaktion müsse der Chef entscheiden. Er wollte sich später melden. »Machen Sie sich mal gar keine Sorgen und warten zu Hause, wenn das Mäd-

chen Hunger hat, kommt es schon wieder. Wir rufen an.«
Beruhigt fühlten sich die Frauen nicht. Margo fiel ein, wen sie um Hilfe bitten konnte.

KAPITEL 8

Wenn sie gläubig wäre, hätte Friederike von Menkendorf einen Dankesgruß in den Himmel geschickt. Endlich eine Chance wegzukommen. Ihr Handy brachte die erhoffte Ausrede, um sofort abzureisen. Es war die Malerin Margo Valeska, von der sie seit dem gemeinsamen Einsatz auf Helgoland nichts gehört hatte. Ihre Stimme klang gehetzt. »Könnten Sie mir in einem Notfall helfen?«, fragte sie.

»Wo stecken Sie denn überhaupt?«, wollte Rike wissen. Die Malerin hatte ein Talent dafür, in Schlamassel zu geraten. Aber in dem Fall sollte ihr das recht sein. Alles war besser als dieses absurde Training.

»Finstermoor, das ist ein kleines Dorf im Landkreis Cuxhaven, nicht so weit von Hamburg entfernt.«

»Sie meinen doch nicht den Ort am Ahlenmoor?«, fragte Rike verblüfft.

»Genau das, ein winziges Nest. Kennen Sie das?«

»Und ob. Dort haben meine Großeltern gelebt!« Was für ein Zufall, dass die Malerin ausgerechnet im Dorf ihrer Kindheit gelandet war. Und für sie ein willkommener Anlass, um aufzubrechen.

Rike hatte auf einer Bank hinter der Waldhütte gesessen, nachdem sie sich heimlich von der Gruppe davongestohlen hatte. Die Leute machten sich vollkommen zum Horst und schrien wie die Wahnsinnigen die Bäume an. Ihr Chef hatte sie zu diesem dämlichen Psychoseminar angemeldet, das eine völlig durchgeknallte Geistheilerin hielt. Wie diese Verrückte dazu kam, offiziell als Dienstleisterin für die Polizei zu arbeiten, war ein Rätsel. Am ersten Seminartag ging es darum, sein inneres Selbst zu finden – wie dieses ausgerechnet durch hysterisches Schreien auftauchen sollte, blieb das Geheimnis dieser selbst ernannten Hexe. Die kräftige Rothaarige mit ihren bunten Wallegewändern sprach so schwäbisch, dass sie kaum die Hälfte des Gesagten verstand.

Erst hatte sie gedacht, dass der Kurs eine willkommene Abwechslung werden könnte. Ihr Vorgesetzter hatte sie vor die Wahl gestellt, sie zu dieser Weiterbildung zu schicken oder sie zu beurlauben. »Bis Sie wiederkommen, ist Gras über den Fall gewachsen. Dann sind die Ermittlungen eingestellt. Das ist die beste Lösung«, hatte Christian Kanther sie überzeugt.

Doch mit Esoterik-Schmus konnte sie wenig anfangen, es beleidigte den gesunden Menschenverstand. Überhaupt ging ihr dieses ganze Gerede über Burn-out auf die Nerven. Das war nichts als eine Modediagnose, und in diese Ecke ließ sie sich schon gar nicht stellen. Ihre Arbeit liebte sie, doch unter ihrem derzeitigen Vorgesetzten wurde eigenständiges Denken eher nachteilig ausgelegt.

Egal worum es ging, sie würde die Malerin unterstützen.

Bei den Ermittlungen auf Helgoland hatte die Valeska einen wichtigen Beitrag geleistet. Sie war zuverlässiger als einige der Kollegen bei der Polizei. Seit ihrer Helgolandreise überlegte sie, sich beruflich umzuorientieren. Doch die Ermittlerarbeit war das, was sie am liebsten tat.

Von ihrem Chef erhielt sie keine Rückendeckung, als sie in ihrem letzten Fall vom Verdächtigen angezeigt wurde. Ermittlungen gegen sie liefen. Im Traum sah sie das schrecklich zugerichtete junge Mädchen vor sich, das qualvolle letzte Stunden verbracht hatte. Die Eltern, die aus Japan gekommen waren. Ihre einzige Tochter war tot. Augen ohne jeglichen Glanz. Erloschen. Ihr Händedruck, mit dem sie versprochen hatte, den Mörder zu finden und hinter Gitter zu bringen. Das letzte bisschen Hoffnung für diese beiden Menschen. Sie war sich sicher, den Täter zu kennen. Doch der Verdächtige lief frei herum, er stand unter Schutz, und sie hatte leider am kürzeren Hebel gesessen. Sie war des Alleingangs und der Befehlsverweigerung bezichtigt worden, in diese Richtung hatte sie nicht ermitteln dürfen. Zu allem Übel hatte sie der mutmaßliche Mörder wegen Körperverletzung angezeigt.

Sie sollte so lange an Weiterbildungen oder anderen Kursen teilnehmen, bis das Verfahren abgeschlossen war. Wie oft wachte sie nachts auf und sah das tote Mädchen, das in einer Mülltonne entsorgt worden war, und die vorwurfsvollen Blicke der verzweifelten Eltern. Erst neulich hatten sie wieder angerufen und um Rückruf gebeten, doch sie hatte strikte Anweisungen, die Finger von dem Fall zu lassen. Das Seminar war ein Kompromiss, den ihr Vorgesetzter ins Gespräch gebracht hatte.

»Sind Sie noch dran?«, drang wieder Margos Stimme an ihr Ohr.

Es ging um eine vermisste Jugendliche im Landkreis Cuxhaven. Margo bat sie um Hilfe für ihre Freundin, die dort lebte und ihre Tochter suchte.

Da sie eh nichts Besseres zu tun hatte, pfiff sie nach Prinz und ging zurück zu ihrer Jurte, schulterte ihre Tasche und stieg in den Mercedes-Benz-Oldtimer. Zuverlässig schnurrte der Dieselmotor, der ehemalige Leichenwagen beschleunigte gemächlich und schluckte enorme Mengen an Treibstoff. Aber er fuhr sich weich wie eine Sänfte und war geräumig genug, um mit ihrem Hund darin zu übernachten.

Vier Stunden würde sie laut Navigationsgerät aus der Schorfheide bis in den Landkreis Cuxhaven brauchen. Am Elbtunnel geriet sie wie meist in einen Stau, nur schrittweise ging es vorwärts. Sie rekapitulierte die Informationen über den Fall.

Zuletzt hatte die Malerin in einem Hafenloft in Cuxhaven gelebt, es überraschte Rike, dass sie wieder umgezogen war. Vielleicht lag es an der Stelle als Pädagogin, die sie auf diesem Hof bekommen hatte. Seit wenigen Tagen war sie dort – und kurz darauf waren die Mädchen verschwunden. Sicher würden sie die beiden bei irgendeiner Tante oder Großmutter finden. Es war unwahrscheinlich, dass gleich zwei Kinder gleichzeitig einem Entführer zum Opfer fielen. Es hatte vor Jahren einen Fall gegeben, bei dem ein psychisch gestörter Mann von außen in die Kinderzimmer junger Mädchen eingedrungen war, diese entführt und missbraucht hatte. Sie hatte im Internet recherchiert und gesehen, dass der Täter vor drei Jahren eine lebenslange Freiheitsstrafe erhalten hatte. Außerdem war Sicherheitsverwahrung angeordnet worden. Der saß hinter Schloss und Riegel.

Damit würde sie die Mutter zumindest beruhigen können. Nach dem Elbtunnel war der Verkehr flüssig, doch an der Fähre in Glücksstadt stand eine unüberschaubar lange Autoschlange. Sie reihte sich ein, die Schlange kroch vorwärts, bis sie an Bord kam. Prinz bellte empört, und sie ließ ihn aus dem Wagen, der Wind wehte ihnen bei der Überfahrt um die Nase.

Sie genoss die Strecke durch die Apfelplantagen, bis sie nach Otterndorf kam, von dort ging es durch kleine Dörfer mit alten Höfen.

Auf den Wiesen am Straßenrand grasten Kühe und Pferde. Vor ihr tuckerte ein Traktor mit zwei voll beladenen Anhängern mit Kartoffeln, den sie nach dem Dorf endlich überholen konnte.

Es war Mittag, als sie in Finstermoor eintraf. Auf der Dorfstraße sah sie eine Gruppe von Männern und Frauen, die sich gelbe Westen übergezogen hatten und jeweils einen Stab in der Hand hielten. Das war ein Suchtrupp aus dem Dorf, so wie es aussah. Ein bärtiger Mann mit Halbglatze und Schmerbauch, der so eine Art Anführer zu sein schien, stand mit einer Karte vor ihnen und zeigte auf die Gelbwesten; er teilte die Freiwilligen ein. Sie beschloss, zuerst an die angegebene Adresse zu fahren und sich später mit den Helfern zu befassen. Eine Weidenallee führte von der Straße zu einem verschlossenen schmiedeeisernen Tor. Dahinter befand sich ein stattliches Gutshaus mit einer Fachwerkfassade und Türmchen, dessen Mauern frisch renoviert leuchteten. Sie erinnerte sich an das Gebäude, nur hatte sie es größer und grauer in Erinnerung.

Das helle Naturdach aus Reet sah ebenfalls aus wie frisch erneuert. Das musste bei einem Haus dieser Größe recht kostspielig sein. Sie öffnete das Tor, so wie Margo ihr gesagt hatte, und fuhr in den Innenhof. Sie fragte sich, ob den neuen Besitzern finanziell die Puste ausgegangen war, denn die Nebengebäude waren in einem ruinösen Zustand.

Sie klingelte an der Tür des Haupthauses. Ein etwa 16-jähriger dunkelhaariger Junge öffnete wortlos, ging vor ihr her und führte sie durch den Flur in eine Wohnküche, wo Margo Valeska und die Hausherrin auf sie warteten.

»Hauptkommissarin Friederike von Menkendorf«, stellte ihre Bekannte sie vor und schüttelte ihr die Hand.

»Vielen Dank, dass Sie gekommen sind«, begrüßte die andere Frau sie matt, eine Rothaarige mit blassem Teint, der ihre tiefschwarzen Augenringe überdeutlich hervortreten ließ. Sie musterte sie aufmerksam.

»Augusta Rothermund«, stellte sie sich vor. Ihr Händedruck wirkte kraftlos.

Friederike lehnte den angebotenen Tee ab, fragte aber, ob sie Prinz aus dem Auto lassen könne, und holte ihren

Vierbeiner in die Küche. Dann bat sie die beiden Frauen, am Küchentisch Platz zu nehmen und nochmals zu schildern, was vorgefallen war.

»Gab es Streit oder irgendeine Missstimmung? Am besten, Sie gehen die Zeit vor dem Verschwinden minutiös durch«, wandte sie sich an Augusta.

Sie bemerkte, dass ihr Margo einen intensiven Blick zuwarf und skeptisch die Augenbrauen hochzog, während die Mutter liebevoll über ihre vermisste Tochter sprach.

»Mein Mädchen. Sie ist kindlich und brav. Nie würde sie weglaufen«, beteuerte Augusta.

Offenbar hatte ihre Malerin dazu eine andere Meinung, die sie vor der Mutter nicht äußern wollte. Dem musste sie später nachgehen.

»Was wurde bislang unternommen, um die beiden zu finden?«, fragte Rike.

»Wir haben Freunde von ihr gefragt, und im Dorf halten alle Ausschau«, berichtete Augusta.

»Und Großeltern, andere Verwandte? Manchmal schaffen es Kinder, mit dem Bus oder Zug jemanden zu besuchen.«

Die Mutter schüttelte entschieden den Kopf. »Sophie ist so kindlich.«

Margo Valeska schaltete sich ein. »Was ist mit Felix? Das könnte eine Möglichkeit sein, bestimmt vermisst sie ihn.«

»Da ist sie nicht hin. Er ist weg. Der Klassiker, hat sich eine 15 Jahre jüngere Arbeitskollegin genommen. Sophie wollte nicht mehr zu ihm nach Hamburg, sie war sauer auf ihren Vater wegen dieses Püppchens.«

»Wurden Suchmaßnahmen eingeleitet?«, fragte Rike weiter.

»Nur hier haben wir gesucht, es gab keine polizeiliche Suche«, berichtete Margo. Sie hatten jeden einzelnen Raum des Hofs durchsucht und waren alle Wege des Dorfes abgelaufen.

Rike bat darum, sich das Zimmer der Vermissten ansehen zu dürfen. Augusta ging ihr voran die Treppe hinauf und öffnete die Tür. »Das ist ihr Reich. Es gab einen kleinen Streit. Ich hatte vor, bei ihr zu schlafen, da Margo im Elternschlafzimmer wohnt.«

»Und das hat sie gestört?« Rike musterte ihr Gegenüber. Kurz schien die Frau zu zögern, schüttelte dann entschieden den Kopf. »Zuerst schon, aber ich habe eingesehen, dass sie Raum für sich braucht, und habe im Wohnzimmer geschlafen. War nicht der Rede wert.«

Unschlüssig war sie in dem geräumigen Zimmer mit einem Bett mit Baldachin stehen geblieben. Rike hatte den Eindruck, dass dieser Konflikt tiefer ging. Sie versuchte, sich einen Überblick zu verschaffen, und trat dann ans Fenster.

»Ein herrlicher Blick«, stellte sie fest, als ihre Augen auf das verdreckte Bord fielen.

»Das ist eine Spur, die von innen nach außen verläuft.« Sie zeigte auf einen deutlich sichtbaren Profilabdruck. Diese Sophie war aus ihrem Zimmer runtergeklettert und nicht getragen worden. Weder Kampfspuren noch Blut fanden sich in dem Raum. Sie sah die Sachen auf dem Schreibtisch durch. Auch das Handy und ein Tablet lagen dort, beide ausgeschaltet. Sie schaute sich das Bett an, wo unter der Matratze ein mit Glitzersteinen beklebtes Büchlein versteckt war, und öffnete den Schrank.

»Welche Sachen fehlen?«, wollte sie von der Mutter wissen. Diese sah die Kleidung durch. »Ihre Daunenjacke ist weg und ihre Lieblingsjeans. Außerdem fehlt ihre Reisetasche.«

Das schien ein klarer Fall zu sein. »Könnte es nicht doch sein, dass sich Ihre Tochter bei Ihrem geschiedenen Mann aufhält?«

»Wir sind nicht geschieden, aber so gut wie«, berichtigte Augusta. Dann schüttelte sie energisch den Kopf: »Sophie hat sich seit Wochen geweigert, ihren Vater zu sehen, das kann man ausschließen.« Sie hatte sich dafür eingesetzt, dass Sophie ihren Erzeuger weiter in Hamburg besuchte, doch diese hatte sich nicht überzeugen lassen. Dann bat sie eindringlich: »Bitte sagen Sie meinem Noch-Ehemann nichts von dem Verschwinden. Er wird mir einen Strick daraus drehen, und ich habe Angst, das Sorgerecht zu verlieren.«

Doch Rike konnte ihr da nicht viele Hoffnungen machen: »Das wird nicht möglich sein, wenn das Mädchen nicht in den nächsten Stunden wieder auftaucht. Ihr Vater könnte etwas wissen, Sie wollen doch, dass sie gefunden wird?«

Wenn sie nicht schnellstens einen Erfolg hatten oder der Verdacht auf ein Kapitalverbrechen bestand, musste sie die Kollegen in Cuxhaven informieren – und die würden grob fahrlässig handeln, wenn sie den Vater nicht benachrichtigen würden. »Das wäre der nächste logische Schritt, den Papa zu fragen«, folgerte sie. Doch sie sah, dass Augusta blass wurde und um Luft rang.

»Da ist sie nicht, ich fühle das. Ihr muss etwas passiert sein«, presste sie hervor.

Rike hielt es zwar für einen Fehler, den Erzeuger nicht einzubeziehen. Sie war aber rein privat angereist, um ihrer Bekannten einen Gefallen zu tun, und wenn sie ehrlich war, aus Langeweile.

Sie wollte zunächst versuchen, Prinz eine Spur aufnehmen zu lassen. In einigen Fällen hatte er einen erstaunlichen Spürsinn bewiesen. Sie bat um ein Kleidungsstück von Sophie und ging mit ihm genau unter das Fenster, wo es einen Abdruck gab, dort, wo sie vermutlich gelandet war.

»Such«, forderte sie ihn auf, und er schnüffelte, bellte aufgeregt und rannte dann den Weidenweg vor dem Hof hinab, schnurstracks auf die Bundesstraße zu. Auf dem Trottoir blieb er stehen, lief zu einer Laterne, roch, überquerte dann die Straße und rannte knurrend und bellend auf ein Tor schräg gegenüber zu, das mit Stacheldraht gekrönt war. Ein vielstimmiges Bellen ertönte von dem Grundstück, dort hatte er kehrtgemacht und sich mit eingezogener Rute hinter ihrem Rücken versteckt. Am Zaun sah und hörte sie zwei aggressiv kläffende Hunde, die mit großer Wucht gegen das Tor sprangen. Die sahen wie Pitbulls aus, mit denen sicher nicht gut Sahnetörtchen essen war.

Vermutlich hatte er die Spur verloren und war dem Hundegeruch von der Laterne gefolgt, dann hat er vor den gefährlich aussehenden Wachhunden Angst bekommen, vermutete Rike. Oder das Mädchen war auf das Grundstück mit den Hunden gegangen, wo Prinz umkehrte. Die andere Möglichkeit war, dass Sophie in ein Auto gestiegen war und die Spur geendet hatte. Sie überlegte, ob sie das Gelände hinter dem Tor dennoch näher untersuchen sollte, da hörte sie Rufe aus einiger Entfernung. Ein Mann brüllte: »Ich habe sie.«

Gemeinsam mit Margo rannte Rike in Richtung der Stimmen an der Hauptstraße lang, an einem Flachbau mit dem Schild »Sportlerheim« vorbei. Sie folgten einem ausgetretenen Pfad durch ein Wäldchen. Hinter den Bäumen befand sich die verbotene Zone. Ein Bohlenweg, gesäumt von Schilfbüscheln, führte über dunkles Gewässer. Rikes Großeltern hatten damals mit Argusaugen darüber gewacht, dass sich die Kinder von diesem Bereich fernhielten. Der vertraute Modergeruch rief ihr die Geschichten ihrer Großmutter über die Moorgeister und -elfen in Erinnerung. Beim heißen Kakao hatten sie ihr an nebligen Tagen an den Lippen gehangen und jedes Wort für wahr gehalten.

Der Suchtrupp mit den gelben Westen hatte sich um einen Mann versammelt, der etwas in der Hand hielt. Bereits auf den ersten Blick sah sie, dass es weder ein Kind war noch ein Leichenteil. Als sie sich genähert hatten, stellte sie sich den Anwesenden vor:

»Hauptkommissarin Rike von Menkendorf.«

»Darf ich mal Ihren Dienstausweis sehen?«, fragte der bärtige Mann, den sie von Weitem gesehen hatte, als sie angekommen war.

»Ich bin hier auf Wunsch der Mutter, arbeite in dem Fall im privaten Auftrag«, erklärte Rike.

»Das kann jeder sagen!« Der dicke Mann stand mit gerunzelter Stirn vor ihr wie ein Fels. Dann stutzte er: »Rike? Bist du jetzt bei der Polizei?«

Die Stimme kannte sie doch. »Henning?« Sie hatte ihn nicht sofort erkannt, er hatte sich verändert, war dick geworden. Er wirkte wegen der spärlichen Haarpracht deutlich älter. Ihre Großeltern waren mit seinen befreundet, sie hatten als Kinder oft miteinander gespielt. Später hatte er ihre Ferienfreundin Brigitte geheiratet. Als 16-Jährige hatten sie sich auf dem Schützenfest kennengelernt. Leider hatte sie den Kontakt zu ihrer Freundin nach dem Tod der Großeltern verloren. »Ist Gitti auch hier?«, wollte sie wissen. Er sah zu Boden. »Krebs, schon vor drei Jahren«, sagte er.

»Und jetzt ist Michelle verschwunden. Nur wegen der Hamburger Göre. Die hat sie angestiftet.«

»Was habt ihr denn da gefunden?« Sie deutete auf etwas Tropfendes in der Hand des Helfers neben ihnen. Es handelte sich um eine schlammverschmierte rosa Wollmütze mit einem aufgenähten Einhorn und einem langen Zipfel.

»Das gehört dem Mädchen aus dem Herrenhaus, lag im Moor.« Der Mann deutete mit seinem Nordic-Walking-Stock auf eine nasse Fläche. Die Umstehenden nickten.

Margo, die aufgeschlossen hatte, bestätigte, dass Sophie eine solche Mütze besessen hatte. Doch mehr hatte der Suchtrupp nicht gefunden, es gab keine Gegenstände neben der Kopfbedeckung, und die Kinder selber waren wie vom Erdboden verschluckt.

»Das Umfeld muss durchsucht werden. Die Mütze könnte ein Indiz sein, dass die Mädchen hier verunglückt sind«, erklärte Rike. Andererseits war es nur ein Kleidungsstück. Das konnte dort platziert worden sein, um die Suchenden in die Irre zu führen. Pubertierende kamen ja manchmal auf die blödesten Ideen, um auf sich aufmerksam zu machen.

»Hat schon jemand die Polizei gerufen? Das sollten Profis übernehmen«, erklärte sie.

Henning Lüder schüttelte den Kopf. Sie rief die Cuxhavener Kollegen an, denn dieses Terrain war für die Freiwilligen schwer überschaubar und zudem gefährlich.

Sie wählte die Nummer von Flores Salazar, die sie seit einigen Jahren kannte. Sie berichtete, was sie unternommen hatten. Die junge Frau war eine fähige Polizistin, und sie würde die Informationen nicht sofort nach Hamburg weiterkabeln. Ärger war ihr wegen der Flucht vom Seminar sicher, zudem kamen Ermittlungen in einem anderen Bundesland nicht gut bei ihrem Chef an. Doch sie musste die Kollegen einbeziehen. Sie hoffte, dass die Mädchen lebten und nicht im Moor verunglückt oder Opfer eines Gewaltverbrechens geworden waren.

»Wir kommen«, erklärte die junge Frau. Nach einer Stunde traf der Tross der Polizeiautos ein. Sie hatte an der Straße gewartet, um die Kollegen einzuweisen. Flores Salazar stieg aus und trat auf sie zu. »Wir haben 20 Leute mit, drei Spürhunde und einen Hubschrauber sowie eine Drohne im Einsatz«, berichtete die junge Polizistin. Ein weiteres Team in der Polizeiinspektion nahm sich die sozialen Netzwerke vor. »Wie ist es mit Handys?«, wollte die Kollegin wissen. »Leider Fehlanzeige. Sophie besitzt eines, es liegt aber in ihrem Zimmer. Das andere Mädchen hat keines.« Flores nickte und gab die Information telefonisch weiter. Die Kollegen begannen den Einsatz mit den Fluggeräten und machten mit der Wärmebildkamera Aufnahmen um das Dorf. Doch bis auf ein verirrtes Reh, das im Moor zu ertrinken drohte, fanden sie nichts. Sie blieb auf dem Parkplatz hinter dem Schützenhaus und verfolgte die Aktion gemeinsam mit Henning Lüder und Margo Valeska.

»Friederike von Menkendorf?«, rief eine weibliche Stimme aus dem Einsatzwagen, der einige Meter entfernt geparkt hatte. Diese Art, das R zu rollen, kam Rike bekannt vor.

»Carla Bredow?«, fragte sie verdutzt zurück. »Hat es dich nach Cuxhaven verschlagen? Da kannst du gleich bei eurem Chef ein gutes Wort einlegen, weil ich auf fremdem Gebiet tätig war.«

Die junge Frau kam aus dem Wagen und reichte ihr die Hand. Optisch hatte sie sich kaum verändert, noch immer hatte sie ihre blonde Lockenmähne in einem Zopf gebändigt. Sie war dezent mit einem Lidschatten geschminkt, der ihre tiefblauen Augen betonte. »Mache ich«, sagte sie. »Mensch, wie lange haben wir uns nicht gesehen?«

»Gefühlt ein halbes Jahrhundert. Damals hast du dein Praktikum bei uns gemacht«, entgegnete Rike. Die junge Frau hatte einige Wochen bei ihrem alten Chef Carl Roth in der Mordkommission hineingeschnuppert.

Flores Salazar, die telefoniert hatte, gesellte sich zu ihnen. »Hallo, Chef. Fehlanzeige im Internet, keine Spur von den Mädchen«, berichtete sie. Rike sah die beiden Frauen überrascht an. »Bist du hier die Chefin?«

Carla nickte selbstbewusst. »Seit zwei Jahren leite ich die Kriminalpolizei in Cuxhaven. Die Polizeireform in Niedersachsen macht es möglich, dass eine Frau in meinem Alter zum Zug kommt.« Rike staunte, die Kollegin war geschätzt Mitte 30. »Das gute Wort hab ich schon mal für dich eingelegt«, Carla grinste. »Wie du weißt, halte ich nichts von Revierkämpfen. Was ist deiner Meinung nach geschehen?«

Rike glaubte, dass es sich um ein freiwilliges Verschwinden der beiden Teenager gehandelt hatte. Ausgebüxt und bald wieder zu Hause. Ein Unfall im Moor oder Schlimmeres war aber nicht auszuschließen. Das Auftauchen der Mütze war merkwürdig, es wirkte, als sei diese eigens dort platziert, um gefunden zu werden.

»Ich bin mir sicher, ihr werdet die Mädchen bald finden«, sagte sie und hoffte, dass nichts zu ihrer Dienststelle durchsickern würde. In dieser Nacht wollte sie mit Prinz in einer kleinen Pension übernachten, am nächsten Morgen zurückfahren und den Cuxhavenern den Fall überlassen. In dem Moment hörte sie ein Funkgerät knarzen. »Wir haben eine Leiche.«

KAPITEL 9

Warum ließen sie ihn nicht endlich in Frieden? Er war ausgetreten aus ihrem Staat, hatte seinen eigenen gegründet. In seinem Land *Cocker* galten ihre Gesetze nicht. Wo er friedlich mit seinen Tieren lebte, die nicht so falsch und verlogen waren wie die Menschen. Er ließ sie in Ruhe, hatte längst mit ihnen abgeschlossen. Doch er würde sich verteidigen, bis auf den letzten Tropfen Blut kämpfen, wenn die Invasoren in seinem Land einfielen.

Sollten sie sich doch zu Tode suchen, dachte er, als er durch seinen Feldstecher sah. Auf dem Dachboden hatte er eine kleine Luke, die er geöffnet hatte, um ihnen zuzusehen, wie sie mit ihren gelben Westen in langen Menschenketten durch den Wald und über das Feld streiften.

Zwar überragten die Bäume seinen Häusling, aber genau vor der Luke hatte er eine Schneise gelassen, früher, als er dem eine Bedeutung beimaß, hatte er von dort die Sonne untergehen sehen. Durch die Öffnung hindurch konnte er die Gruppe beobachten, wie sie verzweifelt nach den beiden Mädchen suchte. Das ganze Dorf schien auf den Beinen, um dem verlogenen Schwein zu helfen.

Er lächelte zufrieden, als er Henning Lüder erkannte, der hatte ihm das Leben schon in der Schulzeit schwer gemacht, hatte sich immer für was Besseres gehalten als das Balg der Putzfrau. Das war nur einer der Spitznamen, mit denen er bedacht worden war. Was hat der gedacht, woher eine Arbeitssklavin schwanger wird. Hatte ihn ausgelacht, als er ihm sagte, dass sie Cousins waren, da sein Großvater seine Mutter geschwängert hatte. Dann hatte er nicht mehr gelacht, als er sein Erbe erhielt, sein Haus und seinen Grund. Doch Henning Lüder hasste ihn schon immer abgrundtief, hatte die anderen gegen ihn aufgehetzt. Es gab niemanden, der auf seiner Seite war, bis auf die Kinder und eine Freundin, die Tiere liebte so wie er.

Doch jetzt war es an ihm, zurückzuschlagen gegen seinen größten Feind. Der war verkommen, durch und durch. Er kannte sein Geheimnis, es hatte ihn sprachlos gemacht, denn für so niederträchtig hatte er den Mann, den er schon so lange gekannt und nie gemocht hatte, nicht gehalten. Und das Schlimme war, das niemand ihm glauben würde, wenn er gegen Henning vorging. Es würde ihm selbst schaden, die Wahrheit ans Licht zu bringen. Würde er damit überhaupt durchdringen eines Tages? Vorerst würde er ihm eine Lektion erteilen, und wenn es das Letzte war, was er auf dieser Erde tat.

Soll der doch merken, wie es sich anfühlt, das Allerliebste zu verlieren. Lüder hatte ihn schon immer vernichten wollen, konnte nicht akzeptieren, dass es ihn gab, dass sein eigener Großvater ihn in seinen späten Jahren als seinen Sohn anerkannt hatte. Er und die anderen im Dorf, viele direkt oder indirekt mit der Familie Lüder verwandt, konnten es nicht verwinden, dass er hier mitten unter ihnen sein eigenes Haus, seinen Grund besaß. Das Territorium, auf dem nur ein Gesetz galt: seines. Aus dem anderen Staat, der Bundesrepublik Deutschland, hatte er sich vor langer Zeit verabschiedet. Das war ein zutiefst ungerechtes Land, wer ganz unten in der Gesellschaft stand, schaffte niemals einen Aufstieg. Vor dem Gesetz waren nicht alle gleich, die Mächtigen waren gleicher als die anderen. Einem einfachen Mann wie ihm glaubte man nicht. Weder die Wissenschaftler noch die Ämter oder die Richter. Es hatte wenig Sinn, dagegen zu kämpfen, er hatte keine Chance. Deshalb lebte er in seinem Land, jagte alle Vertreter des fremden Systems weg. Doch sie gaben keine Ruhe, wollten ihm nicht einmal das Wenige lassen, was er sich aufgebaut hatte. Daher hatte er sich bewaffnet, denn er musste wehrhaft sein gegen ihre Angriffe. Eine ganze Weile lang war es ruhiger gewesen, und er hatte gehofft, sie würden Respekt zeigen, endlich ohne Streitigkeiten mit ihm leben, seit er ausgetreten war aus ihrem ungerechten Staat. Doch sie kannten keinen Frieden. Sie hatten sich nur vorbereitet, um den finalen Schlag zu planen, um ihn endgültig zu vernichten und daraus den größtmöglichen Nutzen zu ziehen. Denn darum ging es ihnen: um Geld, um Besitz, um Macht. Er hatte das Glück zumindest zeitweise gefunden, wenn er von seinen Tieren umgeben war. Mehr Liebe als die treue Freundschaft seiner Hunde hatte er niemals gekannt. Doch was er nicht kannte, vermisste er nicht.

Von Anfang an hatten sie ihn bekämpft, hatten ihre Gerichtsvollzieher, ihre Anwälte, ihre Amtstierärzte, ihre Grundstückvermesser losgeschickt. Er allein stand gegen die Bosheit, die Falschheit dieser Menschen in dem Dorf, er hatte sich zu wehren gewusst. Doch jetzt hatten sie ihn besiegt.

In der Nacht hatte erst Bora die Kraft verloren, seine Hündin, immer wieder hatte sie sich erbrochen, vor Krämpfen gezuckt, er konnte die unerträglichen Schmerzen, die sie litt, an ihren Augen ablesen. Ein letztes Mal hatte sie ihn voller Liebe angesehen, ihm die Hand geleckt. Sie war ein so selbstloses, gutherziges Lebewesen. Sie hatte diese Qualen nicht verdient. Niemals würde er das kraftlose Winseln vergessen, bevor sie ihren letzten Atemzug getan hatte. Bob hatte es nicht länger geschafft. Die beiden Mädchen hatten ihn bei der Pflege abgelöst, als er nicht mehr konnte und für einige Stunden geschlafen hatte. Er war dankbar dafür, dass sie kamen, sie waren Kinder und unverdorben von der allgemeinen Bosheit, doch er war pessimistisch.

Er hatte sie in die Betreuung seiner Kranken eingewiesen, und sie hatten seinem Rüden kalte Wickel aufgelegt, versucht, ihm etwas Brühe einzuflößen, doch sie konnten seinen Tod nicht aufhalten. Die Krankheit war sehr ansteckend, er rechnete damit, seine gesamte Zucht zu verlieren. Die Cockerspaniels waren mittlerweile alle infiziert, sie hatten praktisch eine riesige Krankenstation, doch sie kamen mit der Pflege nicht hinterher, obwohl die Mädchen ohne Pause von einem Hund zum anderen eilten. Sie waren die Einzigen, die auf seiner Seite waren, doch sie waren Kinder und konnten nicht gegen das Böse gewinnen. Das war das Ende, damit hatten sie ihn wirtschaftlich und moralisch vernichtet, so wie sie das geplant hatten.

Er hatte versucht, dagegen anzukämpfen, viele Jahre lang, hatte mit ihren Waffen gekämpft, hatte Anwälte beauftragt, seine Forschungsergebnisse anerkennen zu lassen. Doch die Richter glaubten ihm nicht, lehnten seine Laboruntersuchungen ab, taten die Übertragbarkeit der Viren als Spinnerei ab. Es war der Schlüssel zu seiner Vernichtung. Es genügte, eine Katze oder Katzenkot in sein Territorium einzuschleusen und so das Übel über ihn und die Seinen zu bringen. Gegen die Streuner kam er nicht an.

Die Lüders waren immer die Herren im Dorf gewesen, doch der Enkel war ein Versager, lebte im Gesindehaus so wie er, der uneheliche Balg. Das wurmte den, deshalb war er so bösartig geworden. Er sollte den gleichen Verlust spüren wie er, als seine beiden Liebsten starben. Sucht nur, dachte er, und er sah zufrieden zu, wie sie die Mütze aus dem Morast fischten und sich betreten darum sammelten. »Mein ist die Rache«, murmelte er, schloss die Luke und ging nach unten in seine Gerätekammer, um sich den Spaten zu holen. Es war harte Arbeit, die Gräber auszuheben.

KAPITEL 10

Augusta Rothermund stand im ersten Stock in ihrem früheren Schlafzimmer und beobachtete den Suchtrupp durch das Fenster. Auf dem Hof des Sportlerheims gegenüber und am Straßenrand parkten blau-weiße Kastenwagen der Cuxhavener Polizei, die mit einer Hundestaffel gekommen war. Langsam verteilten sich Menschen und Tiere. Im Hof des Schützenhauses stand eines der Fahrzeuge, in dessen Innenraum sich die Einsatzzentrale befand. Geleitet wurde die Aktion von einer jungen Frau, die sie mit ihrem Norwegerpullover und den Jeans eher für eine Studentin gehalten hatte. Selbstbewusst erteilte diese ihre Befehle, um die Suchtrupps zu koordinieren. Augusta war mit einer Kanne Tee hinübergegangen, um zu fragen, was sie tun konnte. Es war unerträglich, dass sie zur Untätigkeit verdammt war. Doch die Leiterin hatte sie nach Hause geschickt, sie solle auf ihrem Posten bleiben, falls ein Anruf käme von einem Entführer oder ihrer Tochter. Das Telefon blieb stumm, das Warten zermürbte sie. Sie hatte keine Tränen mehr, so viel hatte sie geweint, seitdem sie das Zimmer von Sophie leer vorgefunden hatte.

Das Ganze fühlte sich unwirklich an, unreal, das konnte doch nicht ihr geschehen. Sie spürte, dass etwas Schlimmes vorgefallen war. Zwar hatte die Kommissarin von Menkendorf ihr erklärt, dass 99 Prozent aller verschwundenen Kinder innerhalb von 24 Stunden nach Hause zurückkehrten. Doch diese Zeit war verstrichen, es gab keinen Hinweis, niemand hatte angerufen und Forderungen gestellt. Eine

Entführung schien unwahrscheinlich. Das Schreckliche war, dass sie nicht einmal ausschließen konnte, dass sich Sophie etwas angetan hatte.

Die Polizistin hatte ihr kindliches Prinzessinnen-Tagebuch entdeckt und die Einträge der letzten Tage durchgeblättert. Das war ein weiterer Schock, sie hatte nicht einmal entfernt geahnt, was ihre Tochter seit der Trennung empfand, wie allein und überflüssig sie sich vorkam. Sie hatte sich wie das fünfte Rad am Wagen gefühlt, von den Eltern vernachlässigt. So hatte sie ihrem Buch geklagt, dass Augusta immer arbeitete, viel Zeit mit den Tieren und den Pflegekindern verbrachte.

»Bitte lass sie zurückkommen, ich werde alles anders machen«, sagte sie mit erhobenen Händen und Blick nach oben in die Wolken, obwohl sie sich nicht als gläubigen Menschen bezeichnen würde. Doch in diesem Fall wollte sie zumindest alle Reserven mobilisieren, selbst übersinnliche Kräfte.

Sie nahm noch mal das rosafarbene Tagebuch zur Hand. Sophie wäre außer sich. Aber das spielte keine Rolle, das Heft konnte ein Schlüssel sein für das, was geschehen war. Einen Hinweis auf den Täter geben. In der Woche ihres Verschwindens hatte ihre Tochter von einem Geheimnis geschrieben, das sie von ihrer besten Freundin Michelle erfahren hatte. Sie hatte geschworen, mit niemandem darüber zu sprechen, und das hatte Sophie bedrückt. Sie hatte das Gefühl, dem Mädchen helfen zu müssen. Sie sah keinen Ausweg, da sie das Schweigen nicht brechen durfte. »Und mit Mama kann ich überhaupt nicht mehr reden«, stand da. Ein Satz, der Augusta bedrückte. Wie hatte sie sich so weit von ihrem einzigen Kind entfernt?

Im letzten Eintrag, einen Tag vor ihrem Verschwinden, ging es wieder um das schreckliche Geheimnis, einen

»Fluch«. Sie sah aber einen Ausweg. Michelle solle mit Henry sprechen. Sophie schrieb, dass man ihm vertrauen könne, er sei anders als die übrigen Erwachsenen und ein echter Freund der beiden Mädchen. Augusta legte das Buch ab und grübelte. Sie kannte keinen Henry. Oder war das gar nicht sein richtiger Name? War es eine fiktive Figur? Vermutlich nicht. Ihre Tochter hatte nie mit ausgedachten Fantasiefiguren gesprochen.

Wenn sie herausfanden, wer dieser Mann war, ob er in Finstermoor oder in Hamburg lebte, dann würden sie Sophie finden.

Sie ging hinab in die Küche, wo Margo fröhlich mit ihren drei Pflegekindern schwatzte. Sie konnte es kaum glauben, als sie die freudigen Stimmen hörte. Wie konnten sie lachen, während Sophies kalte Leiche vielleicht im Moor trieb. Doch sie ermahnte sich, die Kinder mussten beschäftigt werden, und sie konnte froh sein, dass Margo so viel Nervenstärke bewies und sich um sie kümmerte. Sie fühlte keinerlei Antrieb, sich um ihre Pflegekinder zu kümmern.

Als sie die Tür öffnete, sah sie, dass alle vier gemeinsam kochten. Die beiden Jungs schälten Kartoffeln, die kleine Gülce war dabei, den Tisch zu decken. Ein Glücksfall, dass sich Margo um die Kinder kümmerte und ihr versprochen hatte, vorerst zu bleiben.

Wussten die Kinder, wer Henry war? Sie zuckte zusammen, denn das Telefon klingelte. Wie jedes Mal seit Sophies Verschwinden zitterte Augusta vor Anspannung und Hoffnung und rannte, so schnell sie konnte, in den Flur, wo das Gerät auf einer Anrichte stand.

»Warum hast du mir nichts gesagt? Die Polizei war hier, und die haben mich völlig kalt erwischt«, schrie ihr Noch-Ehemann aus dem Hörer.

»Ich dachte, sie kommt jeden Moment zurück. Und die Polizei …« Weiter kam sie nicht, als er sie scharf korrigierte: »Denken war nie deine Stärke. Glaubst du, ich als Vater habe kein Recht zu erfahren, wenn meine Tochter vermisst wird.«

Trotz der Beleidigung bemühte sie sich um einen ruhigen Ton, ihre Hände zitterten vor Wut. Das wäre alles nie geschehen, wenn ihr Ex sich nicht aus dem Staub gemacht hätte. Sie behielt den Gedanken für sich, um nicht zusätzlich Öl ins Feuer zu gießen.

»Ich sollte dich nicht benachrichtigen, da die Polizei …«, begann sie, doch er hörte ihr wie üblich nicht zu und fiel ihr ins Wort.

»Polizei hin oder her, wenn ein Kind wegläuft, sind die Aufsicht führenden Eltern schuld, in dem Fall du, du hast sie die ganze Zeit begluckt und wolltest sie nicht mal nach Hamburg fahren lassen. Das wird Konsequenzen haben, das schwör ich dir. In Zukunft werde ich nicht mehr so großzügig sein«, drohte ihr Ex-Gatte, der laut geworden war. Dann hörte sie das Freizeichen, er hatte den Hörer aufgeknallt.

Augusta stand verdattert mit dem Telefon in der Hand im Flur. Wie konnte er jetzt, wo ihr gemeinsames Kind verschwunden war, so einen Streit vom Zaun brechen? Seine Drohungen waren ihr egal, erst einmal musste Sophie zurückkehren, dann würden sie weitersehen, was er gemeint hatte und wie sie darauf reagieren sollte.

Margo kam zu ihr in den Flur mit einer Tasse ihrer Lieblingstee-Kräutermischung, Marke Eigenanbau. Sie legte die Hand um ihre Schulter und führte sie mit sanftem Druck ins Wohnzimmer, wo sie die Tasse vor sie auf dem Tisch abstellte.

»Komm, jetzt trink erst mal einen Tee, erhole dich einen Moment. Du musst stark bleiben für Sophie. Ich bin mir sicher, dass wir sie finden.« Sie hatte nicht die Kraft, diesem gut gemeinten Rat etwas entgegenzusetzen, und ließ sich für einen Moment auf dem Kanapee nieder. Vorhin war ihr Wichtiges durch den Kopf gegangen, doch sie konnte sich nicht erinnern. Kaum hatte sie sich hingesetzt, fielen ihr die Augen zu. Sie hatte die ganze Nacht nicht geschlafen.

Sie wachte von einem köstlichen Duft auf, der aus der Küche kam. Die anderen hatten schon den Tisch gedeckt, sie sah, dass sie ein Gedeck für Sophie auf deren Platz gestellt hatten. Hunger verspürte Augusta nicht, sie hatte seit eineinhalb Tagen keinen Bissen herunterbekommen. Doch sie musste sich zwingen, etwas zu essen, um die Kraft zu haben für das, was kommen mochte. Margo holte eine feuerfeste Form aus dem Ofen, ein Kartoffelgratin, daneben hatten sie buntes Wurzelgemüse mit Hühnchen in der Pfanne gebraten.

»Das hab ich gemacht«, sagte Elegante stolz. Er schien gerne den Kochlöffel zu schwingen, dabei hatte sie ihn nie gebeten, ihr in der Küche zu helfen. Sie hatte geahnt, dass Margo pädagogisches Talent hatte und mit den Jugendlichen umgehen konnte, und sie war froh, dass sich das bewahrheitete.

Sie protestierte nicht, als ihr Margo eine Portion auf den Teller lud, und zwang sich, die Gabel mit Essen zum Mund zu führen. Sie wollte nicht vor den Kindern darüber sprechen, dass Sophie nicht wiederkam, stattdessen gingen sie die Aufgaben für alle durch. Das Misten und ähnliche Tätigkeiten konnten sie aufschieben, doch die Tiere brauchten ihr Futter. Da Margo keine Erfahrungen mit Pferden, Eseln und Hühnern hatte, wollte sie selbst das übernehmen, während ihre Freundin in dieser Zeit das Telefon hütete.

Nachdem sie gegessen hatten, zog Augusta ihre Gummistiefel an und ging in den Stall. Die beiden Jungs halfen ihr. Das Pony wich ihr nicht von der Seite, als wolle es fragen, wo seine kleine Reiterin war. Sie wünschte, dass Max reden könnte, bestimmt hatte Sophie ihm doch etwas anvertraut. In dem Moment fiel ihr ein, was sie sich vorhin gefragt hatte. Sie mussten klären, wer Henry war, dem Michelle und Sophie ein Geheimnis anvertrauen wollten. Das konnte der Schlüssel sein, um die beiden Mädchen zu finden. Sie rannte in die Küche, nahm ihr Telefonverzeichnis zur Hand und blätterte dieses durch, um ihrem Gedächtnis auf die Sprünge zu helfen. Sie kannte niemanden, der so hieß. War es vielleicht ein Spitzname?

»Ich versuche herauszufinden, wer Henry ist«, erklärte sie Margo, die sie fragend beobachtet hatte, wie sie hektisch das Buch durchblätterte. Sie saß mit Gülce am Tisch und spitzte Streichhölzer, mit denen das Mädchen Kastanientiere baute. Diese war vollkommen bei der Sache. »Das wird ein Hund von Henry«, brabbelte sie. Sie glaubte, ihren Ohren nicht zu trauen. Was wusste die Kleine?

»Hast du ›Henry‹ gesagt?«, wollte Augusta wissen, die sich nicht sicher war, ob sie richtig gehört hatte.

»Ja, von Henry«, wiederholte Gülce.

»Weißt du denn, wer das ist?« Das kleine Mädchen nickte. In dem Moment kam der Anruf. »Die haben etwas gefunden. Komm schnell«, schrie Henning Lüder in den Hörer.

KAPITEL 11

Sie hatte Augusta überzeugt, auf dem Hof bei den Kindern zu bleiben. Margo rannte über die Straße und sah durch die Umstehenden nur, dass der Körper am Boden lag. Ihr Magen krampfte sich zusammen. Wie schrecklich. Welches der beiden Mädchen lag vor ihnen? Und wie würde sie das Augusta beibringen? Die Leute vom Suchtrupp standen betreten um den leblosen Körper herum. »Wir haben erst die Hand gesehen, die neben dem Weg aus dem Moor ragte. Dann den Körper«, sagte einer der Männer. Resolut drängte sie sich nach vorne. Friederike von Menkendorf kniete am Boden und bewegte sich kaum. Den Blick hatte sie auf den Leichnam gerichtet, sie stellte sich neben sie. Ihr war schwindlig, ihre Hände zitterten. Auch aus der Nähe konnte sie nicht erkennen, wer dort leblos auf dem Gras vor ihnen lag.

Der Körper war braun, komplett von Schlamm bedeckt. Mit Handschuhen versuchte die Kommissarin, das Gesicht von Unrat zu befreien. Der Kopf rollte auf die Seite, ein Büschel rote Haare war zu sehen. Die gleiche Haarfarbe hatten Augusta und ihre Tochter! Margo war geschockt, dass es so ein Ende nahm. Und vor allem, wo war das zweite Mädchen? Ihr Telefon klingelte, sie fühlte sich nicht in der Lage, ihrer Freundin Augusta zu erklären, dass eine Leiche gefunden wurde.

»Bitte mal durchlassen«, hörte sie von hinten eine gut gelaunte weibliche Stimme. »Na, was haben wir denn da?« Margo erkannte die Gerichtsmedizinerin aus Hamburg wieder, die sie auf Helgoland kennengelernt hatte.

Rike von Menkendorf zeigte ihr den Fund. »Wir suchen zwei 14-Jährige. Könnte das Moor eine solche Alterung bewirkt haben?«

Mutlu ging um den Körper herum und entnahm ihrer Tasche eine Kamera. Dann lichtete sie ihn von allen Seiten ab, bat, den Leichnam einmal umzudrehen.

»Wann sollen die beiden denn verschwunden sein? Mal abgesehen davon, dass Sie hier nur eine Leiche haben.«

»Vor zwei Tagen«, mischte sich Margo ins Gespräch. Mutlu schüttelte den Kopf.

»Diese schöne Moorbewohnerin liegt hier aber deutlich länger, ich vermute, dass wir es mit einem historischen Fund zu tun haben.« Sie nahm vorsichtig die Hand ein Stück nach oben.

»Wunderschön mumifiziert. Schauen Sie mal.« Sie begann einen längeren Vortrag über die konservierenden Eigenschaften des Hochmoors. Doch Margo musste die Information erst einmal verdauen. »Frau Mutlu, sind Sie sicher, dass es keines der verschwundenen Mädchen ist?«

»In dem Fall 100 Prozent. Diese Tote liegt seit mehreren 100 Jahren hier«, bestätigte diese. »Die Huminsäure im Hochmoor konserviert die Körper. Schauen Sie doch mal, dieses Mädchen ist prächtig mumifiziert. Die Haarfarbe wird durch die Säure verändert. Vorher war sie nicht unbedingt rot.«

»Und wie ist sie gestorben?«, wollte Margo wissen. Sie hatte schon von steinzeitlichen Kultstätten gehört, Menschenopfern, die den Göttern im Moor dargebracht wurden. Hoffentlich gab es keinen irren Nachahmungstäter, der die beiden Jugendlichen deshalb entführt hatte.

»Ich sehe hier einen Lederriemen am Hals und einen Genickbruch. Das könnte eine Art Hinrichtung gewesen sein. Aber mehr erfahren Sie, wenn die Dame ihre letzte Reise angetreten hat.«

»Ich würde einen auf Moor spezialisierten Archäologen hinzuziehen. Wir müssen uns unbedingt die genaue Fundstätte ansehen, die Umgebung ist wichtig.« Der Mann, der die Tote entdeckt hatte, brachte sie an die Stelle, wo die Hand entdeckt worden war. »Hier wurde der Weg verlegt, daher haben die Arbeiter Grabungen vorgenommen.« Mutlu sah sich den Fundort an und machte Bilder. Sie bat darum, den Bereich für den Archäologen abzusperren.

Friederike von Menkendorf beriet mit der Einsatzleiterin. Margo ging zum Hof zurück. »Die haben doch etwas gefunden, oder?« Augusta kam ihr entgegengerannt, ihr Gesicht war hochrot, sie klammerte sich an sie.

»Eine Moorleiche wurde ausgegraben, ein paar 100 Jahre alt. Von den Mädchen gibt es keine Spur. Das ist eher eine gute Nachricht«, berichtete sie.

»Bist du dir sicher?«, fragte Augusta angstvoll.

Ihr Handy klingelte. »Felix schon wieder!« Sie warf ihr Telefon auf den Tisch, dass es knallte. Dann hantierte sie am Herd, ohne darauf einzugehen.

»Was ist mit deinem Mann? Warum hast du mir verheimlicht, dass ihr getrennt seid?«, wollte Margo wissen. Ihre Freundin hatte vor ihrem Besuch nichts davon erwähnt.

»Das ist keine schöne Geschichte, es ist so gewöhnlich!« Sie bat die Kinder an den Tisch und servierte ihnen das Nudelgericht, was sie vorbereitet hatte. »Komm mal bitte kurz mit«, bat sie Margo. Sie ging ins Wohnzimmer und schloss die Tür hinter sich. »Am Anfang war das eine Landidylle, irgendwann ist alles gekippt«, fing Augusta an. Schleichend war die Arbeit an ihr hängen geblieben, ihr Mann lehnte immer häufiger ab, ihr mit den Tieren oder im Haus zu helfen. Schließlich arbeitete sie nicht mehr in Hamburg, und er hatte einen anspruchsvollen Job, der ihnen die Sanierung finanzierte.

»Aber alleine auf dem Hof, das schafft doch eine Person gar nicht«, warf Margo ein.

Augusta nickte. »In meinem Vollzeitberuf an der Schule habe ich nie so schuften müssen. Aber das war nicht das Problem.«

Es dauerte einige Wochen, bis Felix über die lange tägliche Fahrt zu klagen begann und gelegentlich im Hotel neben dem Büro übernachtete. Später erschien er nur am Wochenende in Finstermoor, und selbst dann zog er sich in sein Arbeitszimmer zurück. Er kam nicht mehr zu den Tieren oder gar helfen. Bei den gemeinsamen Essen war er einsilbig, hing seinen Gedanken nach, wich aus, wenn es um weitere Bauarbeiten an ihrem Anwesen ging. Dabei regnete es in die Stallungen, die Scheune auf der rechten Seite des Hofes hatte tiefe Risse im Mauerwerk, und im Gebäudeflügel links hatten sie Schwamm, im Haus waren einige der Mauern feucht. Er reagierte unwirsch, sobald sie auf die Probleme zu sprechen kam.

»Klingt übel. Dann hast du ihn zu Recht rausgeschmissen!«

Augusta lachte bitter. »Hätte ich mal tun soll, aber so war es nicht. Alleine ist doch alles schlimmer. Vor zwei Jahren kam der Crash, mir sind die Nerven durchgegangen. Er hatte sich an dem Sonntag den ganzen Tag im Büro verkrochen. Da ist mir der Geduldsfaden gerissen und ich habe an seine Tür gehämmert.« Sie hatte ihn um ein Gespräch gebeten. Dann war sie hineingestürmt.

»Ich hätte nicht wie eine Furie toben sollen, aber da war so viel angestaute Wut. Es war doch sein Traum, diesen Hof zu kaufen. Er wollte aufs Land und hat es Sophie schmackhaft gemacht, sodass ich nicht anders konnte.« Margo nickte verständnisvoll. Sie wäre vermutlich schon früher explodiert.

»Dann hat er seine Sachen gepackt, er hatte hier nur noch zwei Taschen voll. Ich habe nicht gemerkt, wie er sein Zeug heimlich abtransportiert hatte. Ab mit dem wenigen Krempel in den Porsche, und weg war er.«

Augusta schluchzte auf, dann liefen die Tränen. Es dauerte einen Moment, bis sie wieder sprechen konnte. Margo legte ihr die Hand auf die Schulter. »Ich Dussel habe nichts geahnt.«

Wahrscheinlich hatte er meist gar nicht im Hotel geschlafen, sondern bei der anderen. Eine Kollegin aus der Werbeagentur, die Mitte 20 war, 15 Jahre jünger als Augusta. Sie hatte nicht einmal den Funken eines Verdachts geschöpft. Er fragte nicht, ob sie und Sophie wieder mit nach Hamburg ziehen wollten. Unbemerkt hatte er dort ein neues Leben begonnen, und sie beide gehörten zur Vergangenheit, nicht zu seiner Zukunft. »Seinen Blick, den hättest du sehen müssen. Eiskalt. Da war nur Verachtung. Er hat mich beschimpft, weil ich im Jogginganzug rumlief und raue Hände bekommen habe«, brachte sie unter Schluchzen hervor.

Sie richtete sich auf und imitierte seine Stimme: »›Sieh dich doch mal an. Ich habe nie von einer Bäuerin geträumt.‹

Genau hier stand er und hat mir das eiskalt an den Kopf geworfen. Das tut so weh, ich bin ihm zuliebe hierher gezogen.« Sie schluchzte, und Margo nahm ihre Freundin in den Arm.

»Ich hätte nicht erwartet, dass Felix so ein Arsch ist.« Die kleine Gülce kam ins Wohnzimmer und kuschelte sich an Augusta. »Nicht weinen, ich bin ja da«, sagte sie.

»Ihr wolltet doch wissen, wer Henry ist!« Margo nickte. Denn es bestand Hoffnung, dass die Mädchen nur abgehauen waren.

KAPITEL 12

Rike zog sich eine schusssichere Weste über und setzte einen Schutzhelm auf so wie die Kollegen neben ihr auf dem Parkplatz zwischen dem Sportlerheim und dem Schießplatz. Es herrschte konzentrierte Stille. Niemand sprach. Dutzendfach waren die Reißgeräusche sich öffnender Klettverschlüsse zu hören. Als sie ihre Schutzausrüstung auf ihre Größe eingestellt hatte, nahm sie das Fernglas und sah sich die Umzäunung des Nachbargrundstücks nochmals genau an. Sie suchte den Abschnitt des Zauns, den sie mit ihren beiden Kollegen öffnen sollte, um auf dem schnellsten Weg in Richtung Haus zu gelangen. So verfallen das Gebäude war, das Leuchten aus den drei nebeneinanderliegenden Fenstern unter dem Reetdach wirkte friedlich, fast heimelig. Rechts an der schmalen Seite des Hauses, die vor ihr lag, befand sich das zweiflügelige Eingangstor aus massivem Holz. Vermutlich bestand es aus Eiche, und das war ein widerstandsfähiges Material, wenn sie die Tür gewaltsam öffnen wollten.

Nachdenklich gab sie das Fernglas weiter an ihren Nebenmann, einen jungen Kollegen, der ihr zugeteilt war und nervös wirkte. Nachdem alle Mitglieder ihrer Gruppe die Kleidung angelegt hatten, hieß es warten, bis über Funk der Befehl kam, das Gebäude zu stürmen.

Eigentlich hatte sie sich ihren Tag anders vorgestellt. Am Abend wollte sie nach Hamburg zurückkehren und zuvor einen ausgiebigen Spaziergang machen. Der Anruf hatte sie erreicht, als sie mit Prinz in Richtung Küstenheide losgegangen war. Die Heidepflanzen blühten in dunklem Pink, sie hoffte auf ein paar Sonnenstrahlen, in denen die umliegenden Hügel leuchteten. Sie waren erst wenige 100 Meter vom Parkplatz entfernt, als ihr Telefon geklingelt hatte. Am anderen Ende war ihr Vorgesetzter, Christian Kanther, und der war aufgebracht.

»Sie sind beurlaubt, und wir waren uns einig, dass Sie sich in den nächsten Wochen unauffällig verhalten. Ich habe doch dieses Seminar für Sie gebucht. Wie kamen Sie dazu abzuhauen?«

»Das war ein Notfall«, versuchte sie, den wütenden Wortschwall zu unterbrechen.

»Was haben Sie sich dabei gedacht, in einem Fall außerhalb unseres Zuständigkeitsbereichs herumzurühren«, empörte er sich.

»Lassen Sie mich das erklären, das war doch rein privat …« Weiter kam sie nicht.

»Welchen Teil von privat verstehen Sie nicht? Gehen Sie mit Ihrem Hund spazieren, renovieren Sie die Bude, joggen Sie oder tanzen in einem Klub«, er machte eine Pause, bevor er seine Lautstärke nochmals steigerte, »aber Ermittlungen sind kein Privatvergnügen!«

Dann setzte er hinzu: »Friederike, es ist nicht sicher, dass ich unter diesen Umständen Ihren Kopf überhaupt retten kann, Sie haben sich bei Ihrem verbohrten Alleingang mit mächtigen Leuten angelegt. Wenn diese Aktion bekannt wird, komme ich in Teufels Küche!«

»Das war eine Anfrage von einer Freundin, ein privater Notfall«, widersprach sie. Sie fragte sich, wie er von ihrem Einsatz erfahren hatte.

»Ich habe das jetzt mal mit der Kollegin zurechtgebogen. Die Kriminaloberrätin Bredow hat eine Abordnung nach Cuxhaven vorgeschlagen, da Sie die Familie ja kennen. Ich werde dem zustimmen und rate Ihnen, das ebenfalls zu tun. So können wir Ihre Detektivarbeit elegant legalisieren«, sagte ihr Vorgesetzter.

»Wie gesagt, es geht um ein Kind aus dem Bekanntenkreis, ich hatte nicht vor, Ermittlungen aufzunehmen. Die Kollegin Bredow hat mich in die Suche einbezogen.«

»Da können Sie sich glücklich schätzen, und ich hoffe, Sie sind dieses Mal kooperativ. Ich übernehme nicht die Konsequenzen, wenn der Polizeipräsident davon Wind bekommt und Sie entlässt, ist das allein Ihr Problem«, erklärte er. Sie sollte sich schnellstmöglich bei der Einsatzleitung melden.

»Wenn Sie noch mal so einen Alleingang unternehmen, sind Sie weg vom Fenster. Nicht einmal das kleinste Provinzkaff wird Sie einsetzen, um Falschparker zu verfolgen«, hatte er gemahnt.

Sie hatte Prinz gerufen, der einer Spur hinterher schnüffelte, und war im Eilschritt mit ihrem Vierbeiner zum Auto gelaufen und zurück nach Finstermoor gefahren.

»Schön, dass du an Bord bist«, begrüßte Carla Bredow sie in dem mit modernster Technik ausgestatteten Transporter.

»Da du ja in dem Fall ermittelt hast, habe ich dich lieber gleich offiziell angefordert«, sagte sie.

»Gibt es etwas Neues? Wisst ihr, wo die Mädchen sind?«, fragte sie.

Bredow nickte. »Zumindest glauben wir das. Mehr bei der kurzen Vorbesprechung im Sportlerheim.«

Sie waren zehn Kollegen, die an einem langen Tisch Platz genommen hatten. Carla legte einen Plan in die Mitte. »Wir vermuten, dass der Eigentümer des Nachbargrundstücks, Holger Waldmann, die Mädchen festhält. Hoffentlich sind sie noch am Leben. Dieser Waldschrat macht verdächtige Grabungen auf seinem Grundstück«, erklärte sie.

Es war Margo, die sie informiert hatte, eines der Pflegekinder im Herrenhaus sagte, dass die Mädchen zu Holger Waldmann wollten. Sein Spitzname war Henry.

Sie bat einen Mitarbeiter, kurz zusammenzufassen, was über den Mann bekannt war. Der junge schmale Kollege mit Nickelbrille hatte offenbar Probleme damit, vor einer größeren Gruppe zu sprechen. Sein Gesicht war gerötet, immer wieder ging das Satzende in Stottern über, sie wartete, dass Carla ihn erlöste, diese nickte nur ermutigend. Das war zwar einerseits respektvoll, doch andererseits schien er überfordert zu sein, und die Zuhörenden mussten sich konzentrieren, um ihm zu folgen.

»DDDDDer Mann ist seit Jahren als QQQQuerulant bekannt und wird von den Behörden den Reichsbürgern zugeordnet. Er ist aus der Bundesrepublik ausgetreten und bezeichnet sein Grundstück als exterritoriales Gebiet, wo er einen eigenen Staat ausgerufen hat. Prozessiert seit vielen Jahren mit verschiedensten Privatpersonen und Behörden, ist vermutlich psychisch krank. Ob er ppppppädophil ist, wissen wir bislang nicht. Er hat zahlreiche Hunde, nach Schätzungen über FüFüFüFünfzig.« Dabei blickte er auf und sah in die Runde, ob die Zahl angekommen war. »KKKKlingt zwar unwahrscheinlich, aber genauer war das auf die Schnelle nicht zu prüfen. Darunter sollen in jedem Fall gefährliche Pitbulls sein, außerdem ist er bewaffnet und hat in der Vergangenheit mit Schusswaffen gedroht. Um das Grundstück befindet sich ein Zaun, der mit NATO Stacheldraht und teilweise Glasscherben gesichert ist.« Am Ende hatte er flüssig geklungen.

Er nickte der Chefin zu als Zeichen, dass er seinen Vortrag beendet hatte und diese die Kollegen auf den konkreten Einsatz vorbereiten konnte. Drei Teams sollten an verschiedenen Stellen versuchen, schnellstmöglich den Zaun zu überwinden und in das Gebäude zu gelangen. Damit würden sie den Täter, falls er frühzeitig von ihrem Eintreffen etwas mitbekam, zusätzlich verwirren. Er würde den Eindruck haben, von der Polizei umstellt zu sein.

Carla Bredow hatte rot drei Stellen markiert, wo sie gleichzeitig den Zaun aufschneiden sollten. »Wenn er mitbekommt, dass die Polizisten auf dem Grundstück sind, werden wir eine Leuchtrakete zünden, um ihn kurzzeitig zu blenden. Idealerweise sollte der Kollege, der ihm am nächsten steht, ihn in dieser Zeit auf den Boden werfen und mögliche Schusswaffen sichern, sodass wir die Mädchen herausholen können.« Dabei dürfe aber keinesfalls das Reetdach in Brand gesetzt werden, um das Leben der Kinder nicht zu gefährden. Zwei weitere Kollegen sollten speziell auf die Hunde achten und im Fall eines Angriffs auf die Polizisten von der Schusswaffe Gebrauch machen.

»Wo halten sich die Mädchen genau auf?«, wollte Rike wissen. Doch das wusste die Einsatzleitung nicht, sie hatten sie weder bei ihrer Überwachung gesehen noch durch die Richtmikrofone ihre Stimmen wahrgenommen. »Wir haben nur diese eine Spur, mehr nicht. Diese eine Chance müssen wir nutzen«, erklärte Bredow.

Weitere Fragen gab es nicht, die Polizisten nahmen ihre Position am mit Stacheldraht verstärkten Zaun ein.

Rike begab sich an die westliche Hausseite, wo sich der Haupteingang befand. Ihr Kollege hatte das Metallgeflecht aufgeschnitten, sie waren hindurchgeschlüpft. Alles schien ruhig, aus zwei Fenstern sah sie einen Lichtschein. In dem Moment stürmte der Hausbewohner aus der Tür und zielte mit einem Gewehr auf sie:

»Sie befinden sich auf meinem Territorium, wenn Sie nicht sofort das Gelände verlassen, schieße ich«, warnte er.

Wo war noch mal die Blendgranate? Da schien irgendetwas schief gelaufen zu sein, es galt, schnell zu reagieren.

»Wo sind Sophie und Michelle?«, fragte Rike.

»Keine Ahnung, von wem Sie sprechen. Habe ich mich klar ausgedrückt?« Er hatte seine Maschinenpistole auf ihren Kopf gerichtet, und sie dachte daran, dass sie unter dem Helm keinen 100-prozentigen Schutz hatte. Falls die Waffe echt war. Die Pitbulls standen angeleint neben ihm, zerrten und knurrten bedrohlich. Ihr Gehirn arbeitete in dem Moment auf Hochtouren und ihr fiel ein, wie sie ihn ablenken konnte. Mit erhobenen Armen ging sie rückwärts, dann stolperte sie und stürzte mit einem Schmerzensschrei zu Boden. »Ich habe mir etwas gebrochen«, sie stöhnte vor Schmerz. »Ich werde nicht ohne Ihre Hilfe von Ihrem Territorium wegkommen.«

Er ging auf sie zu und blieb skeptisch vor ihr stehen. Den Moment des Zögerns nutzte Rike und trat ihm mit dem Fuß die Waffe aus der Hand, stellte ihm ein Bein. Im Fallen ließ er die Hunde los. Sie sprang auf und schaffte es, ihn auf dem Bauch zu werfen, die Hände auf den Rücken zu ziehen und ihm Handschellen anzulegen.

»Was für ein Biest«, schimpfte der Mann, dann hob er die Hände und schrie: »Nein, nicht schießen!« Das hatte offenbar den Hunden gegolten. Sie hatte gar nicht gemerkt, dass die Pitbulls auf Angriff geschaltet hatten, nur die beiden Schüsse gehört, mit denen ihre Kollegen diese niedergestreckt hatten. Die Hunde lagen am Boden.

Rike stürmte auf die offene Haustür zu, sie kam in einen hallenförmigen Raum, dessen bestialischer Gestank für sie kaum auszuhalten war. Das komplette Zimmer stand voller Decken und Körbe mit Hunden, die sich nicht bewegten. Prüfend berührte sie einen Vierbeiner, da bemerkte sie, dass dieser tot war ebenso wie die weiteren Tiere.

Was geht nur in einem solchen Hirn vor, fragte sich Rike, wieso hält man sich so viele Hunde und bringt die dann um? Ihr wurde bang ums Herz. Hatte er in einem Anflug von Wahnsinn Tiere und Mädchen getötet?

Sie kam zu einer niedrigen hellblauen Tür, die in den Flur des Hauses führt, wo ein grüner Kachelofen stand und Holzscheite aufgeschichtet waren, keine Spur von den Gesuchten. Sie sah durch die Glasscheibe einer weiteren Tür, die in das nächste Zimmer führte. Auf dem Sofa nahm sie eine Bewegung war. Sie riss die Tür auf. Dann sah sie sie und erschrak. Beide lagen bewegungslos mit geschlossenen Augen nebeneinander.

Ihr Herz setzte kurz aus. Sollte die ganze Aktion umsonst gewesen sein? Waren sie tot? Sie rannte in den Raum, näherte sich den beiden Köpfen, um zu spüren, ob sie atmeten. Dann berührte sie die Haare des rothaarigen Mädchens, das Sophie sein musste. Diese schreckte hoch, schlug verstört die Augen auf und fragte:

»Wer sind Sie?« Das andere Mädchen erwachte und sah sie verwundert an: »Wo ist Henry?« Sie meinte den Bewohner, der mittlerweile sicher im Polizeiauto verstaut sein dürfte. Doch das behielt sie erst einmal für sich.

Rike war so glücklich, dass sie die beiden umarmte. Sie riss das Fenster auf und schrie ihren Kollegen zu: »Ich habe sie, sie leben.« Die Kinder waren wach und wirkten verwirrt. Liebevoll strich sie Sophie über den Kopf, während diese sich wegduckte.

»Hat er euch etwas getan?«

Die beiden wirkten verwundert und sahen sich an.

»Nein, was soll Henry uns angetan haben?«, fragte

Sophie verständnislos zurück. Und Michelle bestätigte: »So ein Quatsch, er ist unser Freund. Hä, was ist denn hier los?«

»Ich bin Polizeihauptkommissarin Friederike von Menkendorf. Das ist ein Polizeieinsatz, um euch beide zu befreien«, erklärte sie.

Sie war unglaublich erleichtert, nicht schon wieder zu spät gekommen zu sein, es reichte ihr, dass ein totes Mädchen durch ihre Träume spukte.

»Wovon denn befreien? Wir wollten überhaupt nicht befreit werden!«, empörte sich Sophie, und ihre Freundin nickte.

Rike wunderte sich nicht, dass die beiden ihren Entführer verteidigten. Sie hatte schon an der Polizeiakademie vom sogenannten *Stockholm-Syndrom* gehört, dabei solidarisierten sich Opfer mit ihren Entführern. Ein normaler Anpassungsvorgang unter Extrembedingungen. In einigen Tagen würden sie klarer sehen, was geschehen war.

»Jetzt bringen wir euch erst einmal nach Hause«, kündigte Rike an, »und morgen erzählt ihr uns dann, was genau passiert ist.« Mittlerweile waren die Kollegen eingetreten. Sie brachten eine Erste-Hilfe-Ausstattung mit und hatten eine Trage dabei, doch die würden sie glücklicherweise nicht benötigen. Rike wollte den Mädchen eine Decke umlegen.

»Fass mich nicht an«, fauchte Sophie. Rike schob beide aus der Tür, sie gingen in Richtung Herrenhaus, das nur etwa 100 Meter von Waldmanns Grundstück entfernt war. Wer hätte geahnt, dass Sophie so nah von ihrem Zuhause festgehalten wurde. Sie klingelte, und Augusta Rothermund stürzte sich auf ihre Tochter und bedeckte sie mit Küssen.

»Was hat dir das Schwein nur angetan?«, fragte sie und umarmte dann Rike, die solche Verschwesterungen nicht mochte. »Keine Ahnung, wie ich Ihnen das jemals danken soll«, sagte die Künstlerin.

»Ich habe nur meine Arbeit gemacht, höchste Zeit, ihren Papa zu informieren«, antwortete sie und zeigte auf Michelle, um sich aus der unangenehmen Umklammerung zu befreien. Sie legte dem Mädchen den Arm um die Schulter, obwohl sie sonst Körperkontakte mied, doch sie hatte das Gefühl, sie schützen zu müssen. Die Kleine wirkte verstört. Gemeinsam gingen sie weiter die Hauptstraße entlang, bis sie zu dem Reetdachhaus kamen, in dem Michelle mit ihrem Vater lebte. Henning Lüder kam ihnen entgegengelaufen.

»Was machst du für Sachen, meine Kleine! Ich hab nur dich.« Dann breitete er die Arme aus. Rike spürte, wie das Mädchen zusammenzuckte und den Kopf von ihrem Vater wegdrehte, sie ging äußerst widerstrebend zu ihrem Erzeuger, um ihn zu begrüßen. Wer weiß, was sie Schreckliches bei Waldmann durchgemacht hatte. Sie war verstört.

Rike hätte gerne den Entführer vernommen, doch wahrscheinlich war ihre Abordnung mit der Befreiung beendet. Sie ging zurück zur Einsatzleiterin, die mit den Kollegen vor dem VW-Bus stand. Sie hatten Pizzakartons in der Hand und waren beim Essen.

»Bitte, für dich. Guten Appetit.« Sie reichte ihr eine eingepackte Pizza. Erst jetzt bemerkte sie, was für einen Hunger sie hatte, und begann, das erste Viertel zu verspeisen. »Diabolo?«, fragte sie.

»Das war riskant, Friederike«, sagte die Kripochefin nur. Doch das klang eher anerkennend als tadelnd. Sie dankte für ihren Einsatz. Am Abend fand die Vernehmung von Waldmann statt, das würden die Kollegen übernehmen. Rike verabschiedete sich, doch Bredow hielt sie zurück.

»Da du die beiden kennst, wäre ich dankbar, wenn du die Aussagen der Mädchen aufnehmen könntest«, bat sie und erklärte dann: »Ich weiß von den internen Ermittlungen, aber ich schätze Mitarbeiter, die einen eigenen Kopf haben, wenn diese teamfähig sind. Wir sind hier ausgesprochene Mannschaftsspieler, wie du bemerkt hast.«

»Damit habe ich kein Problem, aber in meinem Fall war das Ergebnis eindeutig, alle Indizien sprachen für den Verdächtigen. Leider mussten wir die Ermittlungen einstellen, da dieser der Sohn von zwei hochrangigen Polizeibeamten ist. Damit du im Bilde bist. Nein, ich hätte das nicht für möglich gehalten.« Rike hatte ihren zweifelnden Blick gesehen.

Sie wartete, ob diese ihr Angebot aufrechthielt. »Darüber sprechen wir noch, Gewissenskonflikte sind mir nicht fremd. Ich freue mich über deine Mitarbeit an unserem aktuellen Fall.«

Beide Mädchen sollten am Tag nach der Befreiung befragt und ärztlich untersucht werden, um einen eventuellen Missbrauch zu dokumentieren. Als Befreierin hätte sie einen Vertrauensbonus, den wollte Bredow nutzen. Ihr Vorgesetzter sei informiert und habe zugestimmt. Rike nickte, denn sie fragte sich, wie der Mann die beiden hatte entführen können und welches Motiv er dafür gehabt hatte. Zumal dieser Täter aus der rechten Szene zu stammen schien, das hatte in ihrem letzten Fall eine wichtige Rolle gespielt. Nur hatte dieser Waldmann offenbar nicht solche mächtigen Verbündeten.

KAPITEL 13

Das hatte er noch nie in seinem Leben getan. Flugblätter bemalt und kopiert, er kam sich vor wie einer dieser merkwürdigen Studenten. Doch einen anderen Weg sah er nicht. In jedem Briefkasten sollte das stecken, bis auf einen. Natürlich waren die Zugezogenen arrogante Spinner, doch in solchen Momenten mussten sie zusammenhalten. Augusta Rothermund entdeckte ihn, als er vor ihrem Tor stand, und kam auf ihn zugelaufen. »Eine Einladung.« Er drückte ihr das Papier persönlich in die Hand.

»Haben Sie es schon gehört? Der Mann wurde heute freigelassen. Ich habe solche Angst, dass er die Mädchen holt«, hatte sie mit schriller Stimme herausgepresst und sich dabei mehrmals verhaspelt. Da verstand er, dass er in ihr eine Verbündete hatte. »Genau darum geht es. Das ist eine Schweinerei, wir müssen etwas tun«, bekräftigte er. Sie warf einen Blick auf das Papier. »Ich bin dabei.«

Er nickte und setzte die Runde durch sein Dorf fort. Am frühen Morgen war er vom Telefon aus dem Bett geklingelt worden. Rike von Menkendorf erklärte, dass Waldmann auf freien Fuß gesetzt wurde. Die Ermittlungen liefen weiter, sie müssten die Mädchen noch mal vernehmen und Untersuchungsergebnisse abwarten. Direkt am Tag nach der Entführung hatten die beiden eine Aussage gemacht. Er war so erleichtert, dass Michelle zurück war, und hatte zugestimmt, dass die Hamburger Kommissarin die Mädchen mitnahm, ebenso einer medizinischen Untersuchung. Doch das bereute er jetzt. Er verstand nicht, dass die Polizei die Wahrheit nicht erkannte. Angeblich waren die Kinder freiwillig zu dem Verrückten, der das ganze Haus voller Waffen hatte, gegangen. Das war doch vollkommen absurd, er kannte seine Michelle. Er verstand nicht, warum die Polizei auf die Aussagen dieses völlig durchgedrehten Verbrechers hereinfiel und ihn gehen ließ. Das würde einen Skandal geben, wenn das bekannt würde. Und das Schwein sollte wissen, dass er im Dorf nicht erwünscht war und dass er sich nicht ungestraft an seiner Tochter vergreifen konnte. Solang es nur um Radwege ging, hatte man ihn gewähren lassen mit seiner Eigenbrötlerei. Nun war dieser Waldschrat zu weit gegangen, hatte sich an Kindern vergriffen. Er würde nicht ruhen, bis er ihn aus Finstermoor verjagt hatte.

Er hatte sich auf die Stirnseite des langen Holztischs im Sportlerheim gesetzt, war zu früh da gewesen, da er es zu Hause nicht mehr ausgehalten hatte. Michelle hatte er bei den Rothermunds vorbeigebracht. Eine Freundin von Augusta betreute sie. Seit ihrem morgendlichen Treffen waren sie per Du.

Augusta Rothermund trat als eine der Ersten in die Gaststube. Etwas scheu und suchend sah sie sich um. Nie hatte sie an einer Festlichkeit im Dorf teilgenommen. Er war ihr entgegengegangen und hatte ihr die Hand geschüttelt, ihr den Wirt vorgestellt und sie gebeten, am Stammtisch Platz zu nehmen. Dann fragte er sie, ob sie ein paar Worte an die anderen richten wollte, denn sie war ebenso betroffen wie er. Der Gastraum füllte sich, viele Männer und Frauen hatten, so wie er gebeten hatte, Bettlaken und Farbeimer dabei.

Als Siggi und Rosi Müller, das Wirtsehepaar, allen Gästen ihr Getränk serviert hatte, klopfte er mit einer Gabel einmal gegen das Glas, die Gespräche verstummten, und aller Augen waren auf ihn gerichtet.

»Liebe Freunde und Nachbarn«, begann er und wartete einen Moment, um die volle Aufmerksamkeit zu bekommen. »Leider wurde der Mann, der am Wochenende zwei minderjährige Mädchen in seine Gewalt gebracht hat, heute in den frühen Morgenstunden entlassen. Die Polizei hat die Kinder bei einem Großeinsatz befreit. Wir haben Angst, da der Mann, der die beiden geholt hat, frei herumläuft. Er kann es jederzeit wieder tun«, sagte er und sah Augusta an.

Sie nickte und begann mit leiser Stimme:

»Ich habe große Angst, dass er die Mädchen erneut in seine Gewalt bringt und sie es das nächste Mal nicht überleben. Was ist das für ein Land, in dem ein Kindesentführer frei herumläuft?«

Niemand sprach, die Augen waren aufmerksam auf sie gerichtet. Sie hatte sich in Rage geredet, machte eine kurze Pause, trank einen Schluck:

»Warum ist die Freiheit eines Pädophilen mehr wert als das Leben von zwei 14-jährigen Mädchen?« Die letzten Worte schrie sie fast, brach dann in Tränen aus. Henning streichelte ihr den Arm. »Das werden wir nicht zulassen. Das Schwein holen wir uns.«

In dem Moment kam Siggi Müller mit einem Tablett voll Biergläser zurück und brüllte: »Ihr mit eurem Rechtsstaat, ich versteh das nicht. In Russland schneiden sie den Kinderschändern die Eier ab, ohne großes Trara.«

Ein Chor echote: »Genau, Eier ab. Abschneiden.«

Mit zunehmendem Alkoholpegel steigerten sich die Forderungen am Tisch zur Todesstrafe für Kinderschänder.

»Genau, am besten totprügeln, wenn die Polizei es nicht macht«, rief Volker Wenning, der letzte Vollerwerbslandwirt in Finstermoor. Bislang war das noch der einzige Freund des Bastards gewesen. Er fragte sich, was in den gefahren war, und beschwichtigte. »Gewalt ist keine Lösung, ich habe eine bessere Idee.« Dann erklärte, warum er sie eingeladen hatte. Sie würden gemeinsam mit den Plakaten zu Waldmanns Haus ziehen und sich vor seinem Tor aufstellen. Er würde die Presse benachrichtigen, die berichten würde, und den Skandal bekannt machen. »Was denkt ihr, wie schnell sie den wieder festnehmen. Da blamiert sich die Polizei doch.«

Glücklicherweise hatten die Ermittler Waldmanns Waffenarsenal eingezogen, ansonsten hätte er Angst gehabt, von dem Irren durchlöchert zu werden.

Eifrig machten sich die Dorfbewohner an die Arbeit, um Losungen auf ihre Transparente zu schreiben, wie »Kinderschänder raus«, »Todesstrafe für Pädos«, »Waldmann hau ab«. Lüder zog sich an den Tresen zurück, um die örtliche Tageszeitung, das werbefinanzierte Wochenblatt und einen Reporter des *Norddeutschen Rundfunks* zu kontaktieren. Eine solche Gelegenheit würde sich die Journaille im Cuxland, wo es nach der Touristensaison wieder still geworden war, nicht entgehen lassen. Die entsandten hierher sogar Journalisten, um die Treffen der Kaninchenzüchter zu dokumentieren. An eine Demonstration im Dorf konnte er sich überhaupt nicht erinnern. Nach weiteren Getränken zur Stärkung zogen sie los und bauten sich vor dem Tor auf. Immer wieder schrien einige von ihnen:

»Kinderschänder, Kinderschänder, hau ab.« Eine andere Gruppe ergänzte: »Pädo-Schwein, Schwanz ab.« Im Haus blieb es still, er meinte einmal, eine Bewegung wahrgenommen zu haben. Selbst die Hunde waren ungewöhnlich ruhig. Die Polizei hatte beim Einsatz zwei Vierbeiner erschossen. Er hatte Arko aber lieber zu Hause gelassen, aus Angst davor, dass Waldmann seine Meute auf ihn hetzte.

Es dauert nicht lange, bis die Journalisten kamen, die Fotos von dem Ereignis machten und ihn und Augusta Rothermund interviewten. Kurz darauf bogen zwei blau-weiße Polizeiwagen auf die Einfahrt ein, die von der Hauptstraße bis zum Eingangstor von Waldmann führte. Er sah, dass Rike von Menkendorf ausstieg, flankiert von drei uniformierten Kollegen. Sie ging schnurstracks auf ihn zu:

»Unseres Wissens ist diese Demonstration nicht angemeldet. Im Übrigen hat Waldmann die Kinder nicht entführt und ihnen nichts getan.« Das war eine glatte Lüge, das sagte er ihr. Sie schüttelte den Kopf: »Henning, das ist eindeutig so, es gibt keine Zweifel daran, dass die Mädchen aus eigenem Antrieb getürmt sind.«

»Mensch, Rike, du hast dich so verändert. So ist Michelle nicht. Er hat sie gefangen gehalten.«

»Henning, das redest du dir ein. Sprich mit deiner Tochter. Frag sie mal, warum sie von zu Hause weg wollte«, fuhr sie ihm scharf ins Wort.

Sie erklärte ihm nochmals, dass sie ihn auf dieser Grundlage nicht weiter in Haft belassen konnten und der Ermittlungsrichter ihn auf freien Fuß gesetzt hatte.

Er schüttelte verständnislos den Kopf: »Sie waren zwei Tage und Nächte weg, ich habe niemanden mehr außer Michelle im Leben. Das Schwein wollte sie mir wegnehmen.«

»Schluss mit den Lügen«, unterbrach sie ihn harsch. »Die Mädchen sind weggelaufen, weg von ihren Eltern, begreift das, statt mit dem Finger auf einen Unschuldigen zu zeigen. Wenn ihr nicht freiwillig abzieht, lasse ich die Demonstration auflösen.«

Warum verstand sie es nicht, dass er Michelle schützen wollte? Doch sie schien es ernst zu meinen. Er hielt es für klüger, den Rückzug anzutreten, und ging wieder zu seinen Leuten, die Sprechchöre vor dem Tor grölten. Er dankte seinen Nachbarn und sagte dann: »Die Staatsmacht will uns entfernen lassen. Das reicht für heute.« Unter lauten Buhrufen zogen die Dorfbewohner sich wieder ins Sportlerheim zurück und bestellten eine Runde. Endgültig würden sie sich nicht vertreiben lassen, da waren sie sich sicher. Sie verabredeten sich für den nächsten Abend, um wieder vor Waldmanns Haus zu ziehen. Der Pädo sollte in ihrem Dorf keine Ruhe mehr finden.

*

»Gewitterhexe« nannten sie die Kinder, sie hatten Angst vor ihr. Manchmal torkelte sie betrunken durch das Dorf, lachte ein kehliges tiefes Lachen, ungehemmt, ursprünglich wie ein Tiergeräusch. Sie erhob drohend ihre Hand gegen die Häuser entlang der Hauptstraße, voller Wut blieb sie stehen, sah durch die Fenster. »Die Götter des Moores werden richten. Sie werden euch holen.« Sie schwenkte ihr Zepter aus Birkenstöcken und schüttelte ihre Krone aus Schlamm. Sie wütete und ließ ein dämonisches Gelächter erschallen. Sie wusste es, kannte das Geheimnis. Er hatte eine Flasche gegen das Fenster geworfen, das zerbarst. Dröhnend lachte sie, hörte nicht mehr auf damit. »Du wirst deine Strafe bekommen.« Irgendwann würde es ihn einholen, er hatte es immer geahnt.

KAPITEL 14

Sie war alleine in der Küche, ungewöhnliche Stille herrschte im Haus. Mit einem Glas Rotwein hatte es sich Margo auf der Küchenbank gemütlich gemacht. Vor ihr lag die neueste Kunstzeitschrift *L'Oeil* aus Paris, doch sie blätterte gedankenverloren darin. Ihr fehlte die Konzentration, um die Texte zu erfassen. Die Diskussionen mit ihrer Freundin waren aufwühlend. Augusta schien nicht zu verstehen, dass ihr Verhalten zu Sophies Verschwinden beigetragen hatte. Entgegen ihrem Rat, sich da herauszuhalten, war sie wieder auf einer Versammlung dieses unsäglichen Dorfmobs. Sie reagierte hysterisch vor Angst, seit Waldmann freigelassen wurde. Mit logischen Argumenten drang sie nicht zu ihr durch. Ihr letztes Gespräch, hier in der Küche, hatte in einem Streit geendet. Augusta blieb dabei, dass Sophie entführt und gefangen gehalten worden war. Als Margo sie darauf hingewiesen hatte, dass ihre Tochter aus dem Fenster geklettert war und sich aus freien Stücken bei Holger Waldmann aufgehalten hatte, war Augusta empört aufgesprungen. Sie riss ihre Teetasse um, ein Rinnsal bahnte sich den Weg. Sie ignorierte es und schrie Margo an:

»Das ist nicht wahr. Der Mann ist ein Kinderschänder. Der darf nicht frei rumlaufen.« Es war zum Verrücktwerden, sie blieb steif und fest dabei. Die Wahrheit verdrängte sie.

»Überleg dir lieber mal, warum eine 14-Jährige von zu Hause weg will«, hatte sie an ihre Freundin appelliert und ihr einen Lappen in die Hand gedrückt.

Den warf sie in die Lache: »Margo, du hast keine Ahnung. Das stimmt alles nicht.« Das ließ sie ratlos zurück.

Sophie litt unter dem Verhalten ihrer Mutter. Sie hatte um ein vertrauliches Gespräch gebeten. In ihrem Kinderzimmer hatte sie einen zerfledderten Bären an die Brust gedrückt und sich auf ihr Bett gesetzt. Margo rückte sich den Schreibtischstuhl heran und wartete, bis sie zu reden begann. »Du bist doch Mamas Freundin. Kannst du mit ihr sprechen, dass sie das sein lässt.«

»Was meinst du denn mit ›sein lassen‹?«

Das Mädchen kuschelte sich in ihr Kissen und begann zu weinen.

»Das ganze Hetzen gegen Henry. Er kann doch nichts dafür, dass wir zu ihm abgehauen sind. Das habe ich nicht gewollt«, schluchzte sie. Margo streichelte ihr über den Kopf und sagte: »Lass es raus, Kleine, dafür kannst du nichts.« Das Schluchzen wurde seltener, dann wischte sich Sophie die Tränen ab.

»Ich finde es gemein, wie Mama Henry beschimpft. Er hat nichts gemacht, er hat uns geholfen, wenn wir traurig waren. Ich möchte nicht, dass sie mit dem Papa von Michelle und den Leuten vor seinem Haus rumschreit. Die waren sogar im Fernsehen.«

Margo war ihrer Meinung, sagte aber: »Weißt du, deine Mama hat dich lieb, sie ist nur durcheinander, weil sie solche Angst um euch hatte.«

Sophies Blick wurde trotzig: »Ich bin ihr doch egal. Sonst würde sie mich in den Arm nehmen, mir vorlesen, so wie früher.«

»Das stimmt doch gar nicht. Deine Mama liebt dich, das hat sie mir gesagt, aber sie hat es schwer.«

»Weiß nicht«, brachte das Mädchen mit schwacher Stimme hervor, »dann soll sie nicht so blöd vor Henrys

Haus herumschreien. Ich soll nicht mehr kommen. Er glaubt, dass ich gelogen habe.«

Dann kuschelte sie sich eng an Margo:

»Würdest du ihm sagen, dass ich nichts Falsches erzählt habe und dass du mir glaubst?« Dann seufzte sie: »Ich hätte Henry gerne als Papa, ich habe ihn so lieb.«

Margo überlegte kurz und nickte. »Wenn er mit mir reden will, dann sage ich ihm das.« Sie hatte ihn angerufen, doch er hatte immer wieder aufgelegt, später war nur der Anrufbeantworter dran. Sie wusste aber, wie traurig Sophie und Michelle darüber waren, dass Holger Waldmann von den Finstermoorern beschimpft wurde. Am Abend, bei der Demonstration, hatte sogar jemand Steine auf sein Haus geworfen, Fensterscheiben waren zu Bruch gegangen. Sophie hatte ihr gesagt, dass viele seiner Hunde gestorben waren und die beiden Mädchen dort gewesen waren, um ihn bei der Krankenpflege zu unterstützen. Margo setzte sich auf den Rand und legte ihr die Hand auf die Schulter.

»Ich habe Angst, dass sich Henry etwas antun. Bitte hilf mir«, bat sie.

Deshalb schrieb Margo ihm nach langem Nachdenken eine SMS.

»Lieber Herr Waldmann,

Sophie ist traurig über das, was vor Ihrem Haus geschieht. Ich würde gerne mit Ihnen sprechen, bitte melden Sie sich. Mit freundlichen Grüßen, Margo Valeska.« Wahrscheinlich hatte er sein Telefon ausgestellt, um sich nicht länger der Belästigung durch den Dorfmob auszusetzen. Sie wäre an seiner Stelle weit weg gezogen. Sie fand es nur schwer vorstellbar, dass jemand in einem so kleinen Dorf eng neben seinen Nachbarn lebte und geächtet wurde. In der Anonymität der Großstadt konnte man sich einfacher isolieren. Sie sah auf die Uhr, Augusta war bereits seit drei Stunden unterwegs. Ein dichter Nebel waberte draußen vor dem Fenster, das Licht schien in der Watte zu zerlaufen. Um keinen Preis hätte Margo vor die Tür gehen wollen. Hallten da Schritte auf dem Pflaster? Stimmen kamen näher.

»Mach's gut und Danke fürs Nachhausebringen«, hörte sie Augustas Stimme. Der Mann antwortete:

»Ich kann dich doch nicht bei diesem Nebel ohne Schutz nach Hause gehen lassen, solang der Verbrecher dort drüben lebt. Eine so schöne Frau.« Das war Lüders Stimme! Augusta kicherte. Margo wurde wütend.

Die beiden waren spinnefeind, der Mann hatte vor ihnen ausgespuckt, wenn er an der Straße vorüberging, und Augusta lästerte über die verbiesterten Dorfbewohner, die nie aus ihrer Provinz rauskamen. Jetzt schienen die beiden miteinander zu flirten. Früher hätte ihre Freundin einen Mann wie Lüder nicht einmal angesehen. Das war doch vollkommen unter ihrem Niveau.

Als Augusta in die Küche kam, glänzten ihre Augen, und ihre Wangen waren gerötet. Überrascht blieb sie stehen, als sie Margo dort sitzen sah, und fragte: »Oh, du bist wach?«

»Ich habe auf dich gewartet, können wir reden?« Sie sah die Abwehr in Augustas Blick. Sie kannte Margos Meinung zu ihrer Teilnahme an der Dorfpöbelei, dennoch war sie nicht aufzuhalten. Margo musste versuchen, mit Argumenten zu ihr durchzudringen. Sie hatte sich passende Worte zurechtgelegt.

»Sophie ist traurig, sie vermisst ihre Mama und möchte nur in den Arm genommen werden«, begann sie.

Ihre Freundin stand im Eingang, das Lächeln war einem trotzigen Ausdruck gewichen. »Willst du mir sagen, wie man Kinder erzieht? Schaff dir erst mal eigene Gören an, und dann sehen wir weiter.« Dieses Totschlagargument gebrauchten Eltern immer gerne, um Kritik abzuwehren.

Dennoch war Margo verwundert, in welchem Ton die früher so sanfte Augusta plötzlich mit ihr sprach. Sie schien sich von den Krakeelern anstacheln zu lassen.

»Ich spreche mit dir als Pädagogin und Freundin. Nicht, um dich zu kritisieren. Sophie leidet darunter, dass die Dorfbewohner Holger Waldmann bedrohen und verunglimpfen, das hat sie mir heute wieder gesagt.«

»Du weißt doch, dass sich Entführungsopfer mit den Entführern solidarisieren? Das hat deine Polizistin erklärt«, verteidigte sich Augusta.

Margo schüttelte den Kopf, ihre Freundin blieb bei ihrer Verdrängungsstrategie, sie war wie vernagelt:

»Das war KEINE ENTFÜHRUNG«, sie schrie jetzt fast, denn sie war ebenfalls wütend geworden, dass ihre alte Kommilitonin die Fehler jemand anderem zuschieben wollte.

»Versteh es endlich.«

Diese schüttelte den Kopf und ging an ihr vorbei ins Wohnzimmer, dessen Tür sie mit Schwung zuknallte.

*

Klein war sie, ein Dreikäsehoch und ganz allein unterwegs. Sie sollte dem Vater mittags sein Essen bringen, kam jedoch niemals an. Das Moor hat sie genommen. Ist vom Weg abgekommen, Mutter Erde öffnete sich und nahm sie auf, das kleine Mädchen. Doch sie ist nicht weg, lebt in einer besseren Welt. Manchmal kann ich sie hören, wenn sie unter der Erde spielt mit ihren Freunden. Eine Kinderschar. Sie folgen mir, lachen und singen unter der Erde. Laufen mit uns mit, tief im Inneren des Moores. Nun haben sie eines der Mädchen ans Licht geholt, Unheil wird das bringen über das Dorf. Unglück. Niedertracht habt ihr gesät, ihr werdet euer böses Ende finden. Seht ihr nicht, wie die Irrlichter tanzen im Nebel? Die Götter des Moores sind in Aufruhr, werden die Menschen bestrafen. Ihr nennt mich die Gewitterhexe, weil ich die bin, die die Wahrheit sagt. Doch ihr solltet euch in Acht nehmen! Es wird böse enden!

KAPITEL 15

Augusta schien ihr Verhalten zu bereuen. Als Margo morgens in den Hof trat, reichte sie ihr eine Tasse Tee. »Entschuldige bitte meinen Ton gestern Abend, aber das sind schwierige Zeiten für mich. Sophie ist doch alles, was ich habe«, bat sie. Margo nickte, nach einem solchen Wochenende wollte sie gerne nachsichtig sein. »Hast du mal über das nachgedacht, was ich dir gestern gesagt habe?«, fragte sie, und die andere nickte.

»Ja, ich werde mich mehr um Sophie kümmern und ihre Sorgen ernst nehmen.« Allerdings sagte sie nichts zu Holger Waldmann, vermutlich würde sie ihre Meinung zu den Ereignissen nicht ändern. Sie nickte erfreut, als Margo ihr von dem Wunsch der Kinder erzählte, in den *Heidepark* zu fahren. Sie könne nicht mitfahren, da der Esel eine Zahnoperation hatte. Margo dachte sich ihren Teil, hielt sich nach ihrem Streit am vergangenen Abend aber mit Kritik zurück. Freudig schreiend kamen die Kinder ans Auto gelaufen, dann fuhr Margo zum Vergnügungspark.

Vom Parkplatz aus sahen sie eine lange Schlange vor einem roten einstöckigen Haus mit einer Fachwerkfassade, Türmchen und dem Säulengang. Das war der *Heidepark Soltau*, die deutsche Variante eines *Disneylands*. Kaum zwei Stunden entfernt und der Traum aller Kinder. Architektonisch ebenso kitschig wie das Original, wenn auch Backstein und Reetdächer eine regionale Note gaben. Endlich hatte sie einen freien Parkplatz gefunden, sogar mitten in der Woche schien der Park Menschenmassen anzulocken.

Sie hatten entschieden, die Kinder nicht in die Schule zu schicken. Sie sollten »positive Erlebnisse« abspeichern, um das schreckliche Wochenende zu vergessen.

Am Abend davor hatte sie Wunschzettel verteilt. Die Kinder waren ungewöhnlich leise und stritten nicht. Als sie die Zettel auseinanderfaltete, verstand sie, warum. Auf dreien stand »Heidepark Soltau«, auf dem dritten, der von Gülce geschrieben worden war: »Hedepak Sotau« Die Kinder mussten sich abgesprochen haben. Sie kicherten, als Margo die Zettel las und sagte: »Das muss ja Gedankenübertragung sein, alle hatten zufällig die gleiche Idee.« Elegante sprang auf und bat sie: »Bitte fahren wir morgen in den *Heidepark*.«

Es wurde Zeit, dass sie wieder aus dem Haus kamen. An den beiden Tagen davor hatten sie gespielt, gelesen und gemalt. Augusta hatte die Mädchen und Michelle reiten lassen und mit den Jungs im Hühnerstall um die Wette Eier gesucht. Außerdem hatten sie alle Hennen eingefangen, und das Gehege umgesetzt. Dennoch hatten sich die Kinder, die den dritten Tag nicht in der Schule waren, gelangweilt. Sie waren lärmend durch das Haus getobt, Elegante und Maurizio hatten einen heftigen Streit und mussten voneinander getrennt werden. Sophie war hochempfindlich und bei jeder falschen Bemerkung beleidigt, und Gülce wollte Augusta nicht von der Seite weichen und weinte, sobald diese aus dem Haus ging.

Die Kinder brauchten ihre Bezugsperson mehr denn je. Leider schien Augusta das nicht zu verstehen. Sie seufzte, als sie den Wagen einparkte.

Zehn Minuten standen sie schon vor dem Türmchenhaus. Endlich waren sie in der Schlange, in der zwei oder drei Schulklassen auf Klassenfahrt gestanden hatten, bis zur Kasse in einem der Rundbögen vorgerückt. Kaum waren sie im Park, hängten sich Sophie und Elegante links und rechts bei ihr ein und sagten:

»So, Margo, jetzt zeigen wir dir mal was Tolles«, dabei grinsten sich die beiden verschwörerisch zu und geleiteten sie zu einem Holzbau mit dem Schriftzug »Flug der Dämonen.« Das schien eine Gespensterbahn zu sein, vermutete Margo, die in ihrer Jugend das letzte Mal in irgendein Fahrgeschäft gestiegen war.

»Genau, Gespenster und so. Das wird dir Spaß machen«, sagte Elegante. Als sie eine Treppe hochgestiegen waren, sah Margo, dass sie in eine Art kleinen Zug steigen mussten und ein 60 Meter hohes Metallgestell nach oben fuhren. Sie drehte sich um, doch der Junge hängte sich gleich wieder bei ihr ein und sagte: »Jetzt gibt es kein Zurück. Wer hier steht, muss mit den Dämonen fliegen.« Die anderen Kinder kicherten, und Margo stieg seufzend ein und ließ sich den Sicherheitsbügel befestigen. Sie hatte sich neben Gülce gesetzt, die unbedingt mit den Großen Karussell fahren wollte, aber im Gesicht kreidebleich war. Als sie auf dem höchsten Punkt angekommen waren, wurde ihr klar, dass sie in eine Achterbahn gestiegen waren. Sie würden durch Loopings rasen, doch gab es kein Entkommen. Die Bahn sauste mit einer irrwitzigen Geschwindigkeit auf den Boden zu, raste durch ein Gebäude, mehrmals hingen sie kopfüber, die Insassen kreischten ohrenbetäubend vor Angst oder Vergnügen, das konnte sie in diesem Moment nicht genau sagen. Auf jeden Fall war das doch ein derber Spaß, vor allem für die kleine Gülce. Diese strahlte beim Aussteigen. Die beiden Großen lachten über ihren Scherz. Margo wankte mit zitternden Beinen zum Ausgang und beschloss, den Rest des Ausflugs ruhig angehen zu lassen. Sie wartete meist auf einer Bank vor den Fahrgeschäften. Die Jungs wollten alle fünf Achterbahnen ausprobieren, die Mädchen wünschten sich die Delfinschau. Margo hatte versprochen, Sophie nicht aus den Augen zu lassen, und begleitete sie, obwohl sie die Haltung von Meeressäugern in Becken für fragwürdig hielt.

Die Delfine schwammen synchron zu *Schwanensee*, spielten eine Partie »Fußball« mit ihren Flossen, am Ende durften beide Mädchen die Tiere des *Heideparks* streicheln.

»Diese wundervollen Tiere sind sehr sensibel. Sie kommen von sich aus auf die Menschen zu und treten in Kontakt«, sagte der Trainer. Die drei wurden für die Therapie von Missbrauchsopfern eingesetzt, sie spürten, wenn ein Kind litt. Margo sah, wie Sophie einen der Delfine umarmte und weinen musste. Dann fragte sie sich, was hinter der Beziehung zu Henry stand. War er nur ein väterlicher Freund für sie? Selbst wenn Sophie nicht entführt wurde, war sie dennoch missbraucht worden?

Sie würde in den nächsten Tagen mit ihr über Henry reden, auch wenn der sich nicht bei ihr meldete.

Nachdenklich ging sie zum Ausgang, wo sie die Jungs wiedertreffen sollten. Die beiden kamen angerannt und strahlten, die Kinder redeten alle vier gleichzeitig auf sie ein. Zumindest für sie war der Besuch ein Erfolg, sie schienen den Tag genossen zu haben. Margo sah auf ihr Handy. Drei verpasste Anrufe von derselben unbekannten Nummer. Das Klingeln musste bei dem Gekreische völlig untergegangen sein. Eine Nachricht wurde hinterlassen.

Bevor sie in ihr Auto stieg, hörte sie ihren Anrufbeantworter ab. Es war Holger Waldmann, der versucht hatte, sie zu erreichen. »Vielen Dank für Ihre Nachricht. Bitte grüßen Sie Sophie, ich weiß, dass sie nicht gelogen hat. Und ich würde gerne mit Ihnen reden. Ich habe von den Mädchen ein schreckliches Geheimnis erfahren und möchte helfen.«

Margo war froh, dass er sich gemeldet hatte. Das hätte er vermutlich nicht getan, wenn er ein Täter wäre. Sie richtete Sophie die Grüße aus. Sie fühlte sich völlig entkräftet vom Dauerlärm und ihrem unfreiwilligen Abenteuer. Den Rückruf würde sie nach einer guten Nacht am Morgen machen.

KAPITEL 16

Der Anruf hatte Rike aus dem Schlaf gerissen. Endlich lag sie wieder in ihrem eigenen Bett im Hamburger Häuschen und schlummerte tief und fest. Ihr Telefon hatte gegen 5 Uhr morgens lange vibriert, bis es von ihrem Nachtisch auf den Fußboden gestürzt war und sie aus dem Schlaf schreckte.

»Es ist etwas geschehen, ich bräuchte dich so schnell wie möglich in Finstermoor«, sagte Carla Bredow. Vor ein paar Stunden hatten sie sich verabschiedet. Sie hatte die Gespräche geführt und damit ihre Mission beendet. »Habt ihr Personalmangel?«, fragte Rike verschlafen.

»Du bist mit dem Fall vertraut, es wäre eine große Hilfe, wenn du mich weiter unterstützt«, sagte die Cuxhavener Kollegin.

»Okay, ich fahre gleich los«, versprach Rike.

Prinz schnarchte selig in seinem Korb. Überrascht sprang er auf und knurrte, als sie ihn rief. »Guten Morgen, du Super-Wachhund!« Sie strich ihm über den Kopf. »Es geht wieder auf in den Norden.« Er schien genau zu verstehen, was sie sagte, denn er sprang freudig an ihr hoch und bellte.

Ausnahmsweise hatte sie die Nacht ohne die wiederkehrenden Träume verbracht. Oft sah sie im Schlaf das Gesicht der ermordeten Kazumi, der japanischen Studentin, vor sich und die vorwurfsvollen Blicke der Eltern wegen ihrer Feigheit. Sie hatte ihre Karriere gerettet, statt weiter nach der Wahrheit zu suchen. Das nagte an ihr. Doch in dieser Nacht hatte sie geschlafen wie ein Stein, bis der Anruf kam.

Rike war abgereist, weil die Untersuchung im Fall der beiden verschwundenen Mädchen klar schien. Es war keine Entführung, ob es Missbrauch war, der schon über eine längere Zeit lief, mussten tiefergehende Befragungen und Ermittlungen klären. Das sollte eine Psychologin übernehmen, da Rike in diesem Punkt nicht weitergekommen war. Keines der Mädchen hatte Waldmann belastet, doch es gab Anzeichen. DNA-Proben waren gesichert worden, aber noch nicht ausgewertet. Nach ihren Aussagen hatten sich die beiden an diesem Wochenende freiwillig in dem Haus aufgehalten. Daran gab es nur wenig Zweifel, die Erklärungen wirkten glaubhaft.

Rike wusste nicht, was sie in Finstermoor erwartete, sie hoffte nur, dass den Mädchen nichts zugestoßen war. Carla Bredow ließ sich keine weiteren Details aus der Nase ziehen. Sie würde alles vor Ort erfahren. Zum Glück hatte sie ihre Notfalltasche nicht ausgepackt, sie wollte so schnell wie möglich auf der Autobahn sein, um dem Berufsverkehr zu entgehen. Mit der Tasche in der einen und der Leine in der anderen Hand, war sie eilig zu ihrem Benz gegangen und hatte die Sachen verstaut. Ihr Vierbeiner hatte sich sofort, nachdem er in den Kofferraum gesprungen war, auf seine Decke gelegt, dann fielen ihm die Augen zu. Die ganze Fahrt über hörte sie nur sein Schnarchen. In Hamburg waren die Straßen frei, auf der Autobahn überholte sie lange Kolonnen von Lkws, aber sie schaffte es auf die Elbfähre, bevor sich die Pendler stauten.

Als Rike in Finstermoor eintraf und die Hauptstraße entlangfuhr, sah sie eine lange Reihe von Feuerwehrautos, die am Ortsausgang parkten, in der Höhe des Sportlerheims und des gegenüberliegenden Herrenhauses Rothermund. Menschen standen mitten auf der Straße herum, es sah aus, als sei das ganze Dorf versammelt. Sie fuhr bis zum

Parkplatz, wo mindestens ebenso viele Polizeiautos abgestellt waren wie bei der Suche nach den Mädchen. Etwas Schreckliches musste geschehen sein, sonst wäre nicht so ein Großaufgebot bestellt worden. Es war schwer zu ertragen, wenn Kinder zu Tode kamen. Rike stellte sich auf das Schlimmste ein und nahm sich vor, immer nur die Fakten zu sehen, Distanz zu wahren und sich nicht von der Verzweiflung und Trauer der Angehörigen vereinnahmen zu lassen. Genau das war ihr im letzten Fall vorgeworfen worden. Angeblich hatte sie jede Distanz verloren und war nicht mehr objektiv, doch wenn sie über ihre Lösung nachdachte, war sie sich sicher, dass sie die richtige Spur gefunden hatte. Nur konnte sie dem mutmaßlichen Täter leider nichts beweisen, denn sie war mitten in der Arbeit gestoppt worden. Die Ermittlungen wurden behindert, sie hatte herausgefunden, warum, und sah keine Chance, sich durchzusetzen.

Auf ihrem Telefon entdeckte sie drei Anrufe aus Japan. Die Eltern von Kazumi. Sie rief nicht zurück und hasste sich für ihre Feigheit. Wenigstens eine Erklärung hätte sie abgeben müssen. Dass sie abgezogen worden und nicht weiter in dem Fall tätig war. Doch das fiel ihr schwer.

Sie parkte auf der letzten freien Ecke im Hof und beschloss, Prinz weiterschlafen zu lassen. Als sie die Autotür öffnete, schlug ihr Brandgeruch entgegen, sie musste husten. Vom Nachbargrundstück, dort, wo sie die Mädchen gefunden hatten, konnte sie einen Lichtschein wahrnehmen. Das gesamte Gelände war von Flutlicht erleuchtet. An der Einfahrt von Holger Waldmann wies sie sich bei den Kollegen aus und ging auf das Haus zu, zumindest das Wenige, was davon übrig war.

Das alte Fachwerkhaus war komplett eingestürzt, darauf glommen Reste des Reetdachs, Trümmerteile waren meterweit weggeflogen und im Garten verteilt. Feuerwehrleute im Schutzanzug liefen um die Brandstelle, sie hielten Messgeräte in der Hand, vermutlich maßen sie, ob gefährliche Gase oder Substanzen austraten.

Neben dem Haus sah sie Carla Bredow, die mit einem uniformierten Feuerwehrmann die Szene beobachtete. Sie winkte Rike heran und stellte ihr den Einsatzleiter der Feuerwehr vor.

»Was ist denn passiert?«, wollte Rike wissen.

»Dorfbewohner haben gegen 4.30 Uhr einen lauten Knall wie eine Explosion wahrgenommen. Danach brannte das Haus von Holger Waldmann lichterloh. Vermutlich befindet sich der Hausbewohner in den Trümmern. Wir sind dabei, eine Gefahrenanalyse zu machen, um dann schnellstmöglich nach ihm zu suchen. Die Chancen, ihn lebend zu finden, sind gering«, fasste der Einsatzleiter das Geschehen zusammen.

»Ist denn bekannt, was die Explosion ausgelöst hat?«, wollte Rike wissen.

»So weit sind wir im Moment nicht, zunächst geht es um die Rettung des Betroffenen, solang es dafür Chancen gibt«, erklärte der Feuerwehrchef. Sobald der Ort begehbar war, sollte ein Mantrailer-Hund den Bewohner suchen, danach würden die Retter die Trümmer beiseite räumen, um den Verschütteten freizulegen, vorsichtig, um diesen nicht weiter zu verletzen. Erst nach der Bergung setzte die Ursachenforschung ein. Dann würde geklärt, wie es zur Explosion und dem Brand kam.

Nachdem der Feuerwehrchef geendet hatte, wandte sich Carla Bredow an Friederike und bat sie, für ein vertrauliches Gespräch im Polizeitransporter Platz zu nehmen.

»Ich habe dir einen Vorschlag zu machen.« Sie setzte sich ihr gegenüber und schloss die Schiebetür. »Ich habe ja neulich von der Situation in Hamburg erfahren. Wie wäre es, wenn du uns bei diesem Fall weiter unterstützt?«

»Es könnte sein, dass ich dann größere Probleme in meiner Dienststelle bekomme«, wandte Rike ein.

»Das ist geklärt, dein Chef hat mich noch mal angerufen. Er könnte dich für eine längere Zeit zu uns abordnen. Er hat fachlich Lob geäußert, nur dieser letzte Fall ist seiner Meinung nach unglücklich verlaufen.«

Sie war von dem Vorstoß überrascht und überlegte. Als Strecke zum Pendeln war es von Hamburg ins Cuxland zu weit. Gerade wollte sie das Angebot entschieden ablehnen, als von Carla, die ihr Schweigen für eine Zusage nahm, erfreut nickte:

»Ich freue mich, dass du bei uns arbeiten möchtest, und für dich ist das mit Sicherheit die beste Lösung«, fügte sie hinzu.

»Moment, ich habe noch gar nichts gesagt. Das ist zu weit für mich«, protestierte sie.

»In Hamburg gibt es momentan keine Verwendung für dich. Und hier brauchen wir eine so qualifizierte Verstärkung. Du verfügst ja wegen der Vorgeschichte über Insiderkenntnisse«, warb sie.

Rike fragte sich, was für ein Spiel Kanther wieder trieb? Sie erwog, welche Möglichkeiten ihr diese Verabredung mit Bredow ließ – entweder sie lehnte ab und durfte bei der Waldhexe Bäume anschreien. Oder sie lenkte ein und konnte als Ermittlerin arbeiten. Das war ja nicht für die Ewigkeit. Sie nickte schweren Herzens, und Carla Bredow reichte ihr die Hand: »Willkommen im Team, und Letzteres wird bei uns groß geschrieben, bitte keine Alleingänge!«

Rike bedankte sich.

»Ich bräuchte dich direkt, um in der Nachbarschaft

Waldmanns zu sondieren, ob irgendjemand im Vorfeld der Explosion etwas beobachtet hat. Die Kollegen benötigen Unterstützung.«

Das ging schnell, doch Rike war es recht, von Anfang an dabei zu sein. »Gibt es irgendwelche Erkenntnisse, was geschehen ist?«

In den letzten Tagen hatten die Dorfbewohner immer wieder vor dem Haus von Holger Waldmann demonstriert. »Die Eltern der Mädchen haben die Leute gegen die Polizei aufgehetzt, dass wir jeden Falschparker verfolgen und Kinderschänder schützen«, berichtete sie. Die Forderungen der Demonstranten wurden immer radikaler, Todesstrafe war dabei eine der harmloseren Aussagen. Am Ende war eine Versammlung eskaliert, am Abend vor der Explosion bei Waldmann flogen Pflastersteine, Scheiben wurden eingeworfen.

»Finde heraus, ob es Vorbereitungen für gewalttätige Aktionen gab. Du hast doch einen Draht zu den Eltern«, bat sie Rike, die gemeinsam mit vier Kollegen die Dorfbewohner aufsuchen sollte.

»Kann es nicht sein, dass Waldmann Suizid begangen hat oder nur einen Unfall hatte?«, gab Rike zu bedenken.

»Er wirkte nicht wie ein Selbstmordkandidat, und es gab keine neuen Erkenntnisse zu dem Fall mit den beiden Mädchen. Am besten, ihr prüft, ob die Nachbarn etwas gesehen haben und nebenbei die Alibis. Man kann nicht ausschließen, dass der Dorfmob hier Selbstjustiz verübt hat.« Rike hielt das für voreilig, da sie nicht einmal wussten, ob der Mann lebte und wie er ums Leben gekommen war.

»Von welchem Zeitpunkt gehen wir aus?«

»Von dem Knall um 4.30 Uhr haben Zeugen berichtet, wenn es einen Anschlag gab, dann in den Stunden vorher.« Bredow hatte ihr schon den Rücken zugekehrt und ging zum Feuerwehrtrupp mit den Hunden. Rike hoffte, dass Augusta Rothermund nichts mit der Sache zu tun hatte. War sie nicht Mitglied dieses »Dorfmobs«?

KAPITEL 17

Sophie stand im Stall hinter dem Haus und hatte den Kopf auf den Rücken ihres Ponys Max gelegt. Das Tier schien zu spüren, wie traurig sie war, und verharrte still. In der Nacht wollte sie zu Henry gehen, doch nach dem Tag im *Heidepark* war sie sofort tief eingeschlafen und erst durch einen lauten Knall wieder aufgewacht. Ihr erster Gedanke war Henry, hoffentlich war ihm nichts geschehen. Sie litt unter dem Verhalten ihrer Mutter. In den letzten Tagen hatte sie immer Angst um ihren Freund gehabt, wenn die Erwachsenen aus Finstermoor mit Henning Lüder an der Spitze grölend durch den Ort zogen. Sie wusste, was ein Kinderschänder war. Das hatten sie in Hamburg mit ihrer Lehrerin besprochen. Henry gehörte nicht dazu. Wie gemein, das über ihn zu behaupten. Das müssten sie und Michelle ja am besten wissen.

Ihre Mutter hörte ihr nicht zu, sie hatte es ihr Dutzende Male erklärt. Doch ihre Worte gingen nicht in deren Kopf. Es war schlimmer als vor dem Wochenende, an dem sie sich mit Michelle bei Henry versteckt hatten. Eigentlich hatten sie nach Hamburg fahren wollen, aber wegen der kranken Hunde hatten sie dann beschlossen, in Finstermoor zu bleiben. Dafür sind Freunde ja da, dass sie sich gegenseitig halfen, wenn einer in Not geriet. Und Henry war allein, alle hassten ihn. Auch das kannten sie beide nur zu gut.

Sie hatte es bereut, dass sie ihre Mutter derartig in Angst versetzt hatte. Augusta hatte hysterisch reagiert, als sie von der Polizistin zurückgebracht worden war. Sie hatte sie umarmt, geheult und geschrien, sie mit Küssen bedeckt. Aber viel war von der Begeisterung nicht übrig geblieben. Sie hatte nicht einmal gefragt, warum sie verschwunden war. Dabei hätte Sophie ihr gerne gesagt, wie allein sie sich fühlte, dass sie sich nach ihrem Leben von früher mit ihren Eltern sehnte. Papa war gegangen und hatte jetzt diese peinliche Barbie, doch sie wünschte sich ihre Mama von früher zurück.

Nichts von dem, was Sophie sich erhofft hatte, war eingetreten. Sie hätte sich gewünscht, täglich ein paar Minuten allein mit ihrer Mutter zu verbringen so wie früher. Zusammen frühstücken oder zu Abend essen. Wie schön war es, im Bett zu liegen und sich vorlesen zu lassen. Ihre Mutter hatte die verrücktesten Geschichten erzählt und sich neben sie gekuschelt. Das war so lange her.

Dafür hatte Augusta überhaupt keine Zeit mehr, denn jetzt rannte sie nicht nur früh los, um die Tiere zu versorgen und sich um das Haus zu kümmern. Dauernd kamen Leute, mit denen sie gemeinsam Parolen auf Betttücher malte, abends war sie ständig zu blöden Sitzungen unterwegs, dann zogen die Alten peinlicherweise mit ihren Plakaten durch den Ort. Für Sophie hatte sie wenig Zeit und kein Interesse. Endlich finden wir hier mal Anschluss, hatte sie dazu gesagt. Aber auf diese Art von Bekanntschaften konnte sie gerne verzichten.

Michelle hatte vergeblich versucht, mit ihrem Vater zu reden und ihn von diesen peinlichen Aufmärschen abzubringen. Ihre Freundin war von ihrem Alten wie eine Kriminelle verhört worden und hatte jetzt meist Stubenarrest in ihrem Zimmer. Sie durfte rein gar nichts mehr, nur ein Mal hatte er sie zu ihnen auf den Hof gelassen.

Sie hatte ein oder zwei Mal versucht, mit Margo über Mama zu reden, doch die verteidigte ihre Mutter. Dass sie sie verstehen müsse, dass Augusta fürchterliche Angst gehabt habe und dies ihre Art sei, damit umzugehen.

Immerhin hatte Mamas Freundin versucht, mit Henry zu reden, doch leider war daraus vor der schrecklichen Nacht nichts mehr geworden. Sophie weinte um ihren Freund. Von ihrem Fenster aus hatte sie gesehen, dass Henrys Haus lichterloh brannte. Sie stand da und hoffte, er würde mit einem leicht angesengten Bart aus seinem Tor kommen und wie immer sagen, dass ihn nichts und niemand unterkriegen könne. Die Feuerwehr löschte, Menschen mit Leuchtwesten durchsuchten das Grundstück mit Hunden. Suchten sie nach ihrem Freund Henry? Er kam nicht aus dem zusammengestürzten Haus gelaufen, er hatte da drunter gelegen. Sophie verstand, dass er tot war, nachdem sie das dunkle lange Auto beobachtete. Sie hatte gesehen, wie zwei Männer einen hellen Sarg hineintrugen, und gewusst, dass es nur Henry sein konnte.

Vielleicht hätte sie gleich zur Polizei gehen sollen, als ihr Michelle erzählt hatte, was sie von ihrem Vater gehört hatte. Der hetzte die Leute gegen Henry auf. Augusta benahm sich daneben. Sie war es, die einen Pflasterstein in Henrys Fenster geworfen hatte. Sophie war geschockt, als sie das gehört hatte. Ihre eigene Mutter schmiss Steine auf ihren Freund Henry, und nun war er tot. Eines konnte sie aber für ihn tun. Zur Polizei gehen. Sie würde dort erzählen, was sie erfahren hatte. Auch wenn es ihre eigene Mutter betraf. Augusta schien den Verstand verloren zu haben, das musste gestoppt werden. Sophie ging aus dem Stall in den Innenhof, wo ihr Fahrrad in einer der Garagen stand. Alles war voller Spinnweben, und ein graues Pelztier mit langem Schwanz flitzte schnell weg, als Sophie eintrat. Sie schwang sich auf den Sattel und stieß auf dem Hof ausgerechnet auf Augusta.

»Na, wo fährst du denn hin«, wollte ihre Mutter wissen. Sophie spürte, wie ihr das Blut in die Wangen schoss, aber sie würde sich nicht von der Idee abbringen lassen. »Ich fahr ein bisschen durch die Gegend und schau mal, ob Michelle Zeit hat«, log sie. Zum Glück hielt ihre Mutter sie nicht länger auf, sie musste schon wieder zu den Eseln, die waren ihr ja wichtig. Vorher hatte sie ein schlechtes Gewissen, nun schüttelte sie entschieden den Kopf.

Sie fuhr die Hauptstraße hinab und ließ ihr Rad entlang der Felder dahinrollen. Es ging bergab bis zu einer Senke mit einem kleinen Bach, an dessen Ufer sie früher gespielt, Frösche gefangen und Hölzchen und Schiffe ins Wasser gelassen hatte. Danach musste sie mit aller Kraft in die Pedale treten, denn es ging wieder bergauf. Sie blieb am Ende der Steigung einen Moment stehen, dann fuhr sie schnurstracks auf die Polizeiwache zu. Sie verlangte Rike von Menkendorf. Der konnte sie trauen. Die Polizistin hatte sie und Michelle bei Henry gefunden und ihnen geglaubt, dass sie alleine hingegangen waren und nicht entführt wurden. Die Polizisten fuhren sie nach Cuxhaven, wo die Kommissarin ihr Büro hatte.

KAPITEL 18

Rike stand vor einem zweistöckigen alten Bauernhaus mit weißer Fassade, was für die Gegend ungewöhnlich war. Stallgebäude schlossen sich an, auf den Weiden um das Anwesen galoppierten Stuten mit ihren Fohlen. Carla Bredow hatte ihr den Zettel mit der Anschrift in die Hand gedrückt. »Meine Cousinen. Sie betreiben in ihrer Hengststation eine Ferienwohnung, die sie gerne an die Polizei vermieten«, hatte sie gesagt. Ansonsten waren die meisten Appartements ausgebucht. Zwei junge Frauen um die 30 saßen auf einer Bank vor dem Eingangstor zum Gebäude und rauchten Zigarren.

»Oha, die Hamburger Kommissarin«, zwinkerte die eine ihr zu.

»Auch eine, feinster Stoff aus Kuba«, fragte sie und hielt ihr eine hölzerne Kiste hin, in der die Tabakrollen lagen.

»Ich bin Luisa Bredow, das ist meine Schwester Sabine«, stellte die junge Frau sich vor. Die beiden sahen aus wie zwei blonde Models, die mit ihren Reitstiefeln, eng sitzenden modischen Reithosen und eleganten Blusen Aufnahmen für die Zeitschrift *Landlust* gemacht hatten.

Rike bedankte sich kopfschüttelnd. Die andere Schwester, Sabine, schenkte ein Glas Sekt ein und reichte es ihr. »Ein Gläschen auf unseren Erfolg müssen Sie aber mittrinken«, erklärte sie resolut.

Rike nahm den Sekt entgegen und setzte sich wegen der Rauchschwaden auf die Bank gegenüber. »Was gibt es zu feiern?«

»Diesen Schönling dort. Unseren Goldjungen«, kichernd deutete die erste Schwester auf ein fuchsfarbenes Pferd auf der Koppel. »Diamantino. Der Traumhengst hat es nach ganz oben auf der Rangliste für die höchste Decktaxe geschafft. Wir haben den Rekord gebrochen.«

Fragend sah Rike sie an, während sie an ihrem Glas nippte. »Sein Sperma wird praktisch mit Gold aufgewogen«, ergänzt die andere Schwester.

»Dann stehen die Stuten hier Schlange?«, vermutete Rike. »Nee, so läuft das nicht. Da könnte er sich verletzen. Der edle Tropfen wird abgefüllt und versendet«, belehrte sie Luisa. »Und Sie haben einen Mord aufzuklären? Wir lieben es, mit unserer Cousine zu rätseln«, neugierig betrachtete Sabine sie.

»Fall doch nicht immer mit der Tür ins Haus«, wies ihre Schwester sie zurecht und bot Rike an:

»Wollen Sie nicht Ihre Sachen auspacken? Ich zeige Ihnen das Zimmer.« Sie nickte, ging zum Wagen und kam mit Prinz zurück. Laut bellend schossen zwei schwarze Hunde aus dem Haus, die sie zuvor nicht bemerkt hatte.

»Bessy, Krümel«, schrie Carla, und die beiden kamen brav zur Bank getrottet. Luisa ging voran, durch ein hohes zweiflügeliges Tor und eine Halle mit langer Tafel und Kamin, dann die Treppe hinauf. Im zweiten Stock schloss sie eine Tür auf. Sie traten in einen lichtdurchfluteten Raum mit Blick über die Pferdeweiden.

»Das wäre Ihr Reich, wenn Sie möchten. Wir bringen gerne Cousinchens Bekannte unter. Für Sie als Hamburgerin muss das ein Kulturschock sein, mitten in der Pampa«, vermutete die junge Frau.

Rike schüttelte den Kopf. »Das Treppenviertel in Hamburg ist ländlich und ruhig. Ich bin in der Lüneburger Heide aufgewachsen. Aber diese Luft, da kann meine Heimat nicht mithalten!« Sie atmete tief ein. Dann zeigte sie auf die tiefgrünen Pferdeweiden. »Dieser freie Blick. Ich werde das genießen«, erklärte sie. Sie räumte ihre wenigen Sachen ein, sie war hundemüde. Sie fand Prinz auf dem Hof, wo er mit den Hofhunden über das Gelände tobte,

Für einen Moment setzte sie sich neben die beiden Frauen auf die Bank. Dann konnte sie ihre Augen kaum mehr offen halten und verabschiedete sich in ihr Zimmer.

Nachts träumte sie von dem toten Mädchen, wälzte sich hin und her. War es richtig, wegzugehen und den Kampf um die Aufklärung ihres Falls aufzugeben? Sollte sie sich auf die Vertretung in Cuxhaven einlassen? Völlig erschöpft stand sie auf, brühte sich an der Espressomaschine in ihrem Appartement einen Kaffee und trat auf die Terrasse. Der von knorrigen Weiden gesäumte Auslauf reichte bis an den Horizont. Die Pferdeherde galoppierte bis zum Ende der Wiese und wieder zurück. Sie fühlte sich an ihre Heimat erinnert.

Vielleicht war es das Beste, die Stimmung in Hamburg zu erkunden. Sie war sich nicht sicher, ob sie überhaupt bei der Polizei bleiben wollte. Aber diesen Fall musste sie abschließen, um sich selbst im Spiegel ansehen zu können. Sie wählte die Nummer ihrer Hamburger Lieblingskollegin Mareike und berichtete ihr von dem Plan.

»Bleib lieber an der Nordsee. Gerade ist wieder so ein Artikel zu deinem alten Fall erschienen«, riet ihr die Kollegin. »Ich schicke dir das mal.« Sekunden später hatte sie den Text erhalten. Entgeistert sah sich Rike den Inhalt auf dem Smartphone an. »Prügelpolizistin aus dem Adel«, war der Bericht im Boulevardblatt überschrieben.

In dem Text waren Tatsachen verdreht und andere hinzugedichtet worden, gemischt mit den realen Ereignissen um die Festnahme. Dabei hatten Kollegen geplaudert, nicht einmal die Hälfte der Geschichten stimmte. Zitiert wurde die Polizeiführung, und die schien nicht auf ihrer Seite zu stehen.

»Bleib lieber dort, wo du bist, da wächst Gras über die Sache, du hast solang einen Fall, und am Ende kehrst du ruhmreich zurück«, riet ihr Mareike. Das war nicht das, was sie hören wollte. Doch hatte sie eine Wahl? Als sie aufgelegt hatte, klingelte ihr Telefon. »Mensch, Rike, was ist denn bei euch los? Ich habe die Zeitung gelesen«, fragte ihr Helgoländer Freund Harry Kruss.

Sie seufzte. »Das ist eine lange Geschichte, du kennst mich und weißt hoffentlich, dass die Schmierfinken alles Mögliche erfunden haben.«

»Weiß ich doch, Rike. Ich wollte nur sagen: Wir haben eine Stelle frei. Und ich bin gar nicht so ein Schwerenöter, wie du denkst! Komm nach Helgoland.«

Sie musste wider Willen lächeln. Harry hatte die Gabe, jemanden selbst an einem solchen Tag aufzuheitern.

»Ach Harry, danke, dass du zu mir hältst. Irgendwann komme ich zurück auf die Insel. Wir waren ein gutes Team. Aber hier habe ich einen Fall.« Sie berichtete von den Ereignissen, verabschiedete sich und rief Prinz, um die Außenanlagen des Hofes zu erkunden. Den kurzen Spaziergang brauchte sie, um die Neuigkeiten aus Hamburg zu verdauen.

Sie würde sich in die Arbeit stürzen, auch wenn nicht geklärt war, ob es sich um Suizid, einen Unfall oder einen Mord handelte. Doch das war immer noch besser, als zur Verkehrserziehung gesteckt zu werden. Im schlimmsten Fall war sogar von einer Entlassung aus dem Polizeidienst die Rede. Sie wusste nicht, wie die Richter ihren Zusammenprall mit dem mutmaßlichen Mörder einstuften. Sie hatte sich verteidigt, doch der junge Mann log wie gedruckt und hatte gute Anwälte. Wegen seiner verwandtschaftlichen Beziehungen fand er Gehör.

Sie fuhr in die Stadt und betrat das Gebäude der Polizeiinspektion. Mit Magengrimmen machte sie sich auf den Weg in den Besprechungsraum, wo sich zahlreiche Kollegen um einen Tisch versammelt hatten. Einige Gesichter kannte sie von ihrem Einsatz, die Polizisten nickten ihr kurz zu, sie fühlte misstrauische Blicke auf sich ruhen.

Carla Bredow eröffnete die Sitzung und bat Friederike, sich vorzustellen, da nicht alle Kollegen sie vom Einsatz kannten. Mein Gott, wie sie das hasste, sich in solchen Runden zu präsentieren. Sie beschrieb ihre bisherige Laufbahn, ohne auf die letzten Monate einzugehen, und setzte sich dann wieder. Sie fragte sich, ob der Artikel über sie auch hier schon Tagesgespräch war.

»Vielen Dank«, hörte sie die Kollegin sagen. Sie blickte zu dem Stotterer und erklärte: »Das wird Ihre neue Partnerin, Matthias Jahn.«

»Freut mich.« Er reichte ihr die Hand, die sie lustlos schüttelte. Carla hatte ihr einen Anfänger zugeteilt. Ob sie erwartete, dass Rike den jungen Kollegen anlernte? Sie konzentrierte sich auf die Berichte über die bisherigen Ermittlungen. Sie hatte mitbekommen, wie der Suchhund am Trümmerhaufen des explodierten Hauses von Waldmann angeschlagen hatte. Der Hundeführer hatte nachgesehen und auf die Stelle gedeutet. Holger Waldmann wurde tot aufgefunden.

Die Feuerwehrleute mussten Dachbalken, Ziegel und Lehm aus den Wänden wegräumen, um die Leiche zu bergen. Auf den ersten Blick hatten sie gesehen, dass jede Hilfe zu spät kam. Der Tote war schwarz gewesen, vermutlich vom Feuer, das der Explosion gefolgt war, und lag in einer verkrampften Haltung auf dem Boden, Beine und Arme unnatürlich angezogen, am Schädel war trotz der Verbrennung eine Verletzung an der rechten Seite zu sehen. Es war Holger Waldmann, der da in den Trümmern gelegen hatte. Der Ortsvorsteher Henning Lüder hatte ihn identifiziert.

»Auf den ersten Blick ist nicht genau erkennbar, welche Todesursache hier vorliegt«, referierte ein großer und ausgemergelt aussehender Kollege mit einer auffällig dicken Brille, den die anderen »Professor« betitelten. Möglich sei ein Gasunfall, ein Suizid durch Gas oder ein Todesfall mit Fremdeinwirkung – dies sei wegen der Explosion und dem Brand nicht ohne weitere Untersuchung feststellbar. Die Brandermittler hatten herausgefunden, dass es zwei Gasheizungen gab, die mit Propangasflaschen betrieben wurden. Beide Flaschen waren voll aufgedreht gewesen und das Gas ausgeströmt. Das Gemisch war explodiert – das konnte beispielsweise durch einen Lichtschalter passiert sein, eine Zigarette oder einen Funken anderer Herkunft. Welcher Auslöser im Spiel war, wurde von den Brandermittlern untersucht. Die Analyse der Trümmer war nicht abgeschlossen.

»Was ist mit der Kopfverletzung – das sieht doch nach Fremdeinwirkung aus?«, wollte Friederike wissen. Sie deutete auf Einkerbungen am Schädel, die auf der Aufnahme sichtbar waren.

»Durchaus möglich, aber da warten wir die gerichtsmedizinische Untersuchung ab«, entgegnete der Vortragende.

Der fühlte sich offenbar auf den Schlips getreten, obwohl Rike seine Aussage nicht einmal infrage stellen wollte, sie hatte einen Beitrag liefern wollen.

Doch zu ihrer Überraschung mischte sich Bredow in die Diskussion: »Auf den Punkt gebracht, Thorsten. Und danke für die Frage, Rike. Das ist ein wichtiges Detail, das wir klären müssen. Jetzt kommen wir mal zu den Nachbarn – was wurde beobachtet?«

Die Kollegin Flores Salazar hatte das Ergebnis der Befragungen zusammengefasst. »Zeugen haben den Knall bestätigt, um 4.30 Uhr, das war die Gasexplosion«, informierte sie. Es gab Berichte über Beobachtungen des polizeilichen Staatsschutzes zu Waldmann. Er rechnete sich den Reichsbürgern zu, war allerdings politisch nicht aktiv. »Auf persönlicher Ebene bestanden Konflikte mit fast allen Nachbarn«, berichtete sie. »Falls der Mord bestätigt wird, könnten das Motive sein. Es geht um Lärmbelästigung, Geruchsbelästigung, Drohungen«, fasste sie zusammen. »Vor allem zwei Parteien lagen mit ihm im Streit: die Scholtens und die Löwens«, berichtete sie.

Carla Bredow bedankte sich. »Das verfolgen wir weiter, sobald feststeht, welche Todesursache hier vorliegt«, sagte sie. Sie verteilte Aufgaben und wandte sich an Matthias Jahn und Friederike und bat sie, die Gerichtsmedizinerin zu kontaktieren und der Obduktion der Leiche beizuwohnen. »Dann könnt ihr euch ein wenig kennenlernen.« Bei Letzterem johlten einige der Anwesenden belustigt.

KAPITEL 19

Das konnte ja heiter werden. Rike folgte dem jungen Kollegen. Er steuerte auf einen Audi-Kombi zu und bot sich an zu fahren.

»Und was haben Sie in Hamburg ausgefressen?«, fragte er ohne Stottern, als sich Rike neben ihn auf den Beifahrersitz setzte.

»Haben hier alle etwas verbockt, um in Cuxhaven zu landen? Was war es denn bei Ihnen?«

Der junge Kollege grinste: »Dass ich stottere, haben Sie ja gehört. In der Großstadt hat niemand Zeit zu warten, bis ich fertig gesprochen habe – und außerdem bin ich ein unverbesserliches Landei. Und Sie?«

Immerhin schien er Humor zu haben, aber sie hatte wenig Lust, ihre Lebensgeschichte in diesem Provinznest durchhecheln zu lassen: »Das ist keine lustige Geschichte. Ausgefressen habe ich schon mal gar nichts, außer dass der Tatverdächtige in meinem letzten Fall der Stiefsohn des Polizeipräsidenten war und alle anderen rechtzeitig den Kopf eingezogen haben.«

Er sah sie aufmerksam an: »War er es?«

Sie zuckte mit den Schultern: »Dann wurde ich zu einem Selbstfindungskurs geschickt und bin hier. Den Rest wird man nie erfahren, die Akte wird ins Archiv wandern, Staub ansetzen und ein sadistischer Mörder weitere Opfer quälen.« Sie zögerte einen Moment. »Und ja, er war es. Ich bin mir sicher.«

»Wie können Sie das denn so hinnehmen?«, er schien

entsetzt und seine Frage zeigte, dass er noch nicht lange im Beruf war. Auch sie hätte das vermutlich vor einigen Jahren forsch in den Raum gestellt.

»Leider war ich die Einzige, die diese Meinung vertrat.« Doch weiter wollte sie in den Fall, der sie ihre Karriere gekostet hatte, nicht einsteigen. Sie schwiegen auf der restlichen Strecke nach Hamburg. Endlich näherten sie sich dem zweistöckigen Gebäuderiegel der Rechtsmedizin. Leichenwagen stauten sich am Butenfeld, der schmalen Zufahrt. »Gestorben wir immer«, bemerkte Rike. Sie sah seine aufgerissenen Augen und bedauerte ihren flapsigen Spruch.

»Oha, da müssen wir jetzt durch«, nachdenklich sah er auf das Schild am Eingang.

»Ist das etwa Ihre erste Obduktion?«, fragte sie, während er einparkte. Er nickte. »Schaffen Sie schon«, ermutigte sie ihn. Er schwieg, als sie ihre Ausweise am Eingang vorzeigten. Dann trottete er hinter ihr her. Im Keller befand sich der Sektionssaal.

»Sind Sie immer noch im Norden?«, begrüßte sie Doktor Mutlu, mit der sie zuletzt auf Helgoland zu tun hatte.

»Sie wissen schon, die gute Luft und so …« Rike wollte nicht auf die wahren Gründe ihrer Versetzung eingehen. Ohnehin hatte ganz Hamburg den Artikel gelesen.

»Ich hoffe, Sie haben nicht vor Kurzem gegessen. Brandleichen sind immer etwas unappetitlich vom Geruch her. Vor allem, wenn man vom Grillen kommt«, bemerkte die Gerichtsmedizinerin, während sie ihre Handschuhe anzog, eine Haube aufsetzte und einen Mundschutz anlegte. Der Tote lag auf dem Operationstisch. Sie deckte ihn auf, und Rike konnte nur zustimmen. Sie sah zu Matthias Jahn, der nach Luft schnappte und blass geworden war.

Die Medizinerin schlug vor, zunächst die Röntgenaufnahmen anzusehen. »Es ist offensichtlich, dass der Tote einige Verletzungen durch Gewalteinwirkung aufweist, wie hier eine Schädelverletzung.« Sie deutete auf das Röntgenbild des Kopfes, an der rechten Seite war ein dunkler Schatten sichtbar. Dies war eine Schädelfraktur. Weitere Knochenbrüche hatte sich das Opfer am linken Arm sowie dem linken Bein zugezogen.

»Dabei ist die Kopfverletzung markant.« Sie deutete auf die Wunde an der rechten Seite des Kopfes und holte eine Kladde, aus der sie die Fotos der Auffindesituation am Tatort nahm. »Die linke Körperhälfte war von Balken und Baumaterial bedeckt, daher kommen von dort vermutlich die Verletzungen durch stumpfe Gewalt und die Brüche. Die rechte Seite dagegen lag frei. Man kann es an diesem Einschnitt ins Gewebe erkennen, trotz der Verbrennung. Das ist eine Einwirkung durch scharfe Gewalt.«

Rike ließ die Worte auf sich wirken und dachte nach. »Kann das durch einen Fall gekommen sein?«

Die Ärztin schüttelte den Kopf. »Diese Wunde stammt höchstwahrscheinlich von gezielten Hieben. Man kann nach der sogenannten Hutkrempenregel annehmen, dass hier kein Fall vorlag, sondern eine Einwirkung von außen. Die Stelle liegt oberhalb einer imaginären Krempe, das kommt meist nicht durch einen Sturz.«

Matthias Jahn räusperte sich und fragte: »Wie könnte die Tatwaffe beschaffen sein? Kann man etwas zu Form oder Material sagen?« Seine Hautfarbe sah inzwischen ungesünder aus, ihm schien der Termin zuzusetzen, doch blieb er tapfer bei der Sache.

»Irgendetwas Langes Schmales mit einer Klinge oder einer sehr scharfen Kante. Bringt mir den Gegenstand, und ich kann abgleichen, ob er als Tatwaffe infrage kommt«, antwortete die Ärztin. Materialrückstände hatte sie in der

Wunde zwar nicht gefunden, allerdings Tierhaare. Das erstaunte an diesem Tatort nicht.

Rike war erleichtert, dass es Hinweise auf eine Fremdeinwirkung gab. Ansonsten wäre der Brand als Unfall zu den Akten gelegt worden. »Und können Sie sagen, wann der Tod eintrat?«

Doktor Mutlu bremste sie. »Bitte ziehen Sie keine voreiligen Schlüsse. Die Schädelverletzung muss nicht die Todesursache sein. Dagegen sprechen die Auffindesituation sowie Rauchpartikel in der Lunge. Ich werde das Blut auf Gasrückstände analysieren.«

Das macht die Lage komplizierter, alleine schon, da es schwieriger wurde, den Todeszeitpunkt zu bestimmen.

Die Rechtsmedizinerin deutete auf den gekrümmten Zeigefinger der rechten Hand. »Diese Position fällt ins Auge. Vielleicht hat der Tote versucht, mit dem Finger zu ritzen oder zu schreiben, um einen Hinweis zu geben.«

Ansonsten weise der Körper andeutungsweise eine Fechterstellung auf, dies sei eine Kontraktion der Muskulatur in den Armen und Beinen, die beim Tod durch Ersticken stattfinde. Matthias Jahn deutete auf den Toten: »Dann wwwar der MMMann noch am Leben, als das Haus explodierte?«

»So sieht es im Moment aus. Um aber sicherzugehen, würde ich die Blutproben sowie die Gewebeproben der inneren Organe untersuchen. Und falls Sie sich übergeben müssen, dort steht ein Eimer.« Mit einem Zwinkern in Friederikes Richtung deutete sie neben den Tisch. Rike war gespannt, ob ihr junger Kollege diesen benutzen würde.

Sie fragte sich, ob Holger Waldmann mit dieser Verletzung dazu in der Lage gewesen wäre, das Gas aufzudrehen und sein Haus selbst in die Luft zu jagen. »Das würde ich eher nicht vermuten«, überlegte Doktor Mutlu, »ich würde mit 90 Prozent Sicherheit von Fremdeinwirkung ausgehen.«

»Also jemand anderes hat das Gas aufgedreht. Warum hat er nicht fester zugeschlagen oder ein zweites Mal?«, sinnierte Rike. »Gute Frage, Sie müssen ja etwas zu tun haben«, antwortete Mutlu.

Sie machte eine kleine bedeutungsvolle Pause und sagte: »So, jetzt zum unterhaltsamen Teil«, und nahm die Knochensäge, um dem Opfer den Brustkorb zu öffnen. In dem Moment stürzte der Kollege hektisch zur Tür, sie sah, dass er die Hand vor den Mund presste. Wenn sie ehrlich war, graute es ihr jedes Mal vor diesem Teil der Untersuchung. Sie hatte gelernt, es zu überspielen. Als Frau durfte man sich bei der Polizei weniger Blößen erlauben, und sie zog ein gleichgültiges Gesicht. Sie versuchte, an etwas anderes zu denken, nicht an sich heranzulassen, dass die Säge menschliche Knochen zerteilte. Sie rekapitulierte den Ablauf der Tötung. Zuerst hatte jemand Waldmann tätlich angegriffen, ihm einen Gegenstand über den Schädel gezogen und im zweiten Schritt das Gas aufgedreht. Auch daran hätte das Opfer sterben können, doch der Mörder wollte offenbar sichergehen und hatte eine Explosion ausgelöst. Wie er das geschafft hatte, ohne selbst mit in die Luft zu fliegen, war noch eine offene Frage. Oder war die Detonation nicht geplant? Die Brandermittler würden hoffentlich den Auslöser in den Trümmern entdecken.

Ihr Kollege war nicht wieder aufgetaucht, Frau Doktor Mutlu erklärte, dass sie fertig war, und riss Friederike aus ihren Gedanken. Sie versprach, die detaillierten Ergebnisse in den nächsten drei Tagen per Mail zu schicken. Matthias Jahn wartete im Flur auf sie und entschuldigte sich, ihm war sein Ausfall offenbar peinlich. Sie klopfte ihm auf die Schulter. »Das ging mir am Anfang genauso. Ich behalte es für mich«, versicherte sie ihm.

KAPITEL 20

Prinz rannte an ihr vorbei einem blinkenden Ball hinterher durch den Flur des Polizeigebäudes und würdigte sie keines Blickes. Kollegin Flores versuchte, das Wurfgeschoss wieder aus einer Schnauze zu bekommen. »Rike, da bist du ja. Du hast Besuch in deinem Büro«, sagte sie, während sie den Ball erneut durch den Korridor schleuderte.

Rike war überrascht, auf dem Besucherstuhl das Mädchen zu sehen. Sophie Rothermund, die Tochter von Augusta, wegen der sie nach Finstermoor gekommen war, wartete und spielte auf ihrem Handy. Rike stellte ihre Tasche in die Ecke und nahm Platz. Neben dem Schreibtisch im Großraum hatte ihr die Chefin einen eigenen Raum zugeteilt, dieser wirkte wie eine Besenkammer. Matthias Jahn hatte etwas mitleidig geblickt, als er sie dorthin begleitet hatte. Sie setzte sich mangels eines zweiten Stuhls auf einen Rollcontainer und sah das Mädchen an: »Warum bist du hier?«

»Ich möchte etwas sagen und mit dir sprechen, weil du mir geglaubt hast, dass Henry uns nicht entführt hat. Er war ein guter Mensch …« Der Rest des Satzes ging im Schluchzen unter. »Weißt du etwas über seinen Tod?«, fragte Rike. Das Mädchen nickte.

»Meine Mutter war es!« Sie sah ihr in die Augen, fast trotzig.

»Ganz sicher?«, fragte Rike skeptisch.

Sophie nickte.

War dies ein Mutter-Tochter-Streit, der über die Polizei abgewickelt werden sollte? Doch die Kleine beharrte darauf, mehr zu erzählen. Friederike stellte das Aufnahmegerät an und zeichnete den Bericht auf. Am Ende war sie sich sicher, dass das Mädchen all die Einzelheiten nicht erfunden haben konnte. Sie dankte ihr und wollte einen Fahrer bestellen. »Aber nur zu meinem Fahrrad, das steht bei der Wache in Ihlienworth«, bat Sophie. »Das muss ja Mama nicht wissen, dass ich hier war.« Rike nickte und begleitete das Mädchen nach unten.

»Gut gemacht«, lobte Carla Bredow, die sie kurz von den Aussagen unterrichtet hatte. Sie berief für den Nachmittag eine Konferenz ein und erklärte, dass eine Mordkommission eingesetzt werden sollte. »Irgendeine Idee, wie wir diese benennen?«

»*Republik Cocker*? So hieß die Tierpension«, schlug sie vor, und die Kripochefin hielt dies für kreativ. Zudem sollte sie die Ergebnisse vortragen sowie die nächsten Ermittlungsschritte vorschlagen.

Matthias Jahn informierte über die Obduktionsergebnisse. »Es hat sich bestätigt, dass Holger Waldmann zunächst niedergeschlagen wurde. Dabei kam ein scharfer schmaler Gegenstand zum Einsatz.«

»So etwas wie ein Schwert?«, fragte Flores Salazar. »Vielleicht nicht so scharf. Wir müssen suchen, und dann kann Frau Mutlu bestimmen, ob es die Tatwaffe war. Daran ist er nicht gestorben, er hat gelebt, als das Gas ausströmte und dieses explodierte«, ergänzte er. »Er ist im Feuer erstickt. Der Todeszeitpunkt liegt gegen 4.30 Uhr, vorher wurde die Körperverletzung begangen«, fasste er zusammen.

»Verdächtige gibt es so einige in der Nachbarschaft. Aber seine beiden Widersacher haben ein Alibi, waren abends im Schützenhaus. Es gab ja eine Initiative im Dorf, die gegen ihn demonstrierten. Angeführt von den Eltern der verschwundenen Mädchen«, ergänzte Rike.

Sie berichtete über die Zeugenaussage, die Augusta Rothermund belasteten.

»Sophie sagt aus, dass ihre Mutter einen Pflasterstein auf das spätere Opfer geworfen haben soll. Zudem hat sie Augusta Rothermund in der Nacht zum Haus gehen sehen.« Sie stellte den Rekorder auf den Tisch und spielte die Aussage des Mädchens ab.

»Vielleicht wurde die Kopfverletzung ja durch einen Stein verursacht, die Kante davon. Bei ihrem späteren Gang zu dem Haus wollte die Rothermund die Tat offenbar verdecken und hat Gas aufgedreht sowie die Explosion ausgelöst«, fasste sie zusammen.

»Wie hat sie das angestellt, ohne selbst in die Luft zu fliegen? Da müsste sie ja ein technisches Genie sein«, hakte Carla Bredow nach.

Da hatte sie den wunden Punkt der Rekonstruktion erwischt. »Wie sie das bewerkstelligt hat, wissen wir nicht«, räumte Rike ein. »Den Rest können wir belegen. Vor allem durch die Zeugenaussage.«

»Was ist mit dem anderen Vater, der immer bei den Demonstrationen herumgegrölt hat?«, fragte die Chefin.

»Der hat ein Alibi, der hat sogar in der Kneipe den Ausschank übernommen, nachdem der Wirt ins Bett gegangen war. Das wäre aufgefallen, wenn der kein Bier mehr ausgeschenkt hätte«, entgegnete Matthias Jahn.

Carla Bredow nickte. »Ich rede mit dem Staatsanwalt. Das scheint doch auszureichen für eine Festnahme der Verdächtigen. Übernehmt ihr das?«, fragte sie Rike und ihren Kollegen.

KAPITEL 21

Margo stürzte ein Glas Wasser herunter und ließ sich japsend auf die Küchenbank fallen. Schon am frühen Morgen war sie erschöpft. Treffsicher hatten die Esel bemerkt, dass die Tür nicht verriegelt war. Sandiego und Antonio waren ausgebüxt. Eine halbe Stunde lang hatte sie die Langohren auf dem Hof verfolgt und war erstaunt, wie schnell diese bedächtigen Tiere galoppierten. Die beiden machten sich einen Spaß daraus, auf sie zu warten und im letzten Moment durchzustarten. Sie war nie eine Sportskanone. In der Futterkammer konnte sie die beiden in die Enge treiben und ans Halfter nehmen. Vorher hatten die Langohren die Futtertonnen umgeworfen und sich genüsslich über den Inhalt hergemacht.

Wie sollte sie nur die Kinder betreuen und die ganze Arbeit schaffen? Die Versorgung der Tiere würde sie nicht ohne Hilfe der Jugendlichen bewältigen. Sie musste ihnen zudem Augustas Abwesenheit erklären.

Schreckliche Tage standen bevor. Aber dennoch war sie froh, nicht gleich wieder abgereist zu sein. Sie ersparte den Kindern eine Unterbringung in anderen Einrichtungen. Nach der Rückkehr ihrer Freundin würde sie über ihren Verbleib in Finstermoor nachdenken. Jetzt galt es, den letzten Moment der Ruhe zu nutzen, bevor die Kinder polternd die Treppe herunterkamen. Sie zündete sich eine Zigarette an und sog den Rauch vor dem offenen Fenster ihres Zimmers in gierigen Zügen ein. Über dem Moor ging die Sonne auf, tiefrot leuchteten die Wasserflächen für einen Moment.

Es war ein unwirklich schöner Anblick an diesem Ort, der den Namen Finstermoor zu Recht trug. Warum nur war sie auf die Idee verfallen, dass ihnen Rike von Menkendorf helfen könnte. Sie wusste ja, wie verbohrt die Kommissarin manchmal war. Sie hatte sie angerufen, als Sophie verschwand. Tatsächlich hatte sie die Mädchen gefunden. Aber jetzt war das Ganze nach hinten losgegangen. Menkendorf hatte sich darauf kapriziert, dass ausgerechnet ihre Freundin Augusta den Mann umgebracht hatte, den sie für den Entführer von Sophie und Michelle hielt.

Zunächst hatte die Feuerwehr versucht, den Brand zu löschen, den eine Explosion ausgelöst hatte. Viel hatte die Polizei darüber nicht bekanntgegeben. Nach den Gerüchten im Dorf hatte jemand einen Molotow-Cocktail in das Fenster geworfen. Bei der Demonstration vorher waren Steine geflogen, und ihre Freundin hatte eifrig mitgemacht. Holger Waldmann, den die Kinder Henry nannten, wurde tot unter den Trümmern hervorgezogen. Das Grundstück war in der Nacht stundenlang hell ausgeleuchtet gewesen. Polizisten waren zu jedem Haus gegangen, hatten nach Beobachtungen gefragt und nebenbei die Alibis geklärt.

Was Margo unglaublich schien, war, dass ausgerechnet Augusta unter Verdacht stand und kein anderer von diesem hetzenden Dorfmob, der allabendlich mit Transparenten die Dorfstraße lang gelatscht war und Waldmann belästigt hatte. Dabei hatte dieser Henning Lüder die Aktionen angezettelt und die anderen aufgehetzt. Augusta war nicht mehr als eine Mitläuferin. Das machte sie nicht zur Mörderin.

Margo hatte sich in den letzten Tagen mit der Freundin gestritten. Sie fand es nicht nachvollziehbar, wie diese an den schrecklichen Demonstrationen teilnehmen und mit der Meute immer radikalere Forderungen herumgrölen konnte. Wie hatte sie sich auf dieses Niveau des brüllenden Dorfmobs einlassen können – und insbesondere auf die Avancen von Henning Lüder eingehen, der ja meilenweit unter ihrem geistigen und kulturellen Niveau stand?

Aber nie und nimmer würde Augusta Gewalt anwenden – und wie bitte hätte diese zarte Künstlerin das Haus in die Luft jagen sollen? Den Mann angreifen? Undenkbar!

Früh am Morgen hatte Margo schon die beiden Polizeiautos gehört, dann hatte es geklingelt. Sie war nach unten gegangen, da sie das Blaulicht gesehen hatte, und so hatte sie mitbekommen, wie Rike persönlich auf Augusta zugegangen war, die auf der Hofbank ihren Tee trank. Dann dachte sie, sie sei im falschen Film – sie nahmen ihre Freundin fest. Die Kommissarin hatte diese über ihre Rechte belehrt und sie dann wegen des Verdachts, sie habe Holger Waldmann ermordet, festgenommen. Überrascht und ohne Widerstand zu leisten, hatte Augusta gefragt, ob sie eine Tasche packen könne. Margo hatte versucht, das abzuwenden. Sie war auf Rike zu gerannt und hatte sie angeschrien:

»Das ist doch jetzt nicht Ihr Ernst. Das ist völlig abwegig, denken Sie an Ihren letzten Fall. Da haben Sie sich auch verrannt.« Das war unfair, denn Rike hatte ihr von den Ereignissen unter dem Siegel der Verschwiegenheit berichtet. Einerseits hatte sie sympathisch gefunden, dass der Tod der jungen Austauschstudentin aus Japan sie mitgenommen hatte. Andererseits wusste sie, wie stur die Polizistin sein konnte. In dem Fall hatte sie in einem kompletten Alleingang ermittelt, Dienstvorschriften missachtet und steif und fest behauptet, den Mörder gefunden zu haben, allerdings war sie als Einzige dieser Meinung. Sie hatte zugegeben, dass sie nicht wirklich freie Tage hatte, sondern dass wegen dieser Vorkommnisse gegen sie Ermittlungen liefen. Doch leider schien sie sich jetzt wieder verrannt zu haben.

Rike hatte ihren üblichen abweisenden Blick und zuckte mit den Schultern: »Ich habe mir das nicht ausgesucht, aber es sieht leider ernst aus für Frau Rothermund. Am besten, Sie besorgen ihr einen guten Anwalt.«

Margo stellte sich ihr in den Weg, als sie mit Augusta ins Haus gehen wollte:

»Sie machen einen großen Fehler, mit dieser Fehleinschätzung werden Sie sich gewaltig blamieren. Sie hat nicht mal ein Motiv.«

»Rache ist ein starkes Motiv«, widersprach von Menkendorf, die starr auf das Haus sah. Glaubte sie etwa, Augusta werde türmen?

»Geben Sie bitte den Weg frei«, forderte Rike sie auf und sagte dann: »Ihre Freundin hat Ihnen nur einen Teil der Wahrheit gesagt. Ich mache das nicht zum Spaß! Vor allem hat sie kein Alibi.«

Margo schüttelte den Kopf, das war doch nicht möglich. Sie war im Hof stehen geblieben, um nachzudenken. Einen Anwalt wollte sie gerne besorgen, aber sie durfte die Wahrheitsfindung nicht allein der Polizei überlassen. Ihre Freundin hatte das Nötigste zusammengepackt. Nun stand sie vor ihr und schien sich zumindest etwas gefasst zu haben.

»Danke, Margo. Das hast du mir eingebrockt mit deiner so tollen Kommissarin. Ich erwarte erstens, dass du mich dort wieder rausholst, und zweitens, dass du dich solange um die Kinder und meine Tiere kümmerst.« Margo nickte verlegen, das war das Mindeste, was sie für ihre Freundin tun konnte. Augusta sah sie jetzt voller Wut an. »Hast du nicht gesagt, man kann ihr vertrauen?«

Margo machte sich selbst Vorwürfe wegen ihrer Fehleinschätzung und versprach: »Augusta, ich hole dich da raus, mach dir keine Sorgen. Das wird sich klären.« Sie verkniff sich den Hinweis, dass sie ja Sophie gefunden hatte.

»Na klar«, sagte Augusta lakonisch und folgte dann der Polizistin zu deren Wagen, wo ihr erst Handschellen angelegt wurden, bevor sie hinten einstieg. Margo sah ihr mit einem schlechten Gefühl hinterher. Was sollte sie den Kindern sagen? Sophie war zutiefst verstört durch die Proteste und die Explosion, bei der Henry gestorben war. Aber die Festnahme war das Schlimmste. Die Kinder und Jugendlichen verloren ihre Bezugsperson auf unbestimmte Zeit.

Vielleicht sollte sie den Hinweis ernst nehmen und einen Anwalt suchen. Im Flur, unter dem Telefon, fand sie die örtlichen gelben Seiten. Sie wunderte sich, wie dünn das Heft war im Vergleich zu dem mächtigen Wälzer mit dem gleichen Titel in Berlin. Sie blätterte und fand unter »Rechtsanwalt und Notar« Einträge, aber einer ließ sie aufmerken. Den Namen kannte sie und diesen Trumpf wollte sie ausspielen: von Menkendorf.

Sie erinnerte sich daran, dass die Kommissarin erwähnt hatte, dass sie aus einer Juristenfamilie stammte. Wie wäre es denn, wenn sie die Kanzlei von Menkendorf für Augusta engagierte? In dem Moment kamen Elegante und Maurizio die Treppe herunter. »Margo, was wollte die Polizei bei uns?«

»Die Kommissarin braucht Augustas Hilfe für eine Zeugenaussage«, erklärte sie den Kindern und hoffte auf eine schnelle Entlassung ihrer Freundin. Spätestens am nächsten Tag würde die Halbwahrheit auffliegen.

KAPITEL 22

Aus den Augenwinkeln sah sie das üppige Grün der Landschaft am Wagenfenster vorüberfliegen. Wiesen und Felder, von Gräben und Bachläufen durchzogen. All diese Flächen wurden vor vielen Jahren dem Moor abgetrotzt. Es schien Augusta unwirklich, dass sie im Polizeiauto saß und von Rike von Menkendorf festgenommen worden war. Zum Glück hatte Margo sich schnell etwas einfallen lassen und die Kinder ins Haus gelotst, sodass sie nichts von der Verhaftung mitbekommen hatten. Augusta fragte sich, ob das wirklich ihr passierte, sie begriff es nicht.

Ihr Blick blieb an der Windmühle hängen, zu der sie gerne mit Sophie mit dem Fahrrad gefahren war. Sie waren die steilen Treppen hinaufgeklettert und hatten sich vom ehemaligen Müller erklären lassen, wie die Flügel das Mahlwerk antrieben. Dieses füllte einen kompletten Raum. Wann würde sie wieder einen Ausflug mit ihrer Tochter unternehmen? Sie hoffte, dass der Albtraum bald endete. Durch ihren Tränenschleier sah sie den Strand am See, wo sie im Sommer schwimmen gingen und Volleyball spielten. Sie erhaschte einen Blick auf die blühenden Dahlien der alten Frau Meyer. Die betagte Dame hatten sie kennengelernt, als sie vorbei radelten und den prächtigen Bauerngarten bewunderten. Ein bunter Farbenteppich aus Rosen, Lavendel, Margeriten und allerlei Kräutern. Sie waren mit der Rentnerin ins Gespräch gekommen, und seither bekamen sie regelmäßig Pflanzenableger und Marmelade geschenkt.

Sie befanden sich kurz vor Cuxhaven und fuhren an den zwei Pferdewiesen der *Happyranch* vorbei. Sie sah die Tiere friedlich grasen und dachte an den Ausflug mit Felix und Sophie. Das war kurz nach dem Umzug aufs Land, sie erinnerte sich an einen glücklichen Sommertag. Ihre Tochter hatte eine Reitstunde bekommen, dann entschieden sie spontan, drei Pferde auszuleihen. Sie hatten einen herrlichen Ausritt gemacht. Sie sah Sophie noch hinter sich im Galopp mit strahlendem Lächeln. Felix hatte toll ausgesehen mit seinem Cowboyhut. Hätte dieser Tag nur niemals geendet. Dann fiel ihr ein, dass ihr Mann schon damals eine andere hatte, und sie verdrängte diese Erinnerung schnell. Warum konnte man das Glück nicht festhalten? Nicht einmal begreifen, wenn man es hatte? Diese Ausflüge kamen ihr unwirklich vor, als sei das in einem anderen Leben geschehen. Dagegen war das heute der absolute Tiefpunkt.

Warum hatte sie sich so weit von sich selbst entfernt? Wenn sie aus dieser Sache herauskam, würde sie ihr Leben neu aufstellen.

Felix war es, der aufs Land wollte. Sie hatte sich eingebildet, das kleine Landparadies nach seinem Weggang alleine unterhalten zu können. Wenn sie ehrlich war, hatte sie die Dinge nicht mehr im Griff. Dann hatte sie einen gravierenden Fehler gemacht. Wie konnte sie sich auf diese Demonstrationen einlassen.

Doch sie war so froh, dass sie nach dem Eklat am Anfang endlich Anschluss gefunden hatte. Wie blauäugig waren sie als Stadtmenschen hierher gezogen. Sie waren vollkommen überrascht, dass die Landbewohner ihren Aktionen zur Moorrettung so ablehnend gegenüberstanden. Der Einsatz für das Naturschutzprojekt brachte ihnen böse Briefe ein, einmal lag ein Schweinekopf in einer roten Lache vor der Tür. Erst später hatten sie begriffen, warum. Nun hatte es diese zweite Chance gegeben, sich im Dorf zu integrieren. Denn seit sie alleine war, brauchte sie die Unterstützung ihrer Umgebung.

Sie war sich sicher, die Demonstrationen würden eine Zeit lang andauern und dann allmählich wieder nachlassen, aber sie gehörte im Dorf dazu, war nicht mehr isoliert, sondern ein anerkanntes Mitglied der Gemeinschaft.

Das hatte Margo nicht verstanden, sie hätte ein solches Verhalten früher, bevor sie das Leben auf dem Land kannte, selbst nur mit Kopfschütteln registriert. Mit Freunden und Bekannten war alles leichter. Nachbarn leisteten Hilfe in der Not. Niemand würde in Zukunft mehr über ihre Pflegekinder schimpfen, sie wurden angenommen. Sie fühlte sich geschmeichelt von der Aufmerksamkeit von Henning Lüder. Er hatte nicht das Format von Felix, aber er war ein bodenständiger hochanständiger Mensch, und ihre Kinder verstanden sich. Es tat ihr gut, wieder Komplimente zu bekommen, nachdem ihr Ex sie gegen ein jüngeres Modell ausgetauscht hatte. Sie hatte Margos abschätzige Blicke gesehen, als Henning sie abgeholt hatte. Doch ihre Freundin lebte in der Stadt, da galten andere Regeln.

Sie war bereit, Abstriche zu machen, um nicht mehr allein zu sein. Man brauchte jemanden, der den Zaun reparierte und mit dem man über seine Probleme reden konnte. Da es Henning so wichtig war, dass sie gegen die Freilassung des Verrückten protestierten, hatte sie mitgemacht. In ihrem Kopf hatte es eine leise Stimme gegeben, die vor diesen Aktionen im Dorf warnten. Nie in ihrem Leben hatte sie solche Hetzparolen gut geheißen, das klang schon fast nach rechtsradikalen Sprüchen. Doch der Zweck heiligte die Mittel, und es war ihr wichtig dazuzugehören. Nur eines bereute sie bitter: Sie war so aufgebracht, als sie da vor dem Haus gestanden hatten und der Mann nur kurz herausgeschaut und ihnen einen Stinkefinger gezeigt hatte. Sie wusste nicht mehr, wer ihr diesen Stein in die Hand gedrückt hatte. Henning Lüder hatte sie angesehen und empört gesagt:

»Das Schwein entführt unsere Töchter und macht sich über den Kummer lustig.« Dann war ihr eine Sicherung durchgebrannt. Sie schleuderte den Stein mit aller Wut, die sich in ihr aufgestaut hatte, in Richtung Haus. Eigentlich war sie keine gute Werferin, doch dieses Mal hatte sie ihr Ziel getroffen, das Fenster splitterte. Genau in der Mitte war ein großes Loch aufgebrochen, dort, wo der Hundemann vorher stand. Sie waren dann schnellstmöglich von dem Haus verschwunden, bevor der Irre die Polizei auf sie hetzen konnte. Im Nachhinein war sie erschrocken, dass sie zu so etwas fähig war. Ob sie deshalb festgenommen wurde? Hatte sie ihn verletzt? Gar getötet? Der Wagen bewegte sich nur im Schritttempo, sie krochen im Stau nur schrittweise voran. Endlich standen sie vor dem Backsteingebäude in der Cuxhavener Innenstadt. Die Kommissarin brachte sie in einen Raum, der aussah wie in einem schlechten Fernsehkrimi. In der Mitte befand sich ein Tisch mit drei Stühlen, da fehlte nur noch die Glaswand. Ob sie jetzt »Good Cop, Bad Cop« spielten? Sie kannte die Polizei nur aus dem Fernsehen und hätte niemals erwartet, dass sie jemals in Haft sitzen würde. Tiefer würde sie nicht mehr sinken können.

KAPITEL 23

Rike überlegte kurz. Sie stand an der Espressomaschine in der Kaffeeküche der Inspektion und versuchte, den Apparat ins Laufen zu bringen. Vor der Vernehmung brauchte sie dringend eine frische Koffeinzufuhr, doch zuerst hatte es an Wasser gefehlt. Dann waren nicht genug Bohnen im Schacht, um ihr Getränk auszuspucken. Sie war dabei, die Schränke nach Kaffeebohnen zu durchsuchen, als es klingelte. Arzu Mutlu, die Gerichtsmedizinerin, war am Telefon. Vielleicht hatte sie weitere Details zu Waldmann, die ihnen weiterhalfen.

»Moin nach Cuxhaven, wir haben Ihre Kundschaft genauer untersucht.«

»Ein genauer Todeszeitpunkt wäre für uns noch hilfreich.«

»Den haben wir ungefähr herausgefunden. 600 Jahre vor unserer Zeitrechnung.«

Rike hatte endlich die Tüte gefunden und schüttete Bohnen nach. Dann drückte sie hoffnungsvoll wieder auf den Knopf. Die Armatur blinkte. Moment, wollte die Rechtsmedizinerin sie verschaukeln?

»Ich habe akuten Koffeinmangel und deshalb wenig Sinn für Humor. Eine Uhrzeit würde uns im Mordfall Waldmann sehr helfen.«

»Es geht um die *finstere Deern*. So haben wir sie getauft, nach dem Fundort Finstermoor und der Farbe ihrer Überbleibsel.« Nach einer kleinen Pause ergänzte sie: »Ihre Moorleiche.« Jetzt fiel der Groschen. Doch ohne Kaffee war Rike fahrig und unkonzentriert. Auf Scherze aus der Gerichtsmedizin war sie in dem Zustand nicht erpicht. »Entschuldigung, wie gesagt. Entzugserscheinungen. Moment bitte.«

Sie sah sich die Armatur an. »Reinigungsarbeiten«, stand da, und die Maschine dröhnte vor sich hin, ohne die erwartete braune Brühe auszuspucken. »Und ist der Suchtstoff aufgefüllt?«, wollte Mutlu wissen. Diese Frau mit ihrer ewigen guten Laune, und das ohne Kaffee!

»Moment«, knurrte sie, zog den Stecker und dockte ihn wieder an. Die Maschine dröhnte weiter und reinigte sich.

»Was ist denn rausgekommen?«

»Der Körper war gut erhalten, mumifiziert. Das machen die Taurinsäuren. Sogar das Gewebe war intakt. Nur die Knochen und die Nägel lösen sich auf. Wir haben eine junge Frau vor uns, die 16 Jahre alt war. Auf jeden Fall ein historischer Mordfall, keine Arbeit für Sie. Aber ich dachte, es interessiert Sie, was wir herausgefunden haben.«

»Wie können Sie denn das Alter feststellen?«

»Das hat meine Kollegin übernommen, sie ist forensische Anthropologin. Mit einem Massenspektrometer wird nach der C14-Methode der Kohlenstoffgehalt bestimmt. Das funktioniert recht genau für Funde bis zu den 50er-Jahren.« Auch ein Moorarchäologe hatte die Torfbestandteile am Leichnam analysiert. »Kein Fall für uns«, stellte Rike fest.

»Nein, der Körper geht an das Landesdenkmalamt, für den weitere Analysen gemacht werden. Aber ein paar Details wären schon interessant für Sie.«

Rike horchte auf. Sollte es einen Zusammenhang zwischen dem Fund und ihrem Fall geben? In der Zwischenzeit war ihre Kollegin Flores Salazar in den Raum gekommen und betrachtete die Kaffeemaschine. Sie stöhnte genervt auf, dann hieb sie mit der flachen Hand auf das Gerät, sodass dieses mit der Reinigung aussetzte und ein Heißgetränk produzierte. Sie ging mit ihrer Tasse, ehe Rike um Hilfe bitten konnte, wieder hinaus.

»Sehen Sie einen Zusammenhang mit dem aktuellen Fall?«

»Das kann ich nicht sagen, aber wir hatten ja schon gemeinsam entdeckt, dass ein Strick um den Hals der Frau lag. Der Genickbruch weist auf einen gewaltsamen Tod hin. Ob das ein Suizid, Mord oder eine offizielle Hinrichtung war, können wir nicht sagen.«

»Warum lag die Tote denn Ihrer Meinung nach im Moor?«

»Da gibt es viele Spekulationen. Es heißt, dass den Göttern Menschenopfer dargebracht wurden, vielleicht waren es nur verirrte Personen, die vom Wege abgekommen waren und ertranken. Oder das war ein regulärer Friedhof. Belegbar ist nichts davon. Der römische Gelehrte Tacitus hat einmal über die Gebräuche der germanischen Stämme geschrieben. Ich schicke es Ihnen mal rüber. Vielleicht finden Sie ja mit kriminalistischem Spürsinn etwas heraus. Nach der Beschreibung sollen unsere Vorfahren ›Feiglinge oder Entehrte‹ in einem Pfuhl ertränkt und mit Flechtwerk bedeckt haben. Das entspricht vermutlich einer Grabstätte im Moor.«

Das klang grausam, vermutlich würden sie nie Genaueres zum Schicksal der *finsteren Deern* herausfinden. Sie verabschiedete sich und drückte erneut auf den Startknopf, die Maschine reinigte sich weiter. Rike versuchte ebenfalls einen Schlag.

»Was tust du da? Weißt du, welche Unsummen diese gekostet hat?« Ausgerechnet Carla Bredow hatte mitbekommen, wie sie das Gerät malträtierte. Sie kapitulierte. »Jeder, wirklich jeder andere bekommt von dem Automaten einen Kaffee, der mag mich nicht.«

»Gewalt ist keine Lösung. Ich würde es mit Reden versuchen. Hilft in den meisten Lebenslagen«, belehrte sie Bredow, die mit einem Cappuccino aus der Tür ging.

Wieder das Reinigungsprogramm. Rike kapitulierte vor dem feindseligen Gerät. Sie beschloss, sich am nächsten Morgen beim Bäcker zu versorgen. Sie überlegte, ob es einen Zusammenhang geben konnte zwischen dem alten Fund und ihrem Mordfall.

KAPITEL 24

Wie jeden Morgen drehte er seine vertraute Runde mit Arko, ging am Haus seiner Großeltern vorbei, am Schießplatz entlang und folgte dann dem Weg am Rand der Felder. Noch immer roch es auf dem Grundstück von Waldmann nach Verbranntem, der Unfallort war mit rot-weißem Flatterband abgesperrt. Sicher würden später wieder Polizisten kommen und weiter unter den Überresten des Gebäudes graben und Verdächtiges einsammeln. Rike von Menkendorf hatte ihn informiert, dass sie von einem Mord ausgingen. Und sie wüssten, wer es getan hatte.

Die Müllers hatten ihm von der Festnahme berichtet. Sie wohnten direkt gegenüber vom Gutshaus und hatten beobachtet, wie Augusta am Tag davor von der Polizei abgeholt wurde. Wer dachte nur, dass eine solche zarte junge Frau eine Mörderin war. Fast hätte er sie ja sympathisch gefunden, als sie gemeinsam gegen den Entführer demonstriert hatten. Aber sie war wie eine Klette, hatte schon lange keinen Mann mehr, und es war offensichtlich, dass sie einen neuen Versorger suchte. Der Typ mit dem Porsche war mit einer Jüngeren durchgebrannt. Tja, wenn man Geld hatte. Sie hatte ihm das Ohr abgekaut mit ihren langwierigen Geschichten von unerfüllter Liebe, von Betrug. Wer wollte denn das, eine Frau, die unablässig den Pferdestall ausmistete und dazu eine Horde Halbwüchsiger im Schlepptau hatte. Da war doch seine Gitti anders gewesen, die war immer hübsch sauber und adrett angezogen und verbrachte die meiste Zeit in der Küche, wo sie ihren Liebsten die wunderbarsten Gerichte zauberte. Ach, wie er sie vermisste.

Er warf einen letzten Blick auf Waldmanns Grundstück und dachte daran, wie sonst immer dessen Köter verrückt gespielt hatten, wenn sie am Morgen vorbeigekommen waren. Besser hätte es für ihn nicht laufen können. Es war fast himmlisch still, kein Gekläffe, Waldmann konnte ihm nicht mehr drohen oder seine Tochter entführen. Ob der Irre ein Testament gemacht hatte? War er nicht sein engster lebender Verwandter? Natürlich gab es noch den dummen Kuhbauern, der war wohl auch mit ihm verwandt. Doch der hatte ohnehin sein Gehirn fast weggesoffen. Das Grundstück mochte zwei Hektar groß sein, schätzte er mit einem Blick auf den Stacheldrahtzaun, der seit dem Polizeieinsatz Lücken aufwies. Moorflächen kamen hinzu, wo traditionell Torf gestochen werden durfte. So wie es sich eben gehörte in Finstermoor. Das entsprach ihrer Tradition, so entstand einst der Ort. Früher war es das einzige Heizmaterial, heute nutzte niemand mehr die Soden.

Vergnügt pfeifend ging er an der Säulenvilla der hinteren Dorfstraße entlang bis zum Heidschnuckengehege und bog dann wieder rechts auf die Hauptstraße ab. Nur Michelle bereitete ihm Sorgen. Sie war verstört seit dem Wochenende, an dem sie entführt worden war. Hatte ihm offen widersprochen, als er mit einem Plakat gegen den Kinderschänder demonstrierte, und den Verrückten verteidigt. Sie hatte sich verändert in den letzten Tagen, entzog sich seiner väterlichen Liebe, war schweigsam und verschlossen. Doch das würde sich bald wieder ändern, hoffte er. Wenn die Rothermund des Mordes angeklagt wurde, musste ihre Brut aus dem Herrenhaus ausziehen. Dann würde endlich Ruhe im Ort einkehren, und er hätte sein liebes kleines Mädchen wieder für sich allein. Mit einer Erbschaft konnte er den Stammsitz endlich zurückbekommen.

*

Wieder stand die Alte vor dem Fenster. Starrte mit ihren Augen, schwarz wie glühende Kohle. Stumm stand sie, drohte mit ihrem Zepter aus Schlamm. Wen würde sie nach unten holen, in die Tiefe? Den Bullen des alten Bauern hatte sie genommen. Beim Grasen war er in ein Schlammloch geraten, versunken.

Zusammengepfercht hatte der die Tiere, geschlagen wurden sie. Hatte sie das Rind deshalb in die Tiefe gezogen? Wie Donnergrollen klangen seine Schritte unter der Erde. Rannte mit im Moorboden, wenn sie auf die Wiese kamen und am Abend wieder zurück. Der Bulle lebte jetzt in der Unterwelt. Bald würde es ihn treffen. Würde sie ihm das Liebste nehmen?

KAPITEL 25

Margo hatte es geschafft, die Motorhaube der alten Karre zu öffnen. Ihr technischer Sachverstand beschränkte sich darauf, den Ölstand zu prüfen. Allerdings genügte das nicht, um den Wagen flottzubekommen. Augusta hatte sich vermutlich nie um die Rostlaube gekümmert. Ein kurzes Brummen, dann erstarb das Geräusch. Der Mann aus der Werkstatt ließ auf sich warten, ihr blieb nichts anderes übrig, als ein Taxi zu bestellen.

Sie stand vor der Auffahrt zum Herrenhaus, trat von einem Bein auf das andere. Der Wagen sollte längst da sein, doch weit und breit sah sie ihn nicht. Dabei war es wichtig, dass sie so schnell wie möglich mit den Anwälten sprach. Endlich kam ein weißer Van mit einem Taxizeichen die Hauptstraße entlang und hielt.

»Ich hoffe, Sie haben nichts dagegen, dass meine Oma mitfährt«, fragte der junge blonde Taxifahrer, der eine Nickelbrille trug und höchstens wie 15 aussah. Er deutete auf eine lächelnde Dame mit grauen Haaren, die auf dem Beifahrersitz saß, ihren Kopf schräg hielt und fragte:

»Was hast du gesagt, mein Junge?«, während sie Margo freundlich zunickte.

»Leider hat sie wieder ihr Hörgerät nicht mitgenommen. Da hört sie rein gar nichts«, erklärte dieser.

Die Oma war Margo herzlich egal:

»In Ordnung, aber ich hab es eilig«, sagte sie säuerlich und stieg ein. Das hätte sie lieber bleiben lassen, denn der junge Mann raste mit quietschenden Reifen los, und in den

Kurven hielt sie sich vor Angst an dem Griff über der Tür fest.

»Schnell genug?«, fragte der Fahrer mit einem Grinsen zurück. Die Oma lächelte verzückt und legte sich in die Kurven.

»Alles bestens«, antwortete sie gepresst und klammerte sich an den Haltegriff, bis ihre Handknöchel weiß hervortraten.

Pünktlich um 10.15 Uhr bog der junge Mann nach einem wagehalsigen Einschlagen des Lenkrads auf eine von Bäumen gesäumte Pflastersteinstraße ab, die auf ein schlossähnliches Haus mit Fachwerkfassade und einem Uhrturm in der Mitte zuführte. Auf dem Platz vor dem Gebäude plätscherte ein Springbrunnen. Im flachen Nebengebäude direkt vor dem Haupthaus befanden sich Pferdeboxen, die gerade gereinigt wurden. Die Pferde grasten auf einer riesigen Weide am Rand des Weges. Der Fahrer hielt vor der Freitreppe und sagte:

»Jederzeit zu Diensten, wenn Sie es eilig haben, junge Dame.« Doch Margo hoffte, dass sie nicht so bald wieder auf den Möchtegern-Rennfahrer treffen würde.

Sie drückte auf den altmodischen Klingelknopf und wartete. Eine ältere Dame mit Spitzenschürze und Häubchen öffnete die Tür und sah sie erwartungsvoll an, offenbar die gute Seele des Hauses. So etwas wie ein weiblicher Butler, vermutete Margo.

»Ich werde erwartet«, sagte sie und stellte sich vor. Die Bedienstete deutete auf den Seitenflügel, wo Margo einen weiteren Eingang entdeckte. Dort befand sich die Kanzlei von Menkendorf. Sie erhaschte einen Blick in die Halle, mit einem edel aussehenden Teppich mit stilisierten Blumen. Eine breite Treppe führte nach oben. An der Decke hing ein schwerer Kronleuchter. Die Wände waren mit Gemälden bedeckt, vor allem Porträts, daneben einige Bilder von

Pferden und Hunden. Das war ein wenig Ehrfurcht einflößend, und sie hätte nicht erwartet, dass die Polizistin in so einem noblen Ambiente aufgewachsen war.

Das sah nach einer traditionsreichen Sippschaft aus, was mochten die über die Berufswahl ihrer Tochter denken? Vermutlich war sie so was wie das schwarze Schaf.

Gleich würde sie die Familie kennenlernen, das konnte sie vor Neugier kaum erwarten. Eine junge Vorzimmerdame brachte sie in einen Besprechungsraum und stellte ihr einen Kaffee auf den hellen Holztisch, um den passende Stühle standen. An den Wänden hingen Drucke von verschiedenen Christo-Verpackungsprojekten. Stilistisch wirkte die Kanzlei moderner und heller als die altmodische Empfangshalle nebenan im Schloss.

»Die Juniorchefin hat hier alles neu machen lassen«, verriet die junge Frau, die ihr Kekse auf den Tisch stellte und ihre beiden Chefs ankündigte.

Sie hatte gerade an ihrer Tasse genippt, als ein hochgewachsener grauhaariger Mann im dunkelblauen Anzug mit weißem Hemd und Einstecktüchlein den Raum betrat, gefolgt von einer großen blonden Frau. Sie musste zweimal hinschauen. Diese wirkte optisch wie der Klon von Rike von Menkendorf. Ob sie Zwillinge waren? Auf den zweiten Blick sah sie, dass die Frau jünger sein musste. Sie war deutlich konventioneller gekleidet und frisiert. Sie trug ein Kostüm mit einem engen Rock, weiße Bluse mit Perlenkette und dazu passenden Ohrsteckern, ihre blonden Haare hatte sie wie ein Diadem als Flechtkranz um ihren Kopf gewunden. »Von Menkendorf«, stellte sich der Mann vor, »und das ist meine Tochter Felicitas. Bitte schildern Sie doch, wofür Sie anwaltlichen Beistand brauchen«, bat er. Fasziniert betrachtete Margo die Familie, die so gar nichts mit der Kommissarin gemeinsam hatte, dann fasste sie sich:

»Meine Freundin Augusta Rothermund benötigt einen Strafverteidiger. Sie wird beschuldigt, einen Mord begangen zu haben.«

»Wie kommt die Polizei darauf, was ist geschehen?«

Margo schilderte die Ereignisse, angefangen vom Verschwinden der Mädchen bis zur Explosion, bei der Holger Waldmann ums Leben kam, und ließ auch die unsäglichen Demonstrationen nicht aus.

»Oh ja, ich habe davon gehört, das stand ja in der Zeitung. Aber irgendwie kann ich die Leute verstehen. Versetzen Sie sich mal in ihre Lage – wenn das eigene Kind entführt wird und der Übeltäter freigelassen wird, das versteht doch kein Mensch«, erklärte Felicitas von Menkendorf.

Da unterschied sich die Denkweise der Schwestern sehr stark. Denn die Kommissarin hatte für Selbstjustiz gar nichts übrig, eine Einschätzung, die Margo teilte. Ihr war diese Bürgerwehr ausgesprochen suspekt.

Warum ausgerechnet Augusta festgenommen wurde, konnte sie nicht erklären. Irgendein Beweisstück musste gefunden worden sein. Oder hatte jemand sie in der Nacht gesehen? Ihr hatte die Kommissarin darüber keine Auskunft erteilt.

»Würden Sie die Verteidigung meiner Freundin Augusta übernehmen und sie so schnell wie möglich aus der Haft holen?«, fragte sie.

»Meine Tochter ist die beste Strafverteidigerin, die Sie weit und breit finden – und sogar darüber hinaus«, lobte Rüdiger von Menkendorf mit Stolz. Ob er auf Rike so gut zu sprechen war? »Ich bin nur noch als Notar tätig.«

Die junge blonde Frau erklärte: »Ich übernehme die anwaltliche Vertretung von Augusta Rothermund gerne, vorausgesetzt sie ist damit einverstanden.«

»Das ist sie, ich habe ihr Einverständnis«, bestätigte Margo erleichtert.

Über einen Knopf am Telefon rief die Anwältin die Vorzimmerdame und bat, eine Verbindung zur Kriminalpolizei Cuxhaven herzustellen. »Frau Bredow, hier Felicitas von Menkendorf. Ich übernehme die anwaltliche Vertretung von Augusta Rothermund, bitte warten Sie mit der Befragung, bis ich mein Mandantengespräch führen konnte.«

Sie stand schon halb, um sich schnellstmöglich auf den Weg zu machen, als Margo ihr hinterherrief:

»Da wäre noch etwas. Die Ermittlungen führt eine Namensvetterin von Ihnen, Rike von Menkendorf.« Die Anwältin blieb ruckartig stehen und drehte sich zu ihr, sie schien vollkommen überrascht. Margo hoffte nur, dass sie nicht abspringen würde, doch dann erklärte die junge Frau:

»Das klingt nach einem hochinteressanten Fall, den wir mit großer Sicherheit für unsere Mandantin gewinnen werden.«

Margo war zuversichtlich, dass ihre Freundin nicht lange in der Untersuchungshaft sitzen müsste. Sie hätte nur zu gerne den Gesichtsausdruck der Kommissarin gesehen, wenn die Anwältin den Raum betrat. Sie hoffte, dass Augusta den Moment genießen würde.

KAPITEL 26

Augusta hatte nie zuvor eine Arrestzelle von innen gesehen. Sie war aus dem Konferenzraum in die winzige Kammer mit der schweren Stahltür gebracht worden. Die Polizistin spähte durch das vergitterte Fenster zu ihr hinein, dann ratterte das massive Schloss. Die armdicke Tür war verschlossen. Ihre Anwältin würde im Lauf des Tages eintreffen, hieß es. Sie war erleichtert über diese Nachricht und fragte sich, wer sie dabei unterstützt hatte. Sorgte sich Henning Lüder um sie? Das war aufmerksam von ihm.

Sie setzte sich auf den harten Holzstuhl, der vor einem kleinen Schreibtisch mit einer Kunststoffplatte voller Schmierereien und eingeritzter Sprüche stand. Sie überlegte. Warum hatte die Polizistin ausgerechnet sie wegen Mordes festgenommen? Sie hatte zwar den Stein auf das Haus geschleudert, daran konnte Holger Waldmann nicht gestorben sein. Das war unüberlegt und kindisch, aber eher eine Sachbeschädigung. Was machte sie zur Hauptverdächtigen? Sie grübelte, kam zu keinem Ergebnis. Sie wünschte, sie hätte ein Buch oder zumindest ein Blatt Papier, um etwas zu zeichnen. Ihre Tage hatten sonst nie genug Stunden für all ihre Aufgaben. Doch hier in diesem kahlen Raum, schienen die Minuten träge dahin zu kriechen. Sie dachte an all das, was sie in dem Moment hätte tun müssen. Hoffentlich kümmerte sich Margo um die Kinder und den Hof.

Sie hoffte inständig, dass sich dieses Missverständnis, das zu ihrer Verhaftung geführt hatte, bald auflösen würde. Aber dann bekam sie Panik, sie hatte erst neulich im Fernsehen diesen Mann aus Bayern gesehen, der acht Jahre unschuldig hinter Gittern verbracht hatte, weil seine geschiedene Frau ihn angezeigt hatte.

Es scharrte an der Tür, das massive Schloss knarrte, und sie schrak zusammen. »Mitkommen«, forderte eine Polizistin sie auf. Sie wurde in einen kleinen Raum mit einem einzelnen Schreibtisch geführt. Eine blonde Frau in schwarzem Kostüm stand ihr gegenüber, Augusta sah sie überrascht an, ihr fehlten die Worte. Wenn das nicht die Kommissarin von Menkendorf in gutbürgerlicher Verkleidung war, dann musste diese Frau eine eineiige Zwillingsschwester sein.

»Felicitas von Menkendorf«, stellte sie sich vor und gab ihr die Hand. Augusta starrte sie fragend an.

»Sind Sie mit der Kommissarin verwandt?«, wollte sie nach einer Schrecksekunde wissen.

»Ich bin ihre jüngere Schwester«, antwortete die Anwältin, was Augusta verwirrte. Einerseits hatte sie sie verhaftet, warum schickte sie ihre Verwandte zu ihrer Verteidigung? Oder sollte diese sie nur aushorchen?

»Hat Frau von Menkendorf Sie als Verteidigerin für mich engagiert?«, fragte Augusta verwirrt. Doch die Anwältin schüttelte lächelnd den Kopf.

»Meine Schwester? Nein, sie würde sich hüten. Ihre Freundin Margo hat mich heute aufgesucht und gebeten, Ihre Vertretung zu übernehmen.«

Das erklärte einiges, sie war dankbar, dass diese sich trotz der Meinungsverschiedenheiten um eine Anwältin gekümmert hat. Doch sie war verwirrt davon, dass ausgerechnet eine Verwandte der Kommissarin erschien. Würde sie Rike nicht helfen, den Fall schnellstmöglich zu lösen? Was hatte Margo sich dabei gedacht?

»Haben Sie denn gar keine Probleme damit, dass Ihre Schwester die Ermittlungen führt? Da entsteht doch ein Interessenskonflikt«, sprach sie ihre Sorge aus.

Die Augen der Anwältin blitzen vergnügt auf. »Im Gegenteil, das ist eine reizvolle Herausforderung. Ich würde diesen Fall sogar ohne Honorar übernehmen«. Ihr Lachen klang gekünstelt, und sie entblößte dabei ihre makellos weißen Zähne, ein komplettes, neues künstliches Gebiss, so wie sie das nur bei Amerikanern gesehen hatte, die in Hamburg in ihrer Nachbarschaft lebten. Wahrscheinlich würde die junge Frau in ein paar Jahren *Botox* spritzen, um ihren makellosen Teint zu behalten.

Augusta rief sich zur Räson, das war ja für ihren Fall nicht relevant. Sie wollte so schnell wie möglich hier rauskommen und nicht länger als Verdächtige gelten. Die Anwältin von Menkendorf hatte kaum einen Zweifel daran gelassen, dass sie nichts lieber tat, als den Kampf mit ihrer Schwester aufzunehmen. Sie war entschlossen, es mit der jungen Frau zu probieren. »Ja bitte, übernehmen Sie die Verteidigung. Tun Sie alles, damit ich schnell wieder zu meiner Tochter und den Pflegekindern zurückkomme.«

Felicitas von Menkendorf, die sie abwartend angesehen hatte, räusperte sich jetzt: »Sie werden des Mordes verdächtigt. Bitte erzählen Sie mir, was vorgefallen ist und wie Sie unter Verdacht geraten sind«, bat sie und nahm einen Tabletcomputer aus ihrer Handtasche. Sie nutzte einen elektronischen Stift, um Notizen zu machen.

»Natürlich habe ich den Mann gehasst, er hatte ja meine Tochter ein Wochenende lang in seiner Gewalt und ist dann von der Polizei wieder freigelassen worden. Nur getan habe ich dem nichts«, beteuerte Augusta. Mehr als demonstriert hatte sie nicht, auch wenn einige der Protestaktionen etwas aus dem Ruder gelaufen waren. Sie erzählte davon, wie ihr jemand einen Stein in die Hand gedrückt hatte, den sie dann ins Fenster geschleudert hatte.

»Wie genau haben Sie den geworfen, aus welcher Entfernung? Kann es sein, dass dieser Stein das Opfer direkt verletzt hat?«, bohrte die Juristin nach.

Augusta schüttelte den Kopf. »Dazu wäre ich nicht in der Lage. Ins Fenster habe ich getroffen, die Scheibe ist zersplittert, ich kann mir nicht vorstellen, dass der Mann den abgekriegt hat.«

»Das war alles, was gegen Sie vorliegt?«, fragte Felicitas von Menkendorf. Augusta nickte. »Soweit ich weiß, ja.«

»Ich vermute, dass noch etwas Belastendes vorliegt. Ansonsten wären Sie nicht festgenommen worden«, sagte die Anwältin.

»Fällt Ihnen jemand ein, der mit dem späteren Opfer Probleme hatte und als Täter infrage käme?«

Augusta wollte Henning Lüder nicht verraten, der deutlich wütender auf den Mann war und radikaler als sie selbst. »Beliebt war er sicher nicht, eher ein Sonderling, der allein mit vielen Hunden lebte und sein Grundstück verkommen ließ. Wer mag schon dauernd diesem Lärm ausgesetzt sein, außerdem gab es Probleme mit irgendwelchen ansteckenden Krankheiten der Tiere. Aber bringt man deshalb jemanden um?«

Felicitas von Menkendorf schüttelte den Kopf: »Morde geschehen aus Eifersucht, Rache, Gier – und Sie werden lachen, die meisten aus Liebe, so nennen das manche Täter. Ich habe schon den einen oder anderen Mörder und Totschläger verteidigt, was glauben Sie, wie oft das Wort Liebe fiel.« Augusta überlegte und sagte dann:

»In dem Fall habe ich doch gar kein Motiv, ich kannte den Mann kaum.«

Felicitas von Menkendorf widersprach: »Das haben Sie

durchaus. Rache für das, was er Ihrer Tochter angetan hat, denn es war immer wieder von einem Pädophilen die Rede. Ich muss Sie das jetzt fragen, auch wenn es schmerzhaft ist. Hat der Mann das Mädchen missbraucht?«

Diese Vermutung rührte an ihre schlimmsten Ängste. Sie hatte versucht, darüber mit Sophie zu reden, doch die hatte sich sofort aufgeregt, als sie fragte. Sie hatte sie angeschrien, dass sie alle Henry schlechtmachten und dass er ihr Freund sei. Ein guter Mensch, der Einzige, der ihr zuhöre, wenn sie Sorgen hatte. Es hatte Augusta wehgetan, dass ihre Tochter das so sah. Aber Sophie stritt entschieden ab, dass Henry sich ihr unsittlich genähert hatte. Die Polizei hatte die Mädchen ebenfalls befragt, um festzustellen, ob es zu einem Missbrauch gekommen war, doch die Untersuchungsergebnisse hatte sie nie erhalten.

»Sophie hat es verneint, aber ich weiß nicht, ob sie mir in dem Punkt die Wahrheit sagt. Nur eines möchte ich nicht, dass meine Tochter aussagen muss, um mich aus der Haft zu bekommen. Sie ist sensibel und soll nicht noch stärker belastet werden.«

Felicitas von Menkendorf machte sich Notizen und fragte dann, ob sie bereit sei. Augusta nickte, sie fühlte sich besser.

Flankiert von ihrer Anwältin wurde sie in das Vernehmungszimmer, in dem sie am Anfang gesessen hatte, zurückgebracht. Die Tür öffnete sich, die Kommissarin trat ein, stutzte, als sie ihre Schwester erblickte und fragte dann:

»Du hier? Das macht dir wohl Spaß, meine Arbeit zu torpedieren.«

»Wollen wir doch bei der Sache bleiben. Was genau wird meiner Mandantin vorgeworfen?«

»Frau Rothermund wird verdächtigt, Holger Waldmann ermordet zu haben. Es gibt Zeugen, die sie gesehen haben«, sagte Rike von Menkendorf. Sie stand immer noch in der Tür: »Können wir anfangen?«, fragte sie kühl.

»Wird das hier eine Stehsitzung oder bekommen wir einen Stuhl?«, unterbrach die Anwältin.

Ihre Schwester stöhnte genervt und deutete auf die Sitzgruppe. Felicitas von Menkendorf lief gemächlich um den Tisch, setzte sich mit dem Rücken zum Fenster und klopfte auf den Platz neben sich. Den Stuhl hatte sie nach vorne gezogen. Dann legte sie ihre Mappe vor sich, zog Dokumente heraus und sortierte diese mehrmals um, bis sie einen geraden Stapel gebildet hatte. »So, jetzt können wir.«

Rike von Menkendorf hatte einen verkrampften Gesichtsausdruck.

»In welchem Verhältnis standen Sie zu Holger Waldmann?«, fragte sie, als ihre Schwester das Räumen beendet hatte.

»Das brauchen Sie nicht zu beantworten, das ist für uns irrelevant«, sagte die Anwältin.

»Wie war das genau mit dem Verschwinden Ihrer Tochter Sophie und deren Freundin Michelle? Glauben Sie immer noch, dass Holger Waldmann die beiden entführt hat?«

»Wer woran glaubt, tut doch gar nichts zur Sache«, fuhr Felicitas Menkendorf der Polizistin über den Mund. »Die Luft hier ist trocken, wäre es möglich, ein Getränk zu bekommen?« Sie wandte sich Augusta zu: »Und Sie haben sicher Durst, vermutlich haben Sie seit der Festnahme weder etwas zu essen noch Flüssigkeit erhalten.«

»Ein Wasser bitte«, bat sie.

Von Menkendorf ging zur Tür und gab draußen eine Bestellung auf. Die Anwältin warf ihr einen verschwörerischen Blick zu und legte kurz die Hand auf ihren Arm. Dann kehrte die Polizistin in den Raum zurück.

»Sie haben ja mit Ihrem Plakat gegen den sogenannten Kinderschänder protestiert. Ich kann verstehen, dass Sie Rache nehmen wollten. Was ist genau passiert?«

Felicitas von Menkendorf hustete. »Kommt das Wasser für meine Mandantin noch? Ich glaube nicht, dass es der Wahrheitsfindung dient, wenn du die angeblich Verdächtige dursten lässt.«

In dem Moment klopfte es, eine Polizistin kam mit einem Tablett und den Getränken. Sie stellte es auf den Tisch, und sie bedienten sich.

»Wie war die Frage noch mal?« Felicitas von Menkendorf hatte ihr Glas ausgetrunken.

»Sie haben Holger Waldmann als Kinderschänder bezeichnet. Ich verstehe, dass Sie sich an ihm rächen wollten. Was ist Ihrer Meinung nach vorgefallen, als die Mädchen bei ihm waren?«

Wieder machte ihr die Anwältin ein Zeichen zu schweigen und sagte kühl:

»Was geschehen ist, solltest du mal in den Akten nachlesen. Die müsstet ihr doch haben, da ihr ja nach den Mädchen gesucht habt. Und dass ausgerechnet du als Vertreterin der Staatsmacht hier für Selbstjustiz wirbst, finde ich schon verwunderlich.«

Rike von Menkendorf ärgerte sich über die Antworten, mit denen ihre Schwester sie provozierte. Ihr Gesicht war rot gefleckt, ihr Mund war ein eng zusammengepresster Strich, sie sah Felicitas wütend an.

»Das hätte ich aber gerne von Frau Rothermund erfahren, für die sich etwas Kooperation in einem Gerichtsverfahren positiv auszahlen würde. Dein Auftreten könnte sich zum Schaden der Mandantin auswirken.« Dabei sah sie Augusta in die Augen. Dann fragte sie nach den Demonstrationen und den Steinen.

»Frau Rothermund war ja beileibe nicht die einzige Demonstrantin, da ist das ganze Dorf auf die Barrikaden gegangen. Ist auch schwer verständlich, warum der Mann sofort freigelassen wurde.«

»Aber den Stein hat Frau Rothermund geschmissen, sie wurde nachts bei der Hundepension gesehen und hat kein Alibi für die Tatzeit. Oder?«

Augusta sah ihre Rechtsvertreterin fragend an, die erneut den Kopf schüttelte. Wieder sollte sie schweigen. Und sie hatte tatsächlich kein Alibi für diese Nacht, denn sie lag auf dem Wohnzimmersofa und hatte ausnahmsweise tief geschlafen. An dem Wochenende, als Sophie verschwunden war, hatte sie nächtelang wachgelegen. Mehrmals nickte sie am Küchentisch ein vor Übermüdung. In der Nacht hatte sie das Defizit nachgeholt.

»Ich werde meine Mandantin mitnehmen, wenn Sie nichts weiter gegen sie in der Hand haben«, erklärte ihre Anwältin. Doch Rike von Menkendorf war aufgesprungen:

»Es gibt Zeugen, die Sie nachts am Haus beobachtet haben, Frau Rothermund. Möchten Sie etwas dazu sagen? Ich habe einen Haftbefehl vorliegen, und Sie müssen solange in Untersuchungshaft bleiben, bis der Haftrichter diesen aufhebt.«

»Dann werde ich umgehend Haftprüfung beantragen«, kündigte die Schwester an. Sie drehte sich um und versicherte ihr: »Spätestens morgen bekomme ich Sie hier raus.« Schnellen Schrittes verließ sie auf ihren dünnen hohen Absätzen den Raum. Der Beamte brachte Augusta wieder zu der gefürchteten Stahltür. Es graute ihr davor, noch eine Nacht eingesperrt zu sein. Allein mit sich und ihren Gespenstern.

KAPITEL 27

Rike musste sich für einen Moment zurückziehen und schloss die Tür ihrer Besenkammer im Polizeipräsidium hinter sich. Jemand hatte einen großen Weidenkorb mit einer Decke für Prinz in ihr Büro gestellt. Einige Kollegen waren distanziert, weil man den Namen von Menkendorf hier kannte. Ihre Schwester war sowohl im Notariat des Vaters tätig, das bezeichnete sie früher als »Lizenz zum Gelddrucken«. Zudem hatte sie die Anwaltskanzlei ihres Großvaters in Stade übernommen und sich auf Strafrecht spezialisiert. Das hatte Rike erst nach der überraschenden Begegnung erfahren. Sie war verdattert, als sie bei der Vernehmung auf einmal ihrer Schwester gegenübergestanden hatte.

Sie fragte sich, wie lange es dauern würde, bis sich ihre Mutter bei ihr meldete. Sie hatte seit Monaten nicht mehr mit ihr telefoniert, denn nach dem dritten Satz kamen stets Vorwürfe. Warum sie sie vor ihren Bekannten mit einem solchen Beruf blamierte. Ob sie nicht langsam genug davon hatte, Leichen zu finden.

Jetzt brauchte sie erst einmal Abstand und nahm die Leine aus ihrer Aktentasche, um Prinz ein Zeichen zu geben, dass sie eine kleine Tour machen würden. Er sprang mit einem kurzen freudigen Kläffen aus seinem Korb und stand im Handumdrehen an der Tür. Sie musste laufen, um wieder einen klaren Kopf zu erhalten und über ihre weitere Strategie nachzudenken. Der junge Kollege, Matthias Jahn, mit dem sie in einem Team arbeiten sollte, war menschlich in Ordnung, wenn auch unerfahren. Er hatte zugegeben, nie in einem Tötungsdelikt ermittelt zu haben. Bislang hatte er bei der Kriminalpolizei vor allem mit Autodiebstählen und dem einen oder anderen Raubüberfall zu tun gehabt. Der Kollege, der die meisten Mordfälle bearbeitet hatte, war im vergangenen Jahr in Rente gegangen. Deshalb hoffte Bredow, dass ihr Teamkollegen von ihr lernen konnte. Keine leichte Aufgabe, vor allem mit ihrer eigenen Schwester als Gegenspielerin.

Sie ging aus dem Präsidium und schlenderte die Schillerstraße entlang, sah sich die Schaufenster an. An einem winzigen Teeladen hielt sie an. Den hatte sie als Kind mit ihrer Großmutter besucht. Sie trat ein und lauschte der klassischen Klaviermusik. Der Raum mit seinen deckenhohen Regalen voller farbiger Blechdosen wirkte kleiner als damals. Auch die alte Dame hinter dem Tresen schien mit ihren Erwachsenenaugen geschrumpft.

»Friederike?«, fragte sie. »Du warst aber lange nicht hier.« Der Besuch mit ihrer Großmutter lag über 30 Jahre zurück. Seit dem Zerwürfnis mit ihrer Schwester hatte sie alles verdrängt, was mit ihrer Familie zusammenhing. Die Verwandtschaft hatte damals geschlossen zu Felicitas gehalten. »Sie haben sich kaum verändert«, sagte Rike.

»Du hast Glück, dass ich noch hier bin. Ich bin 85 geworden. Lange schaffe ich das nicht mehr.« Dann sah die Kräuterexpertin sie an und füllte Tee aus einer Dose um. »Hier, das ist deine Mischung. Jeden Morgen und Abend eine Tasse«, befahl sie resolut.

Rike besah sich die rote Tüte: »Was ist das für ein Tee?«

»Etwas für die Entspannung und Magenkräuter. Ich kann dir ansehen, dass du Stress hast und angespannt bist. Alles Gute!«

Sie nahm ihre Mischung und schlenderte weiter durch die Fußgängerzone, bog auf den Deichweg ab und ging bis zur Alten Liebe. Die lange Bank in der unteren Etage des historischen Anlegers war ihr Lieblingsplatz. Der Ansagedienst kündigte Ausflugsschiffe und Frachter an, die am Horizont gemächlich vorbeiglitten. Es wehte kein Lüftchen, Wolken spiegelten sich auf der fast glatten Meeresoberfläche. Rike sah in das Blau und atmete tief die salzige Luft ein. Einen Moment innehalten. Nach einigen Minuten spürte sie die feuchte Schnauze ihres Hundes. Er stupste sie an und leckte ihr die Hand, so als wolle er fragen: »Alles in Ordnung, Frauchen?«

Rike musste zugeben, dass ihr die Begegnung mit ihrer Schwester zugesetzt hatte. Doch wem half der Blick in den Rückspiegel. Sie nahm sich vor, den Fall schnellstmöglich zu lösen und dann in ihr Leben in Hamburg zurückzukehren. Der Abstand zu ihrer Familie tat ihr gut. Doch sie ahnte, dass ihre Mutter sich melden würde, sobald Felicitas von ihrer Begegnung berichtete. Sie würde ihr ein schlechtes Gewissen einreden, bis sie ihr einen Besuch abstattete. Wie schwer es für sie war, dort Tom zu treffen, interessierte ihre Familie nicht.

Sie war aufgestanden, Prinz sprang bellend um sie herum. Sie liefen auf dem Deich zurück mit Blick auf die stuckverzierten Villen hinter der Grimmershörnbucht und die Strandkörbe, die wie bunte Würfel auf der Wiese verteilt waren. Sie folgten dem Weg bis zu einer Treppe, gingen dann durch das Lotsenviertel zurück zum Präsidium. Sie nahm die Umgebung unscharf war, denn sie dachte im Gehen über das weitere Vorgehen im Mordfall Waldmann nach. Einige technische Fragen waren ungeklärt. So wartete sie auf die Auswertung, wie die Explosion herbeigeführt worden war. Eine Tatwaffe für die Verletzung am Schädel fehlte ebenso. Die Suche in den Trümmern des Hauses gestaltete sich schwierig, einige Utensilien waren verbrannt oder beim Einsturz des

Daches geborsten. Doch ohne diese entscheidenden Punkte könnte Felicitas als Strafverteidigerin ihre Indizien in Windeseile zerpflücken und Augusta Rothermund frei bekommen. Dabei hatte die Frau ein klares Motiv und kein Alibi. Das zählte, auch wenn ihr die Freundin von Margo Valeska durchaus sympathisch war. Einen so großen Hof zu betreiben und dazu Pflegekinder zu betreuen, nötigte ihr Achtung ab. Aber das durfte in einem Kriminalfall keine Rolle spielen. Andererseits musste sie die weiteren Verdächtigen näher unter die Lupe nehmen. War deren Alibi so wasserdicht, wie sie behaupteten? Hatten sie sich lückenlos in der Kneipe aufgehalten oder fehlte jemand für einen längeren Zeitraum? Immerhin war literweise Alkohol geflossen. Ohne diese Klärung würde der Haftrichter ihr die Ermittlungen um die Ohren schlagen. Sie hatten sich vorgenommen, den Hintergrund des Opfers genauer auszuleuchten. Er galt als Mitglied der Reichsbürgerszene, sie wussten bislang nicht, welche Rolle er in den Gruppen gespielt hatte.

Als nächsten Schritt wollte sie das Grundstück und die Reste des Hauses weiter untersuchen. Sie hoffte, mehr über den Mann zu erfahren. Wie hatte er gelebt? Mit wem stand er in Verbindung? Was war an dem Wochenende geschehen, als die Mädchen sich bei ihm aufgehalten hatten? Die beiden hatten ausgesagt, dass sie keine sexuellen Beziehungen zu Henry Waldmann gehabt hatten. Sie wurden ärztlich und psychologisch untersucht. Die Eltern hatten zugestimmt, sie war gespannt auf die Ergebnisse. Nach dem Mord waren die Ermittlungen zur Entführung der Mädchen in den Hintergrund getreten, andere Prioritäten wurden angeordnet. Doch die Resultate konnten für den Mordfall entscheidend sein.

Dort lag vermutlich der Schlüssel für die Aufklärung. Sie konnte verstehen, dass sich Augusta Rothermund an dem

Mann rächen wollte. Das galt ebenfalls für Henning Lüder, der jedoch durch das Kneipen-Alibi aus dem Kreis der Verdächtigen ausschied. Sie war am Präsidium angekommen, überquerte die Hauptstraße und ging in ihre Bürokammer. Kaum war sie eingetreten, klingelte das Telefon. Sie griff zum Hörer, da sie vermutete, dass es wieder die Sekretärin der Chefin war, die ihr Kommen und Gehen überwachte. Doch stattdessen hörte sie eine vertraute Stimme:

»Friederike! Das hätte ich ja nicht von dir gedacht. Du bist seit Tagen in Finstermoor und sagst deiner Mutter nicht Bescheid, dass du in ihrem Dorf arbeitest. Geschweige denn, dass du zu Besuch kommst.«

Wie sie diesen vorwurfsvollen Ton doch hasste. Sie willigte ein, zu einem Tee im Schloss vorbeizufahren. Je eher sie das tat, desto schneller hatte sie es hinter sich und konnte unbehelligt ihrer Arbeit nachgehen.

KAPITEL 28

Steinchen spritzten unter den Reifen des roten Mercedes-Coupés weg, das die Weidenallee rasant hinaufgefahren kam. Nach einem sonnigen Morgen zog Nebel auf, düstere Wolken hingen über den braun schimmernden Moorflächen, die nur durch einige Grasbüschel aufgehellt wurden. Margo stand am vorderen Eingang und hatte sich eine Zigarette angezündet, ein oder zwei Mal am Tag kam sie dazu, einen Moment für sich zu sein. Die Anwältin hatte sich angekündigt. Leider war es ihr nicht gelungen, Augusta sofort frei zu bekommen. Sie entstieg dem Wagen und sah sich um.

»Tolles Anwesen, auch wenn da jemandem der Elan ausgegangen ist«, kommentierte sie.

»Hier waren wir als Kinder bei Freunden unserer Großeltern. Die haben einiges umgebaut, geschmackvoll im alten Stil«, lobte sie, und Margo erinnerte sich, von Rike etwas Ähnliches gehört zu haben.

»Ich bin gespannt auf die Innenräume.«

Margo lotste sie durch den Flur ins Wohnzimmer. Konsterniert beobachtete sie, wie Felicitas von Menkendorf einen Stuhl nahm und an den Lampen herumschraubte. Dann entfernte sie die Bilder von der Wand, betrachtete diese von allen Richtungen.

»Was tun Sie da?« Margo war von der Aktion überrumpelt. Es war nicht ihr Haus, und sie konnte nicht einordnen, was die Anwältin da trieb.

»Ich will sichergehen, dass hier keine Wanzen installiert

sind«, erklärte von Menkendorf und rückte die Gemälde wieder an der Wand zurecht.

»Ist das nicht ein bisschen übertrieben? Ich kenne Ihre Schwester …«

Die Anwältin lachte bitter. »In dem Beruf erlebt man filmreife Dinge. Ich habe schon Mitglieder der *Hells Angels* verteidigt, und da hat die Polizei alles mitgehört. Mit Wanzen. Seitdem bin ich misstrauisch.«

»Augusta ist kein Bandenmitglied, eine solche Abhöraktion wird doch nicht genehmigt«, warf Margo ein.

Felicitas von Menkendorf zuckte mit den Schultern. »Das kann man so oder so sehen. Der Ermordete war ja ein Reichsbürger, daher könnte durchaus etwas Politisches dahinterstecken.« Sie war dabei, unter dem Sofa nachzusehen, kippte den Papierkorb aus und tastete dessen Wände ab. »Außerdem kenne ich meine Schwester. Sie kann nicht verlieren.«

Die beiden schienen sich in manchen Punkten doch zu ähneln, dachte Margo. Die Anwältin war das perfekte Ebenbild der Kommissarin, wenn auch die gutbürgerliche Variante. Mittlerweile schien sie ihre Wanzensuche abgeschlossen zu haben, den Inhalt des Papierkorbs hatte sie glücklicherweise wieder eingefüllt.

»Nehmen Sie bitte Platz.« Sie deutete auf die Sitzgruppe. Endlich setzte sie sich auf das Sofa und legte ihren Tablet-Computer bereit. Die Juristin sah sich nochmals skeptisch im Raum um. »Hier habe ich nichts gefunden, aber seien Sie vorsichtig, wenn Sie telefonieren. Es ist gut möglich, dass Festnetz und Mobiltelefone abgehört werden«, riet sie.

Margo nickte, um weitere Diskussionen zu vermeiden. »Wie geht es Augusta?« Sie machte sich Sorgen um ihre Freundin, die nach dieser schmerzhaften Trennung und dem Überlebenskampf auf dem Hof nun in Haft saß.

Die Anwältin zögerte: »Den Umständen entsprechend. Leider habe ich sie nicht sofort mitbringen können.« Sie berichtete von der Vernehmung und hatte mittlerweile die Akten eingesehen. Daraus sei nicht hervorgegangen, was genau gegen Augusta vorliege außer dem Steinwurf. »Nach den Unterlagen hat das Opfer scharfe Gewalt im Bereich des Schädels erfahren. Es ist unklar, ob das die Todesursache war«, so die Juristin.

»Was hat denn Augusta damit zu tun. Sie ist kein gewalttätiger Mensch, sie trägt sogar Fliegen lebendig aus dem Haus«, wunderte sich Margo.

Die Anwältin wischte über ihren Bildschirm.

»Es muss Erkenntnisse geben, die Augusta Rothermund belasten, sonst hätte sich die Polizei nicht so siegessicher aufgeführt. Und leider habe ich eine schlechte Nachricht.«

Margo hatte am Kamin gestanden und setzte sich auf den Sessel, der neben dem Sofa stand, um die Neuigkeiten zu hören. Schweigend hörte sie, was die Anwältin herausgefunden hatte.

»Ich habe mit Henning Lüder gesprochen. Der war ja ebenfalls an den Protesten beteiligt, und ich habe gehofft, dass er meine Mandantin entlastet. Aber er hat behauptet, sie habe einen unbändigen Hass auf Holger Waldmann gehabt, und er hielt sie nur mit Mühe und Not davon ab, den Mann körperlich anzugreifen.«

Margo fühlte sich wie vor den Kopf geschlagen. Dieser unsympathische Nachbar hatte Augusta mit schleimigen Komplimenten umgarnt, ihr den Hof gemacht. Und er hatte ihre Freundin angestachelt, mit demonstrieren zu gehen. Was führte der im Schilde? Sie stammelte: »Das ist nicht wahr, der lügt.«

»Schon möglich, aber warum sollte er?«, fragte Felicitas von Menkendorf, und das klang nicht überzeugt. Margo hob verzweifelt ihre Hände. »Sein Motiv ist mir unbekannt. Ich bin sicher, dass er lügt. Er war die treibende Kraft dieser widerlichen Hetzjagd, und Augusta ist nur mitgelaufen. Meinen Sie, dass er das bei der Polizei aussagt?«

»Das werde ich zu verhindern wissen.« Felicitas von Menkendorf lächelte ihr Haifischlächeln und sagte, als sie Margos fragenden Blick sah: »Hier auf dem Dorf weiß man fast alles über jeden. Als Anwältin und Notarin hat man sogar etwas mehr Durchblick.«

Margo war sich sicher, dass sie die Frau nicht zur Gegnerin haben wollte. Mit ihr war weniger gut Kirschen essen als mit ihrer Schwester. »Und was haben Sie vor? Wie geht es weiter?«

»Wir brauchen dringend Fakten oder Zeugen, die Frau Rothermund entlasten. Fällt Ihnen irgendetwas ein? Wissen Sie, mit wem Waldmann Konflikte hatte? Gibt es jemanden, der ihr doch ein Alibi geben könnte?«

Margo überlegte, aber so lange war sie nicht in Finstermoor. Zudem hatte sich ihr Kontakt zu Holger Waldmann auf gegenseitige Nachrichten beschränkt, die sie sich auf dem Anrufbeantworter hinterlassen hatten. Ihr fiel Henning Lüder ein.

»Ich verstehe nicht, warum Lüder das über Augusta gesagt hat. Er war die treibende Kraft dieser Bewegung und hat Waldmann zutiefst gehasst.«

»Wenn die anderen Demonstranten das so aussagen, wäre uns geholfen.«

»Ich könnte mich ja ein wenig umhören«, schlug Margo vor. Sie dachte an die Mordfälle auf Helgoland, wo sie entscheidend zur Aufklärung beigetragen hatte. Es war einfacher, mit der Kommissarin zusammenzuarbeiten als gegen sie. Aber diese hatte sich in eine falsche Spur verbissen. Warum sollte sie der Polizei nicht wieder auf die Sprünge helfen und vor allem beweisen, dass ihre Freundin Augusta unschuldig war?

»Meinen Sie, dass die Mädchen etwas wissen könnten?«, fragte Felicitas von Menkendorf. Margo versprach, nochmals mit den beiden zu reden. »Das werde ich herausbekommen und mich über Waldmann umhören.«

Die Anwältin sah auf die Uhr und sprang auf. »Wir schaffen das. Ich muss jetzt weiter.« Sie klopfte Margo aufmunternd auf die Schulter. Dann hallte das Stakkato ihrer hohen Absätze im Flur und auf den Pflastersteinen im Hof. Der Motor heulte auf, als würde sie zu einem Rennen starten.

KAPITEL 29

Wie viele Jahre war sie nicht hier gewesen. Rike hatte kurz angehalten. Die knorrigen Linden an der Allee zum Familiensitz begannen, die Blätter abzuwerfen. Die alten Pflastersteine hatten schon Generationen ihrer Vorfahren mit Pferd und Wagen befahren. Wie immer berührte sie diese Vorstellung. Genauso wie der Gedanke an ihren Urgroßvater, Wilhelm von Menkendorf, der mit seiner Frau Dorette, einer Hugenottin, 1909 dieses Gebäude errichtet hatte. Die Goldinschrift ihrer Namen glänzte an der Fassade des Stammsitzes. Die Landwirtschaft war damals einträglich. Das bescheidene alte Haus riss er ab und ließ sich dieses Schlösschen mit verspieltem Fachwerk entwerfen. In der Mitte ragte ein Turm mit einer goldenen Uhr über den drei Etagen empor. Unter dem Dach befand sich ihr geliebtes Turmzimmer. Der Anstrich leuchtete in hellem Beige, Blumenranken strahlten frisch restauriert. Sogar das farbige Glasmosaik an der Veranda, das bei einem heftigen Streit mit ihrer Schwester zerborsten und mit Karton geflickt worden war, hatte die Familie originalgetreu wiederhergestellt.

Drei laut zeternde Gänse, die sich näherten, rissen sie aus ihren Betrachtungen, da flog die Tür auf, als hätte sie geklingelt. Sie erwartete einen anstrengenden Abend und bedauerte schon vorher, dass sie sich wieder auf ein Treffen mit der Familie eingelassen hatte.

Rike hatte dem Drängen ihrer Mutter nachgegeben und einem Besuch zugestimmt. Diese stand vor ihr in der Tür, beachtete sie nicht, sah aber Prinz angewidert an. Sein letztes Bad lag länger zurück. Ihre Mutter hatte schon immer einen Hygienefimmel.

»Muss dieses dreckige Tier mit ins Haus?«, hatte sie protestiert, als Rike nach einer knappen Begrüßung mit ihrem Vierbeiner die Halle betrat. Wie damals bedeckten Jagdtrophäen verschiedenster Generationen die Wände. Sie unterdrückte ein Grinsen. »Unsere Familie hat schon immer Hunde im Haus gehabt«, versuchte sie, ihre Mutter mit eigenen Mitteln zu schlagen, obwohl sie es sonst nicht mit den familiären Traditionen hatte.

Geräuschlos wie ein Geist war Greta, die Haushälterin, zu ihnen getreten. Die Bedienstete hatte als junges Mädchen, als Rike ein Baby war, angefangen, im Schloss zu arbeiten. Ein herzliches Verhältnis hatten sie nicht, denn die Frau hatte die Gewohnheit, sie auszuspionieren und ihrer Mutter Vergehen zu melden. Felicitas war immer ihr Liebling, sie hatte jede Freiheit. Kleiner, schmaler und runzliger sah sie aus.

Sie war verwundert, dass die grauhaarige ältere Frau, die nie geheiratet hatte, überschwänglich ausrief: »Rike, welche Freude, dich zu sehen.«

»Guten Tag, Greta«, antwortete sie kühl.

Ihre Mutter ging voran durch die Tür mit Glasintarsien, vor der sie immer gewarnt worden waren, nicht zu rennen. Sie durchquerten das dunkel getäfelte Kaminzimmer in Richtung Bibliothek, einen hellen Raum mit gemalten Heidelandschaften an der Wand:

»Wir haben schon den Aperitif genommen. Deine Schwester und ihr Mann sind da, sie freuen sich, dich endlich mal wieder zu sehen«, sagte ihre Mutter mit gespielter Fröhlichkeit.

Rike fühlte sich, als hätte sie einen Schlag in die Magengrube erhalten, und sah und hörte für einen Moment nicht mehr, was um sie herum geschah. Tom! Irgendwann musste sie ihn ja einmal wiedersehen, aber noch fühlte sie sich nicht bereit. Tom, ihre große Liebe, der größte Lügner aller Zeiten. Nun war er mit ihrer Schwester verheiratet und hatte sogar ihren Namen angenommen. Ihre Mutter drehte sich um und zischte ihr kaum vernehmlich zu. »Rike, jetzt mach bitte nicht so ein Gesicht. Du musst doch verstehen, dass Tom sich neu orientiert hat, nachdem du ihn sitzenlassen hast.«

Rike schüttelte den Kopf, so wurde die Geschichte in ihrer Familie umgeschrieben. Sie hatte Tom nicht verlassen, sie war im Studentenaustausch ein Jahr in die USA gegangen. Sie hatten sich Treue geschworen, die Ewigkeit hatte für Tom nicht einmal drei Monate gedauert. Und dass er sich ausgerechnet mit ihrer Schwester trösten musste, war für sie ein Schock. Sie hatte zwar nie ein inniges Verhältnis zu Felicitas, sie waren immer Konkurrentinnen. Deshalb war sie nicht enttäuscht gewesen von deren Verhalten, allerdings von Tom. Denn wie konnte er Felicitas lieben, wo er angeblich doch sein Herz an sie, Rike, verloren hatte. Sie sahen sich zwar ähnlich, charakterlich unterschiedlicher konnte man nicht sein. Und die familiäre Verbindung brachte mit sich, dass sie sich zu Familienfeiern über den Weg laufen mussten. Tom und sie hatten sich ihr künftiges Leben so klar ausgemalt.

Sie wollte die Kanzlei ihres Vaters weiterführen, und er hätte als Veterinär genug Arbeit. Für ihn war alles so eingetreten, nur mit einer jüngeren und tougheren Ausgabe ihrer selbst. Aber ob es ein Vergnügen war, mit ihrer Schwester, die Haare auf den Zähnen hatte, verheiratet zu sein, war die andere Frage.

Ihre Mutter war stehen geblieben und sah sie an: »Es ist jetzt aber mal Zeit, die alten Geschichten ruhen zu lassen. Das ist so lange her!«

Eine Antwort verkniff sie sich lieber. Über 15 Jahre waren es, weh tat es Rike immer noch. Doch das würde ihre Mutter, die ihren Vater vor allem des Titels wegen geheiratet hatte, wie es damals in den adligen Familien üblich war, niemals verstehen.

»Welche alten Geschichten?«, fragte Rike mit gleichgültigem Ton. Ihre Mutter wäre der letzte Mensch auf der Erde, mit dem sie ihr Seelenleben besprochen hätte. Sie bedauerte, dass sie nicht einen Kollegen gebeten hatten, sie unter irgendeinem Vorwand anzurufen, um schneller wegzukommen.

Auf jeden Fall würde sie sich nicht anmerken lassen, wie diese Trennung auch nach den Jahren schmerzte. Sie setzte ein höfliches Lächeln auf, als sie den Raum betrat. Die anderen saßen um den niedrigen Tisch in der Mitte, das junge Paar auf einem Sofa, ihr Vater stand am Kamin und legte ein Holzscheit nach. Sie ging zu ihm:

»Hallo, Papa, darf ich dir Prinz vorstellen, meinen Polizeihund?«

Er drehte sich um, breite die Arme aus und lächelte sein Papalächeln. »Rike, wie schön. Du hast mir gefehlt.« Er drückte sie an sich, dann streichelte er Prinz über den Kopf. »Ihr seid die neuen Starermittler in der Cuxhavener Polizei?«, fragte er mit einem Zwinkern.

Rike wollte auf keinen Fall über die Arbeit sprechen, denn sie wusste, dass Felicitas jede Nuance genau verfolgen würde und vermutlich nach dem Abend ihren Vater ins Verhör nehmen würde.

»Und du, Papa, was machen die Rosen?«, schlug sie ein anderes Thema an. »Die zeig ich dir gleich, wenn du deine Schwester mit Gatten begrüßt hast.« Ihre Eltern hätten es gerne gesehen, dass die beiden Geschwister sich versöhnten, doch die Ereignisse von damals hatten Rike in ein tiefes schwarzes Loch gestürzt, und die seelischen Wunden waren nicht geheilt. Sie konnte ihrer Schwester nicht verzeihen.

Widerwillig ging Rike zum Sofa, wo die beiden steif nebeneinander saßen. Sie sahen aus wie ein Paar, das sich gestritten hat, aber vor den anderen gute Miene machen will. Sie streckte beiden nacheinander die Hand hin und zeigte dann hinter sich:

»Das ist Prinz, angehender Polizeihund. Wie geht es euch?«, fragte sie so locker wie möglich und betrachtete die beiden.

Tom hatte einen Bauchansatz, er war faltiger geworden und sah nicht glücklich aus. Doch er war noch immer Tom. Es tat ihr entsetzlich weh, dass es nicht ihr Mann war. Sie wären vermutlich verheiratet und hätten sogar Kinder. Tom hatte sie ausgetauscht. Vielleicht wäre sie dann nicht bei der Polizei gelandet. Denn so sehr sie diesen Beruf am Anfang geliebt hatte, seit ihrem letzten Fall und den Ermittlungen gegen sie plagten sie ernsthafte Zweifel.

»Uns geht es hervorragend. Auf dem Land lässt es sich eben gut leben«, antwortete ihre Schwester, aber sie klang dabei wie eine Schauspielerin, die eine einstudierte Rolle ohne Überzeugung zum Besten gab, irgendwie falsch.

»Ja, sehr gut«, beeilte sich Tom eine Spur zu eifrig. Sie nickte und versuchte zu lächeln, was ihr nicht recht gelang.

»Ich gehe mir die neuesten Rosenkreationen ansehen.« Sie war froh, dem quälenden Gespräch schnell wieder entkommen zu können, der Höflichkeit hatte sie Genüge getan.

Ihr Vater führte sie in sein Gewächshaus hinter dem Schloss, in dem rechts und links prächtige Rosensträucher in allen Farben blühten, es duftete nach Sommer, und aus einem Lautsprecher erklang eine Vogelstimme, die melodisch sang.

»Eine Nachtigall«, erklärte ihr Vater lächelnd, der ihrem Blick an die Decke gefolgt war, »aber leider nur vom Band.«

Er wollte ihr wie immer seine neueste Züchtung zeigen. Er hatte als Einziger in der Familie einen grünen Daumen und war ein begnadeter Rosenexperte, mit dem sogar die englische Queen, mit der sie entfernt verwandt waren, einmal wegen einer seiner Sorten Kontakt aufgenommen hatte.

Vor einem Rosenstock mit großen Blüten, die außen pink und in der Mitte gelb waren, blieb er stehen. »Das ist die *Soltauer Morgenröte*, auf die ich stolz bin. Sie ist nicht nur eine Schönheit mit dieser Farbkombination, sie hat zudem einen aromatischen Duft.« Er hielt ihr eine Blüte hin, damit sie selbst daran schnuppern konnte. »Was riechst du?«

Sie schloss die Augen und konzentrierte sich: »Ein Hauch reife Orange, etwas Frisches, Zitrone? Und sanfte Süße. Hmm, das hätte ich gerne als Parfüm.«

Er nickte lächelnd. »Gut geraten, all das ist im Bouquet enthalten, außergewöhnlich rund.«

»Und hat die Queen schon wieder angerufen?«, fragte ihn Rike. Er streichelte die Pflanze behutsam: »Noch nicht, aber du bist eine der Ersten, die dieses Wunder in voller Schönheit erlebt, ich habe sie bislang nicht offiziell vorgestellt.«

Dann sah er von seiner Rose zu seiner Tochter und fragte: »Wie gefällt dir deine Arbeit? Warum bist du denn versetzt worden?« Sie zögerte einen Moment, dann entschloss sie sich, ihren Vater in den Hamburger Fall einzuweihen.

»Kazumi war Architekturstudentin – sie kam nicht vom Joggen zurück. Zwei Tage später wurde sie gefunden, entsorgt in einer Abfalltonne«, erzählte sie, und ihr Vater hörte aufmerksam zu. Nachdem die japanische Botschaft wegen der ergebnislosen Ermittlungen offiziell interveniert hatte, waren Rike und zwei Kollegen von außen hinzugezogen worden. »Was auffiel, war schlampige Polizeiarbeit. Akten, in denen Seiten fehlten, oberflächliche Befragungen, verschwundene Beweismittel.« Alle Sexualstraftäter sowie die Kontakte der jungen Frau waren als Täter ausgeschlossen.

»Dann präsentierte sich ein 20-jähriger Arbeitsloser mit seiner Mutter, die ausgerechnet Polizistin war, bei uns und machte eine Aussage. Angeblich hatten er, seine Freundin und Kazumi gemeinsam Sex, dann sei die Studentin lebendig aus der Wohnung gegangen«, erzählt Friederike. Bei jeder Befragung war die Mutter anwesend. Die Angaben der Partnerin und des Umfelds ergaben zahlreiche Widersprüche. Die Frau hielt dem Druck nicht mehr stand. Sie schilderte den sadistischen Mord durch den jungen Mann in allen Details. Damit war der Täter nach Rikes Einschätzung überführt.

»Ich habe den festgenommen, er ist mit voller Wucht mit einem Baseballschläger auf mich losgegangen, den ich durch einen Tritt abgewehrt habe – am nächsten Tag war ich suspendiert. Der Verdächtige kam frei, und ich hatte ein Verfahren am Hals«, berichtete Rike geknickt.

»Aber das kommt doch häufiger vor, solche Anzeigen gegen Ermittler, meist enden sie im Nichts …«, wunderte sich ihr Vater.

»In dem Fall ist aber die Mutter Polizistin und zudem mit dem Polizeipräsidenten verheiratet. Dieser ist der Stiefvater des Verdächtigen. Da sagen dann Polizisten gegen einen aus, und Vernehmungsprotokolle verschwinden. Am Ende hatte der Kollege, der dran geblieben ist, nichts mehr in der Hand.«

Ihr Vater legte seinen Arm um sie:

»Der Fall geht dir nah.«

Sie schluckte. »Mir tun die Eltern leid, und ich bin entsetzt, dass sich so etwas bei meiner Behörde abspielt. Fälle aufklären, den Opfern die Würde zurückgeben – dafür bin ich doch Polizistin geworden.«

»Du weißt, in der Kanzlei ist immer ein Platz für dich frei. Du bist jung und kannst noch mal von vorne anfangen!«

Sie umarmte ihren Vater. »Danke, Papa, aber die Arbeit macht mir Spaß. Jedenfalls, wenn die Ermittlungen normal laufen und mir nicht Felicitas als Anwältin gegenübersteht.«

»Ich habe ihr abgeraten, diesen Fall zu übernehmen, als ich gehört habe, dass du daran arbeitest. Aber du kennst sie ja.« Rike zweifelte, denn trotz seiner gütigen Art hatte ihr Vater immer einen extremen Ehrgeiz, was seine Töchter betraf. Und er verstand es meisterhaft, die beiden zu einem Wettlauf anzustiften. Jetzt sah er sie an und strich ihr liebevoll über die Wange: »Es ist schön, dass du hier bist.«

Für Rike war der Besuch eine schmerzhafte Rückkehr in die Vergangenheit. »Papa, das ist schwer für mich, hier im Schloss. Da Felicitas und Tom …« Er war der Einzige, bei dem sie sich mit dieser Andeutung für ihre Verhältnisse öffnete, mit keinem anderen Menschen hatte sie ihre schwärzesten Stunden voller Liebeskummer jemals nur angedeutet.

Ihr Vater brummte verständnisvoll: »Weiß ich doch, mein Kind. Das ist hart für dich, aber du musst nach vorne sehen, sonst lebst du am Leben vorbei. Vergiss ihn, er ist auch nicht der strahlende Held, der er zu sein scheint. Ich weiß nicht, ob er dir hätte genügen können.«

Sie wusste zwar nicht, was er gemeint hatte, nickte aber, als er vorschlug, zum Dinner zu gehen. Das Esszimmer war wie immer mit einem weißen Tischtuch und dem feinen Blümchenservice eingedeckt, in den silbernen Kerzenständern flackerten Kerzen. Ihre Mutter platzierte sie am Ende der Tafel zwischen sich und ihrem Vater. Felicitas nahm an der Seite ihres Papas Platz, Tom neben Mama. So hatte sie ein wenig Abstand.

»Wie läuft denn deine Praxis?«, fragte sie Tom unverfänglich und hoffte, dass er sie mit der einen oder anderen Tieranekdote erheitern würde. Doch seine Mundwinkel zogen sich nach unten.

»Ich habe mich beruflich verändert, bin jetzt Amtstierarzt«, entgegnete er einsilbig.

Er hatte doch immer von einer eigenen Praxis geschwärmt, Rike musste die Information verdauen und konnte erst mal nichts sagen. Von der Stille fühlte er sich offensichtlich zu einer Erklärung genötigt: »Die Bauern sind knauserig, man ist immer auf der Achse und hat am Monatsende doch wenig auf dem Konto. Das hat sich nicht mehr gelohnt.«

Das klang ja fast, als ob er pleite gegangen war. Und das überraschte Rike, denn es gab ja die zahlreichen Hunde- und Pferdebesitzer, sogar Gestüte, die Rennpferde züchteten. Sie konnte nicht verstehen, wie ein Tierarzt in dieser Region zu wenig verdienen konnte.

»Tom ist ein hervorragender Veterinär«, sprang ihm Felicitas zur Seite. Niemand sagte etwas, doch endlich kam die Suppe. Pilzsuppe, stellte Rike fest, die hatte sie schon immer gehasst. Wie nett, dass Greta daran gedacht hatte, ihr gleich mit dem ersten Gericht subtil zu zeigen, dass sie nicht willkommen war.

»Und, Greta, Fliegenpilze hineingeschnippelt?«, fragte sie, da ein paar Minuten vergangen waren, in denen niemand etwas gesagt hatte. Doch den blöden Scherz hätte sie sich lieber sparen sollen.

»Dass du mit deinem Beruf solche hässlichen Sachen sagst, ist ja kein Wunder«, sagte ihre Mutter scharf.

»Warum nicht, Rike hatte schon immer diese Polizistenmentalität. Am liebsten hätte sie uns jeden Tag ins Röhrchen pusten lassen und Knöllchen verteilt, wenn wir unser Auto im Schlosshof nicht gerade geparkt haben«, fiel ihre

Schwester ein und lachte wiehernd über ihren eigenen Witz.

»Hätte keinen Sinn, ich frag mich immer, mit wem du geschlafen hast, um den Führerschein zu bekommen!«, gab es ihr Rike zurück und ärgerte sich, dass sie auf diesen spätpubertären Streit eingegangen war.

»Jetzt reicht es aber. Kann diese Familie nicht einmal in Frieden miteinander essen!« Ihr Vater warf seine Stoffserviette auf den Tisch, sprang auf und verließ den Raum.

»Rüdiger«, rief ihre Mutter rannte hinterher. Nur Tom hatte seinen Kopf gesenkt und löffelte stumm seine Suppe. »Wir haben noch jede Menge Arbeit. Dann gehen wir auch«, sagte Rike zu Prinz und war insgeheim froh, dem Essen zu entkommen. Sie hatte keine Eskalation herbeiführen wollen, doch es dauerte kaum eine Stunde, bis sie in ihre alte Rolle verfallen war. Schnell bog sie in die Küche ab, wo sie Greta am Tisch sitzen sah, ihre Schultern bebten. So wenig sie die »gute Seele des Hauses« leiden konnte, bekam sie doch ein schlechtes Gewissen.

Sie legte ihr die Hand auf den Arm und sagte dann: »Greta, das tut mir leid, ich habe das nicht so gemeint. Aber Pilze habe ich noch nie gemocht.«

Die Haushaltshilfe nickte stumm. In dem Moment sah Rike, dass Prinz mit beiden Vorderpfoten auf dem Tisch stand und seine Schnauze genüsslich in die Garpfanne mit dem Braten gesteckt hatte. Peinlich berührt sah Rike, dass er an dem letzten Stück Fleisch kaute, nur die Soße war noch in der Pfanne. Entsetzt schrie Greta auf, als sie das Malheur entdeckte: »Oh nein, der Rehbraten. Herrjemine, Rike, du hast dich kein bisschen verändert.«

Offenbar glaubte sie, dass Rike ihr absichtlich einen Streich gespielt hatte. Das folgte den alten Mustern. Stets hatte die Haushälterin sie verdächtigt, selbst wenn Felicitas die Übeltäterin war. Sie widersprach nicht, Greta hätte ihr ohnehin nicht geglaubt. Nur weg aus diesem Haus, so schnell wie möglich, ihre Vergangenheit hinter sich lassen.

Rike packte ihren Vierbeiner am Halsband und zerrte ihn so durch die Halle und aus dem Haus. Ihr Blick fiel auf einen zusammengefalteten Zettel unter dem Scheibenwischer. Sie stieg noch mal aus und faltete das unlinierte weiße Blatt auseinander.

»Muss dich dringend sprechen. Es ist ein Notfall. Bitte schnellstmöglich melden, damit wir ein Treffen ausmachen können, am besten heute. Niemanden über meine Nachricht informieren, bitte! T.«

Sie überlegte, aber diese Botschaft konnte nur von Tom sein, die musste er angebracht haben, als sie im Gewächshaus war. Dass er es wagte, wieder mit ihr anzubandeln. Sie knüllte den Zettel wütend zusammen und warf ihn ins Auto neben sich, fuhr mit quietschenden Reifen aus dem Hof, nahm die Straße direkt in Richtung Autobahn. Vielleicht schaffte sie einen Spaziergang am Strand, bevor es dunkel wurde.

Kurz nach dem Ortseingangsschild ließ sie sich die Nachricht durch den Kopf gehen. Es hatte andererseits dringend geklungen. Sie glättete das Papier und las es noch mal durch. Da er etwas von einem Notfall schrieb, ging es ihm nicht um ein privates Techtelmechtel. Wollte er sie als Polizistin sprechen? Wenn dem so war, sollte er sich an einen Kollegen wenden. Der Mann war für sie erledigt – und es gab keinerlei Gründe, das zu ändern. Neugierig war sie, doch anrufen würde sie ihn nicht. Statt direkt zu ihrem Quartier zu fahren, war sie nach Dorum-Neufeld abgebogen. Vom Deich aus sah sie den Sonnenball, der das Wolkengebirge rotorange tünchte. Schwarz hob sich der Leuchtturm Obereversand mit seiner bizarren Treppenkonstruktion ab. Rike liebte dieses ungewöhnliche Gebäude. Sie parkte den Wagen und lief am Priel entlang bis zum grünen Strand, folgte der Küstenlinie und sah einem Vogelschwarm zu, der kunstvoll Wolken formte. Dann fuhr sie zu ihrer Ferienwohnung.

Die beiden Schwestern Luisa und Sabine saßen mit einem jüngeren Paar in der Diele. Die vier waren in eine angeregte Diskussion vertieft. »Frau von Menkendorf, setzen Sie sich doch zu uns«, rief ihre Gastgeberin. »Wir diskutieren die Hengstwahl für Henriette de Pompadour. Das sind unsere wundervollen Tierärzte.« Das Paar reichte ihr die Hand. Spontan nahm sie den angebotenen Stuhl, das würde sie auf andere Gedanken bringen. Die Schwestern schoben ihr den Tablet-Computer hinüber. »Was meinen Sie: Wir schwanken zwischen diesen beiden Prachtexemplaren.« Zu sehen waren charaktervolle Pferdeköpfe. »Wir haben eine Springpferdezucht, und diese Hengste kommen infrage. Aber wir können uns nicht für einen der beiden entscheiden«, seufzte Rikes Tischnachbarin. »Da wäre einmal Ramses Radioso. Mein Favorit«, sie zeigte einen stolzen Charakterkopf, dessen Fell fast golden in der Sonne glänzte. »Und hier Beautyful Diamond, ein Dunkelfuchs. Schauen Sie nur, diese ausdrucksvollen Augen! In den hat sich Luisa verliebt. Was meinen Sie?«

Rike sah sich die Tiere genau an. »Wunderschöne Pferde. Ich würde eine Münze werfen.« Sie wurde beauftragt, ein Zwei-Euro-Stück in die Luft zu schleudern. Kopf oder Zahl sollten über den Vererber entscheiden. Ramses Radioso gewann die Abstimmung.

KAPITEL 30

Martha saß in ihrem Atelier vor einer Staffelei und starrte auf die grundierte Leinwand und die Vorlage, nach der sie an dem Tag arbeiten wollte. Auf einem Tischchen neben ihr stand das Holzbrettchen mit den angerührten Farben. Doch sie brachte die Energie nicht auf, einen Pinsel in die Hand zu nehmen. Tiefe Traurigkeit hatte sich wie ein Schatten auf ihre Seele gelegt. Immer wieder stellte sie sich die Frage nach dem Warum.

Aufträge hatte sie genug, ein Stapel Fotos lag auf ihrem Schreibtisch in der Ecke des ehemaligen ausgebauten Schweinestalls in ihrem Resthof in Finstermoor. Seit über fünf Jahren lebte sie mit ihrem Mann Herbert in dem Dörfchen, sie waren aus Hamburg aufs Land gezogen, nachdem er nach einer Schiffshavarie schwer verletzt geborgen worden war. Seitdem erhielt er eine stattliche Berufsunfähigkeitsrente.

Martha hatte früher in einem Kosmetiksalon und einer Boutique gearbeitet, dann hatte sie unerwartet ein kleines Vermögen von einer Tante gerbt. Davon hatte sie das Häuschen in Finstermoor gekauft und genügend Rücklagen geschaffen. Sie beschäftigte sich mit den schönen Dingen des Lebens: dekorieren und malen. Das Haus war mittlerweile eingerichtet, ihre Leidenschaft für die Malerei war geblieben – selbst wenn ihr die Kulturszene des benachbarten Städtchens Cuxhaven die Anerkennung versagte. Sie war überaus erfolgreich. Martha malte Vierbeiner: Hunde, Pferde oder Katzen. Niemand schaffte es so wie sie, das

Wesen und den Gesichtsausdruck der geliebten Tiere festzuhalten, neuerdings schickten ihr Pferdebesitzer aus ganz Deutschland und manchmal sogar aus dem Ausland Vorlagen für Porträts. Sie hatte eine riesige Fangemeinde auf Internetportalen. Schon kurz nach dem Sommer begann das Weihnachtsgeschäft, und in den folgenden Monaten arbeitete sie fast im Akkord ihre Aufträge ab.

Seit Holger tot war, hatte sie keinen Pinsel mehr in die Hand genommen. Sie hatten jeden Antrieb verloren, es war ein so sinnloser Tod. Wie konnte das nur geschehen? Wo er sich doch immer zur Wehr zu setzen wusste gegen das Böse. Kennengelernt hatte sie ihn wegen der Hunde. Er hatte über den Gartenzaun hinweg zugeschaut, wie ihre Hündin Paula ein Federkissen zerlegte und damit wie eine weiße Wolke auf der Wiese getobt war. Das Bellen auf seinem Grundstück war nicht zu überhören, da wohnte ein Mann, der Hunde liebte, genau wie sie.

»Hallo«, hatte sie erfreut gerufen. Sie hatte nicht viele Kontakte auf dem Dorf. Hier gehörte man nur dazu, wenn die Vorfahren seit Generationen im Ort lebten. Endlich mal jemand, der nicht ausspuckte, weil sie eine Fremde war, und dann umgehend die Straßenseite wechselte, so wie es Einheimische taten. Er hatte kurz und scheu gegrüßt und sich schnell wieder zurückgezogen. Als sie ihn das nächste Mal erspähte, lud sie ihn zum Kaffee ein.

Am Tag darauf hatte er geklingelt. Der Nachmittag war nicht gut gelaufen. Herbert hatte ohne Unterbrechung von seinen goldenen Zeiten als Kapitän gesprochen, von der ach so großen Verantwortung, von den Stürmen, den Häfen, all den Frauen, die sich dort an den Kais drängten. Sie konnte diese Leier nicht mehr hören, diese ewige Angeberei. Dann hätte er sich ja nicht in Rente schicken lassen müssen, wenn das alles so toll war.

Holger Waldmann sagte wenig und nickte gelegentlich, er sah aus, als ob er lieber woanders sein wollte. Dann sprach ihn Herbert auf die Hunde an, das Gekläffe sei doch laut, warum er denn bloß so viele von denen halten müsse. In dem Moment wurde Holger Waldmann wütend:

»Was ich auf meinem Territorium tue oder lasse, geht Sie überhaupt nichts an. Wenn Sie mich deshalb eingeladen haben: Ich war vor Ihnen hier, werde danach in Finstermoor sein und ich verkaufe nicht. Klagen Sie gerne, das haben die anderen versucht!« Dann nickte er ihr zu und ließ die Tür krachend ins Schloss fallen, als er das Haus verließ.

Sie hatte Herbert beschimpft, so sauer war sie über sein Verhalten. »Wenn du noch mal einen meiner Gäste vergraulst, zieh ich zurück nach Hamburg. Das ist schwer genug, Bekanntschaften aufzubauen, und du torpedierst das!«

Er hatte gebrüllt, dass ihn solche Typen überhaupt nicht interessierten, ebenso wenig wie die ganzen anderen Landpomeranzen, das sei doch unter ihrem Niveau. Wozu bräuchten sie denn die bornierten Dorfdeppen von Finstermoor. Sie solle sich nicht einfallen lassen, noch mal so jemanden einzuladen. Ein Wort gab das andere.

»Das ist mein Haus! Ich entscheide, wen wir einladen, und niemand sonst«, hatte sie zurückgebrüllt, wonach Herbert, der an dem Tag schon fast seine übliche Flasche Whisky intus hatte, ausgeholt hatte. Sie war gegen die Tür der Speisekammer geflogen und dann zu Boden gegangen. Sie hatte sich nicht verletzt, war erschrocken von seiner gewalttätigen Reaktion. Herbert war zwar manchmal bockig, aber sanft wie ein Lamm. Er hatte übergangslos angefangen zu heulen und sich entschuldigt. Doch dieses Mal war er zu weit gegangen, sie hatte ohnehin die Nase voll von seiner dauernden Angeberei und dem Alkoholdunst, den er verströmte. Er hatte eine Linie überschritten, und es gab kein Zurück. Was sollte sie mit so einem Häufchen Elend? Eigentlich war sie schon lange mit ihm fertig, sie hatte nur niemals darüber nachgedacht.

Sie war in die Gästewohnung gezogen, die im hinteren Hausteil direkt über ihrem Atelier lag, und dort wohnte sie seither. Ein gemeinsames Schlafzimmer hatten sie schon vorher nicht mehr gehabt, weil Herbert schnarchte wie ein Sägewerk.

Nach einigen Wochen und Entschuldigungen über den Zaun hatte sie es geschafft, dass ihr Nachbar ihr diese misslungene Einladung verzieh. Sie redeten am Gartenzaun über die Hunde, das Wetter, und er fragte sie gelegentlich nach ihrer Malerei. Eines Tages hatte er sie eingeladen, ihn in seinem Haus zu besuchen. Sie hatte keine Lust auf Herberts Kommentare oder gar den Dorfklatsch und war über eine Trittleiter am Zaun geklettert, statt außen entlang zu gehen. Sein Haus und sein Grundstück wirkten verwahrlost. Nur die Hunde pflegte er mit Hingabe. Alle waren wohlgenährt, und er behandelte sie sanft, liebevoll. Sie hielt sich mit jeglicher Kritik zurück, denn sie hatte erlebt, wie er auf Einmischung reagiert hatte. Seine Hundezucht hatte sich auf das ganze Heidehaus ausgedehnt, überall standen Hundebetten herum sowie Sofas nur für die Vierbeiner. Der Geruch war beißend und kaum auszuhalten, doch das schien er nicht mehr wahrzunehmen. Nach der Besichtigung seiner Zucht und des Pensionsbetriebes hatte er sie in den einzigen Wohnraum eingeladen, den er benutzte. In seinem Zimmer befanden sich ein großer grüner Kachelofen, ein Bett, ein Schrank und eine uralte zerschlissene Biedermeiersitzgruppe. Dort war es halbwegs sauber und roch nicht so streng wie in den übrigen Räumen.

Sie hatten Kaffee getrunken und geredet, über Gott und die Welt, Hunde, das Leben, Enttäuschungen, Träume. Es war, als würden sie sich schon lange kennen.

»Du bist nicht so wie die anderen«, hatte er dann gesagt und sie ihm bestätigt: »Du auch nicht.« Er war einsamer als sie, obwohl er aus dem Dorf stammte.

Er war nicht der Mann, in den man sich verliebte, sie schätzte ihn als echten Freund. Er konnte zuhören und hatte Verständnis dafür, wie sie darunter litt, vom kleinstädtischen Kunstestablishment abgelehnt zu werden, die sahen von oben herab auf die Hundemalerin. Wenn sie zu einer Ausstellungeröffnung ging, hatte sie schon mitbekommen, wie zwei örtliche Hobbymalerinnen, die in diesem Kunstverein organisiert waren, hinter ihrem Rücken »Wau, wau«, gerufen und gekichert hatten. Holger hatte ihr erzählt, wie er zu kämpfen hatte und wie er vergeblich mit seinen Forschungsergebnissen über die Hundeseuche von A nach B gelaufen war. Das brachte ihn zunehmend zur Verzweiflung. In den letzten Wochen war sie seltener zu Besuch gekommen.

»Meine Hunde sind wieder krank«, hatte er ihr bei einem kurzen Treffen am gemeinsamen Zaun berichtet. »Was haben sie denn? Kann ich helfen?«, hatte sie nachgefragt. Er sah leichenblass aus, hatte tiefe Augenringe und wirkte niedergeschlagen. Doch er schüttelte den Kopf: »Das ist wieder diese Katzenseuche. Irgendwie haben sie es geschafft, das in meinen Bestand zu bringen. Halte lieber Abstand, das ist ansteckend.« Schweren Herzens hatte sie sich verabschiedet. In den Tagen darauf kam er nicht mehr zu ihrem Treffpunkt. »Fast alle haben sich angesteckt, ich bin mit der Pflege beschäftigt«, hatte er geschrieben. Nur einmal traf sie ihn noch, er hatte sie gebeten, Medikamente mitzubringen. »Bitte sei vorsichtig, du musst deine komplette Kleidung nach dem Besuch desinfizieren, setz am besten eine Haube auf«, hatte er empfohlen.

Sie hatten vor seinem Haus einen Tee getrunken, den sie mitgebracht hatte und er nahm ein Stück des Kuchens. Hastig schlang er ihn hinunter, er sah ausgemergelt aus, viel schien er nicht zu essen.

»Wer ist das, der dir schaden will?«, fragte sie ihn. Sie war sich nicht sicher, ob er sich in etwas verrannt hatte, sich allgemein bedroht fühlte.

Er war schon immer angefeindet worden an diesem Ort. Er hatte von seiner schrecklichen Kindheit erzählt, wie die anderen ihn von Anfang an ablehnten, weil er ein uneheliches Kind mit unbekanntem Vater war, das zudem in Armut lebte.

»Irgendwann kam heraus, dass der ehrenwerte Dorfschulze mein Erzeuger war. Ein Skandälchen.« Er lachte lange darüber. »Er hat mich zwar zu Lebzeiten nie anerkannt, aber als einen der Erben eingesetzt«, erzählte Holger Waldmann.

Das war kein Ausgleich für all die vaterlosen Jahre. Doch er hatte Haus und Grundstück und ließ sich von niemandem mehr etwas gefallen aus diesem Dorf. Er nahm ein zweites Kuchenstück und verspeiste es ebenso hastig. »Wer will dich denn vernichten, aus welchem Grund?«, fragte Martha.

»Die Verwandtschaft, sie wollen mich kleinkriegen, indem sie meine Hunde infizieren. Die sind in Rage, seit ich Haus und Grund von Vater geerbt habe!«

Er hatte wegen der Krankheit seiner Hunde geforscht, es war die zweite Ansteckungswelle im Bestand. Er hatte sich eingelesen, weitergebildet, unzählige Bücher zu dem Thema gelesen, kannte die Fachbegriffe. »Das habe ich dir ja schon mal gezeigt.«

Martha erinnerte sich, wie er ihr sogar Bakterien unter dem Mikroskop gezeigt, ihr alles geduldig erklärt hatte. Doch keiner der klugen Leute, denen er seine Forschungsergebnisse mitteilte, hatte ihm geglaubt. Weder der Veterinärmediziner noch die Wissenschaftler in Hannover. Er schien wirklich Ahnung zu haben.

»Aber warum hat der Tierarzt dir das nicht geglaubt?«, fragte Martha nach. »Der steckt mit denen unter einer Decke. Er hatte eigene Interessen, er hat meine Untersuchungsergebnisse geklaut. Ich möchte, dass du das alles bekannt machst, wenn mir etwas passiert.«

Er hatte ihr seine Kladden mit der kompletten Dokumentation übergeben und sie gebeten, diese sicher aufzubewahren, außerdem hatte er eine Bitte.

»Ich habe es nicht so mit den neuen Sachen wie Internet. Aber ich brauche einen Beweis, den du dort finden kannst, eine Doktorarbeit. Wenn du mir das Dokument besorgst, kann ich alles lückenlos nachweisen.«

Sie versprach ihm, der Sache nachzugehen. Eigentlich hatte sie gedacht, dass er übertrieben hatte. Nach all den unangenehmen Erlebnissen sah er in allen Menschen Feinde, die sich gegen ihn verschworen hatten. Er hatte Ordner voller Briefe in seinen Regalen, mit jedem Amt hatte er Streitigkeiten, schrieb Einsprüche. Doch dann hatte sie die Informationen im Netz gefunden. Er hatte recht. Aber nach seinem Tod konnte sie ihm die Unterlage nicht mehr übergeben. Sie hatte sich alles genauestens angesehen und begann das, was sie für eine Verschwörungstheorie gehalten hatte, ernst zu nehmen. Da hatte jemand Interesse daran, dass er starb. Die hatten das geplant, um ihn zu vernichten. Doch er war nicht alleine. Und sie würde sich rächen für das, was sie Holger angetan hatten.

Er war ihr einziger Freund. Endlich jemand, der sie verstand und mit dem sie reden konnte. Er fehlte ihr so. Doch er war nicht umsonst gestorben. Der Mann, der ihm so zugesetzt hatte, sollte das spüren. Sie würde sein Leben zerstören, so wie er Holger kaputt gemacht hatte.

KAPITEL 31

Es war still im Haus, die Kinder waren im Bett. Margo stand vor dem Fenster ihres Zimmers. Gedankenversunken sah sie hinaus in die dunkel schimmernden Moorflächen zwischen abgebrochenen Baumstummeln. Wie Tentakel ragten Grasbüschel hervor. Sie dachte über das Gespräch mit der Anwältin nach. Die Frau hatte Biss und war mit Sicherheit die richtige Wahl für Augustas Verteidigung. Doch sie hatte einige beunruhigende Neuigkeiten herausgefunden. Henning Lüder stellte Augusta als treibende Kraft für die Demonstrationen hin. Dabei war sie eine Mitläuferin des Dorfmobs, die sich Anschluss erhoffte. Was bezweckte er mit dieser Lüge?

Die Strategie der Anwältin beruhte darauf, beim Haftrichter andere Verdächtige zu präsentieren. Er musste Augusta freilassen, wenn sie bewies, dass die Polizei ihre Arbeit nicht vollständig erledigt hatte. Wie es aussah, suchten sie nicht nach anderen Tätern. Friederike von Menkendorf und ihre Kollegen schienen sich verrannt zu haben. Margo blickte über die Baumwipfel zu Waldmanns Anwesen, wo noch immer Polizisten in den Trümmern wühlten. Dort würde sie lieber keine eigenen Untersuchungen anstellen. Warum sollte sie nicht die ehemaligen Nachbarn des Opfers befragen? Einige von ihnen waren ja mit bei den Demonstrationen durch das Dorf gezogen.

Nachdem die Kinder morgens in den Schulbus gestiegen waren, klingelte sie bei dem Paar im Sportlerheim. »Müller« stand auf dem Klingelschild, die rotwangige runde

Frau öffnete die Tür und sagte: »Guttten Tack. Was mochten Sie?«

Der Akzent klang russisch.

»Guten Morgen«, grüßte Margo zurück. »Sie leben doch direkt neben dem Unglückshaus. Dort ist mein Patenkind verschwunden. Ich wollte gerne mit einem Augenzeugen dieser Ereignisse sprechen«, erklärte sie.

Die Frau sah sie fragend an, und Margo begriff, dass diese nichts verstanden hatte. Da konnte sie nur hoffen, dass der Mann besser Deutsch sprach. Als könnte sie Gedanken lesen, rief die Frau etwas auf Russisch, worauf der ebenso runde Herr Müller erschien.

»Kann ich reinkommen?«, fragte Margo, und die beiden luden sie in ihr Wohnzimmer ein, das eine blau-gelb gemusterte Megacouch etwa zur Hälfte füllte. Davor flackerte eine Talkshow auf *RTL*, die Herr Müller umgehend leiser stellte.

»Womit kann ich Ihnen helfen? Sie wohnen doch nebenan, oder?«, fragte er grammatikalisch korrekt mit leichtem Akzent. Sie lächelte die beiden an und sagte dann: »Ich bin in Frankreich aufgewachsen, meine Mutter war aus Polen. Und Sie?«

»Aus Kasachstan zugezogen, aber wir sind Deutsche«, erklärte Herr Müller stolz, als ob das ein Verdienst wäre.

»Sie sprechen die Sprache sehr gut«, lobte sie.

Seine Frau war verschwunden, und Margo hörte, wie sie in der Küche hantierte. Kurz darauf kam sie mit einer Platte voller belegter Brötchen zurück, fragte, was sie trinken wolle, und brachte den gewünschten Kaffee. Die beiden schienen sich über Besuch zu freuen, und Margo vermutete, dass sie ebenso wie Augusta von den anderen Dorfbewohnern privat gemieden wurden.

»Wie wir können helfen?«, bemühte sich Frau Müller um einen korrekten Satz, griff nach dieser Anstrengung zur Platte und nahm sich ein Leberwurstbrötchen, in das sie mit gesundem Appetit hineinbiss.

»Wir wüssten gerne, was genau an dem Wochenende bei Ihrem Nachbarn geschehen ist und ob Sie etwas beobachtet haben?«, fragte Margo.

»Komische Mann, allein mit so vielen Hunden«, antwortete Frau Müller.

»Schwieriger Mensch. Hat uns einmal beschimpft wegen der Schießanlage, da war es etwas später geworden. Stand er vor der Tür mit Kampfhunden und hat gedroht«, fiel ihr Herr Müller ins Wort. »Hat uns Kanaken genannt.«

»Früher hat er selber geschossen mit komische Freund, dem Bauern. Aber dann gab es böse Streit, haben sich geprügelt vor Haus. Er kam nie mehr«, sagte er.

»Wer war dieser Freund?« Das klang durchaus nach einem Verdächtigen. »Volker Wenning, Bauer mit vielen vielen Kühen.« Er deutete in die Richtung des Dorfzentrums, wo Margo sich an einen Stall erinnerte und genauso an den mörderischen Gestank nach Gülle, der an manchen Tagen bis zu ihnen wehte. »Worüber haben die sich denn gestritten? Wann war das?«

Müller nahm einen Schluck und überlegte. »Keine Ahnung, irgendwelche Moorflächen. Ist schon etwas länger her.«

Margo fragte, ob die beiden ansonsten jemanden bei ihm beobachtet hatten. »Gab es Freunde, Partnerinnen oder andere Kontakte?«

»Die Mädchen waren oft da. Einmal habe ich gesehen Frau«, sagte die Wirtin. Margo wartete, ob sie das weiter ausführen würde, doch diese schwieg.

»Wie sah sie aus? Kannten Sie sie?«

»Nicht alt, nicht jung, dunkle Haare, sah aus wie Frau Löwen, aber war zu weit weg.«

»Wann war das denn?«

»Ist schon Wochen her«, sagte Frau Müller. Das half ihr nicht direkt weiter. Sie musste erfahren, ob die beiden in der Mordnacht etwas mitbekommen hatten, das Augusta entlastete.

»Sie haben ja harte Zeiten durchgemacht. Diese Explosion gleich in der Nachbarschaft, das ist doch beängstigend. Haben Sie nichts gesehen oder gehört, vorher? Ist jemand dorthin gegangen, kam von dort?«

»Wir hatten an dem Abend eine lustige Runde, bin aber früh weg. Ich habe geschlafen wie ein Bär. Russischer Wodka – das perfekte Schlafmittel«, sagte Herr Müller, und seine Gattin nickte. Schade, wäre zu schön gewesen.

»Wer war denn dabei?«, wollte Margo wissen.

»Fast alle Stammgäste, bis auf Augusta, ist früh gegangen, sich um Tochter kümmern. Der komplette Gastraum war voll«, sagte Herr Müller. »Henning hat den Ausschank übernommen, wir haben um Mitternacht Schluss gemacht. Die anderen wollten weiterfeiern. Das ging Stunden so weiter.« Margo überlegte, das war wichtig. Vielleicht fand sie heraus, wer zu welchem Zeitpunkt gegangen war. »Und den Ausschank hat Henning Lüder die ganze Zeit gemacht, ohne Pause?« Es schien ihr unwahrscheinlich, dass er lückenlos mehrere Stunden an der Bar gestanden hatte.

Herr Müller zuckte mit den Schultern. »Keine Ahnung, Kasse hat gestimmt.«

»Und der Wenning war da?«

»Nein, komische Mann. War wie Waldmann. Immer allein, manchmal mit andere in Militäruniform.« Er machte eine Bewegung wie ein schießendes Gewehr. Margo wurde daraus nicht schlau. »Auf wen hat er denn geschossen?«

Müller zuckte mit den Schultern. »War so eine komische Gruppe. Immer Übungen im Wald, manchmal hier im Schießstand. Gab gutes Geld!« Ob das irgendetwas mit dem

Tod von Waldmann zu tun hatte? »Waren diese Männer hier und könnten etwas mit der Explosion zu tun haben?«

Müller schüttelte den Kopf: »Schon lange nicht in Finstermoor. Seit Prügelei mit Waldmann gab es keine Übungen, niemand von denen war mehr hier.« Das musste nichts bedeuten, sie konnten unbemerkt auf das Grundstück gelangt sein.

»Streit mit allen Nachbarn, kein Wunder, dass Mann tot. Nur eine Frage der Zeit«, vermutete der Wirt.

Sie nickte. Natürlich konnte der Verdächtige aus der Nachbarschaft kommen. Margo musste an den Fall denken, der vor einigen Jahren in der Presse ausgewalzt wurde. Ein gewaltsamer Nachbarschaftsstreit in Sachsen, der über einen Maschendrahtzaun geführt wurde. Das erschien ihr unwahrscheinlich als Mordmotiv, aber nicht abwegig. Die verrücktesten Geschichten schrieb einfach das Leben.

Vor allem mit zwei Anwohnern sollte der Waldschrat sich gestritten haben. Zum einen mit dem rückwärtigen Nachbarn, Eduard Scholten, sowie dem pensionierten Kapitän, Herbert Löwen, dessen Grundstück neben dem von Waldmann lag. Mit Henning Lüder, dem Ortsvorsteher, hatte er auch im Clinch gelegen.

»Weil die Mädchen bei ihm waren?«

»Nein, schon vorher. Immer wieder Probleme«, sagte Herr Müller. Mit Henning Lüder musste Felicitas von Menkendorf noch mal sprechen, sie würde sich um die anderen Nachbarn kümmern. Sie bedankte sich bei den Wirtsleuten, die ihr zum Abschied einen Wodka aufdrängten, für den Weg. Margo sah auf die Uhr, die Kinder würden gleich nach Hause kommen, und sie hatte nichts gekocht. So langsam hatten sie die Fertigpizzen satt. Aber sie hatte jetzt einen Erfolg versprechenden Ansatz, all die Personen, mit denen Waldmann gestritten hatte. Dem würde sie nachgehen, dann ergaben sich neue Verdachtsfälle.

KAPITEL 32

Hufgetrappel, Poltern. Rike schreckte aus dem Schlaf hoch, hatte sie das geträumt? Die Sonne ging auf und färbte das Wolkengebirge in leuchtendes Purpur. Rufe, Türen knallten. Auf dem Hof fand sie ihre Gastgeberinnen mit Halftern und einem Eimer voller Futter in der Hand, die an einer Öffnung des Zauns standen. Die Herde war durch die Absperrung gebrochen und galoppierte die Straße entlang.

»Rufst du die Meyers an?«, schrie Luisa ihrer Schwester zu. »Kann ich helfen?«, fragte Rike.

»Die Pferde sind ausgebrochen, gleich beginnt der Berufsverkehr. Danke, jede Hand wird gebraucht«, sie warf ihr Halfter und Möhren zu.

Rike fing beides im Laufen auf, dann rannten sie den Flüchtigen hinterher. Sie hatten Glück, die Nachbarn lenkten die Ausreißer auf eine Wiese und schlossen das Tor hinter ihnen. Eine Weile galoppierten die Vierbeiner im Kreis, ehe sie neugierig zum Futtereimer gelaufen kamen. Sie fingen zuerst die Leitstute ein. Dann konnten sie den übrigen Tieren ihre Halfter überstreifen. Zu dritt führten sie die Pferde zurück zum Hof, brachte sie auf eine Wiese mit intaktem Zaun.

»Das könnte der Wolf gewesen sein«, sagte ein Stallarbeiter, der die Ausbruchsstelle musterte. Er deutete auf Fußspuren. »Bitte repariere den Zaun«, bat eine der Schwestern. Rike nahm die Einladung auf einen Espresso an, dann holte sie ihren Hund. Sie wollte den Tatort noch mal inspizieren. Die Kriminaltechniker hatten ihre Untersuchung fertiggestellt und einen Bericht verfasst. In Gedanken ließ sie während der Fahrt nach Finstermoor den Stand der Ermittlungen Revue passieren.

Am Nachmittag fand die Haftprüfung statt. Vor Ort konnte sie besser rekonstruieren, wie die Täterin vorgegangen war, sonst würde ihre Schwester ihre Mandantin freibekommen.

Sie löste das Polizeisiegel am Grundstückseingang und sah hoch zu der Fahne der *Republik Cocker* mit einem Hundekopf, die im Wind flatterte. Das sah fast aus wie eine Satire, hätte da nicht ein Warnschild am Eingang gestanden. »Exterritoriales Gebiet! Dem Personal der Bundesrepublik Deutschland GmbH ist der Zutritt zur Freien Republik Cocker verboten. Bei Zuwiderhandlung wird von Schusswaffen Gebrauch gemacht.« Das klang bedrohlich. Wenn der Mann nicht mausetot in der Gerichtsmedizin läge, würde sie das Gelände mit schusssicherer Weste und Verstärkung betreten. Zweifelsohne ein unangenehmer Zeitgenosse, der nicht nur Augusta Rothermund zur Feindin hatte. Diese hatte aber ein klares Motiv. Hoffentlich fanden sich mehr Beweise.

Sie ging die Auffahrt entlang auf das zu, was von dem Haus übrig geblieben war. Der Bagger stand neben dem gewaltigen Schutthaufen. Damit hatten die Kollegen die Trümmer beiseite geräumt, um Waldmann zu finden. Sie stieg auf den Haufen mit Ziegeln, verbrannten Balken, Fensterteilen und zerborstenen Möbeln. Unter einem Holzhaufen sah sie Ordner herumliegen, die äußerlich vom Löschwasser eingeweicht waren, das Papier innen war erhalten und noch lesbar. Eventuell ergab sich daraus etwas Brauchbares, die würde sie ihrem Kollegen Matthias Jahn übergeben. Sie streifte durch Brennnesseln und dschungelartige Brombeersträucher, beinah wäre sie über rostige Reste eines alten Autos gestolpert. Dann fand sie einen schmalen Weg, auf dem sie besser vorankam, und gelangte zum früheren Haupteingang. Die Mauern dort standen noch, das Tor war zerborsten. Der Brandgeruch brannte in den Atemwegen.

An der Stelle war sie mit ihrem Kollegen hineingestürmt, um die Mädchen zu befreien. Das hatte sie an dem Tag zumindest angenommen, nur wollten die beiden gar nicht befreit werden. Sie hatten sich freiwillig bei dem Mann aufgehalten. Ihr Blick streifte eine Schneise, durch die man die angrenzenden Felder und einen Moorsee hervorschimmern sah. Was für ein herrliches Panorama hätte der Bewohner ohne diese dschungelartige Vegetation sehen können. Aber dafür hatte ein verbitterter Mann wie Waldmann keinen Sinn. Bei ihrem ersten Besuch hatte sie nicht bemerkt, wie weitläufig dieses Grundstück war. Wenn es Bauland wurde, käme ein erheblicher Kaufpreis dafür zustande. In Gedanken notierte sie, die Erbverhältnisse zu prüfen. Ob es ein Testament gab? Sie hatte keine Ahnung, ob er Verwandte hatte. Für die würde sich sein Tod lohnen. Auf dem Gelände fänden einige Einfamilienhäuser Platz. Dort, wo das Moor begann, entdeckte sie eine kleine Pforte im Zaun, dahinter einen Steg.

Ihr Fuß blieb hängen, sie ruderte in der Luft, das Büchlein flog in hohem Bogen in den Dreck und Rike hinterher. Beim Aufstehen fiel ihr Blick auf ein hölzernes Kreuz, daneben ein weiteres. Sie glaubte, ihren Augen nicht zu trauen. An der Westseite des Grundstücks reihten sich braun leuchtende Erdvierecke aneinander, jeweils mit Kreuzen markiert. Das war unwegsames Gelände, sie sank bis zu den Knöcheln in den Boden, konnte ihre Füße mit Mühe wieder hinausziehen. Über ein Brett arbeitete sie sich bis zum ersten Kreuz vor. Ein Name darauf stand. Bora.

Sie schauderte. Das waren Gräber. Wen hatte er dort

verscharrt? Warum im Moor? Waren es nur Hunde? Wenn der Mann ein Pädophiler war, wie sie im Dorf erzählten, was hatte er in all diesen Gruben versteckt? Das mussten sie genauer ansehen. Außerdem hatten sie die Tatwaffe für die Kopfverletzung nicht gefunden.

Sie holte ihr Mobiltelefon aus der Tasche und wählte die Nummer der Kriminaltechniker, doch niemand ging ans Telefon. Es war kurz nach 7 Uhr, die Kollegen waren nicht am Arbeitsplatz. Aber sie wollte baldmöglichst wissen, was es mit diesen Gräbern auf sich hatte. Sie ging nochmals zum Bagger zurück und sah sich um, ob die Techniker Material hinterlassen hatten. In einem Schuppen, der hinter dem Haus gestanden und durch die Explosion sein Fenster verloren hatte, fand sie eine Schaufel. Sie legte Bretter aus und begann, die obere Schicht aufzugraben. Das Material war leichter als Erde, vermutlich Torf. Früher bekamen die Menschen im Dorf eigene Flächen zugewiesen, wo sie ihr Brennmaterial stechen konnten. Er hatte dieses Areal offenbar als seinen Friedhof genutzt. Die Schaufel stieß auf Widerstand, da lag etwas im Grab. Sie schauderte und buddelte vorsichtig weiter, um den Inhalt freizulegen. Die letzten Zentimeter scharrte sie mit den Fingern weg. Sie fühlte flaumige Haare. Verbissen kratzte sie um den Fund herum. Endlich hatte sie die Erde komplett entfernt. Vor ihr lag ein dunkelbrauner Hund, der keine Spuren von Verwesung aufwies. Er schien dort frisch verbuddelt zu sein.

Während des Einsatzes hatten sie tote Tiere gesehen, und damals angenommen, dass er diese getötet hatte. Aber im Nachhinein machte das wenig Sinn, wenn er sich eine solche Mühe mit der Beerdigung gemacht hatte. Sie sah sich die Gräberreihe noch mal an, nicht überall standen Kreuze, und er konnte doch unmöglich vor Kurzem so viele Vierbeiner begraben haben?

Hatte das etwas mit seinem Tod zu tun? Zuerst waren die Hunde tot, dann der Besitzer, sie hatte gelernt, dass es keine Zufälle gab. Welcher Zusammenhang bestand zwischen beiden Ereignissen? Sie blickte über die Kreuze und die offenen Gruben. Es war zu mühsam, all diese Gräber mit der Schaufel zu öffnen, die Kriminaltechnik musste das Feld untersuchen. Noch hatte sie nichts gefunden, was die pädophilen Neigungen des Opfers bestätigte. Diese Information beruhte auf der Aussage von Henning Lüder. Waldmann hatte zwar Vorstrafen wegen Körperverletzung. Kollegen hatten aufgrund von unerlaubtem Waffenbesitz gegen ihn ermittelt. Doch es gab keinerlei Einträge in seiner Akte zum Thema Pädophilie. So ein Gerücht war schnell in die Welt gesetzt, klebte wie Pech an einem Menschen und bedeutete das gesellschaftliche Aus. Ihr Lehrmeister hatte immer Fakten gefordert, das war in einem solchen Fall das Einzige, was zählte.

Sie rief wieder im Kommissariat an und hatte Glück. Volker Hoffmann, der zuständige Kriminaltechniker, ging ans Telefon, und Rike erzählte ihm von ihrem Verdacht, dass tote Kinder auf dem Grundstück verscharrt sein könnten. Sie hatte den Eindruck, dass es dem Kollegen peinlich war, dass sie die Hundegräber übersehen hatten. Er wollte schnellstmöglich anrücken, auch ohne grünes Licht der Kripochefin. Carla Bredow war beim Staatsanwalt, um diesen über laufende Fälle zu unterrichten. Rike hatte vor, in der Zwischenzeit noch mal mit dem Brandexperten zu sprechen, um den genauen Hergang zeitlich besser einzugrenzen.

Prinz winselte, als sie zu ihrem Auto kam, und sie entschloss sich, später eine kleine Runde mit ihm spazieren zu gehen. Sie hatte 17 verpasste Anrufe von einer unbekannten Mobilnummer, etwas musste geschehen sein. Sie vermutete, dass die Nummer einem der Kollegen gehörte, und rief zurück.

»Rike, endlich meldest du dich«, hörte sie eine vertraute tiefe Stimme und hätte am liebsten sofort wieder aufgelegt. Tom. Noch immer brachte der Kontakt sie aus dem Gleichgewicht. »Bitte leg nicht auf, ich brauche deine Hilfe.«

»Du hast doch Felicitas, die kann dir wunderbar helfen«, antwortete Rike und wollte auflegen und endlich aus Finstermoor losfahren.

»Ich werde erpresst, es hat mit deinem Fall zu tun. Bitte hör mir zu«, bettelte er. Er wusste sicher, dass sie dringend auf Informationen angewiesen war, die mit ihrem Fall zu tun haben.

»Aber wehe, es hat nichts mit den Ermittlungen zu tun, dann kannst du etwas erleben«, drohte Rike, die fürchtete, dass dies nur ein billiger Trick sein könnte, um sie zu treffen.

»Doch, hat es. Wo bist du, kann ich hinkommen?«, fragte Tom, und seine Stimme klang brüchig und müde, nicht so voll und fröhlich wie früher.

»Ich bin in Finstermoor, du kannst ja ins Kommissariat kommen«, schlug Rike vor.

»Mir wäre ein Treffpunkt lieber, wo uns niemand sieht. Ich will keine Polizei einschalten – wegen deiner Familie«, bat Tom. »Bei der *Dicken Berta*, da fährst du fast vorbei?«

»Wer soll das denn sein?«, Rike überlegte, ob das jemand aus dem Bekanntenkreis war.

»Ich meine den Leuchtturm am Elbdeich bei Wehldorf, das liegt an deiner Strecke zum Präsidium.«

»Meinetwegen«, stimmte sie widerwillig zu. Am Deich konnten sie eine Runde laufen, sodass Prinz zu seinem Recht kam. Sie fuhr die schmale Dorfstraße zwischen zwei hohen Gräben entlang. Alte Höfe wechselten mit schmalen Grünflächen, die sich zwischen Entwässerungsgräben wölbten wie Schildkrötenpanzer. Mit Schaufeln hatten die Moorbauern einst diese Flächen angelegt. Pferde und Kühe standen in kleinen Gruppen beieinander, die Hinterteile dem frischen Nordseewind zugewandt.

Sie fuhr über die Bundesstraße und folgte einer schmalen Zufahrt in Richtung Deich. Ein Schild führte zur *Dicken Berta*. Ein merkwürdiger Name für einen Leuchtturm. Sie entdeckte diesen hinter einer Baumgruppe, es war eher ein Türmchen, kurz und wuchtig. Auf dem Parkplatz stand schon ein moderner panzerförmiger Geländewagen. Sie sah Tom darin. Nervös sprang er aus dem Wagen, als er Rike sah.

Er wollte sie umarmen, doch Prinz knurrte ihn grollend an, das tat ihr Hund eher selten. Sie verspürte keinerlei Wünsche nach näheren Körperkontakten zu ihrem Ex, der sie fallen gelassen hatte wie eine heiße Kartoffel. Noch immer hatte sie dieses Ende nicht verwunden. Er war damals für sie der Mann ihres Lebens. Sie hatte daran nie den geringsten Zweifel gehegt.

»Ach Rike, es gibt keinen Tag, an dem ich es nicht bereut hätte.« Er seufzte.

Sie entgegnete nichts. Ob er log oder die Wahrheit sagte, beides war traurig. Wenn das stimmte, hinterging er ihre Schwester. Das war zutiefst illoyal. Und sie würde sich nicht als Trennungsgrund hergeben.

»Wolltest du mich deshalb treffen? Die Antwort ist ›Nein‹«. Doch er schüttelte stumm den Kopf.

»Ich hätte dich nicht verdient, Rike. Ich war nicht der, für den ich mich ausgegeben habe.«

Das war so billig! Warum musste er ihr ihre knappe Zeit stehlen? »Okay, damit gehst du besser zum Psychiater. War es das?« Sie machte kehrt und wollte zum Wagen zurück.

»Warte bitte«, bat er sie und stellte sich vor sie. Prinz knurrte wieder, sie beruhigte ihn.

»Es fällt mir nicht leicht, dir die ganze Geschichte zu beichten. Es ist peinlich. Aber so geht es nicht weiter. Ich werde erpresst«, sagte er.

Frauengeschichten, das würde ja zu ihm passen. »Dann leg am besten bei Felicitas ein komplettes Geständnis deiner außerehelichen Abenteuer ab, und niemand kann dich mehr erpressen.«

Fast automatisch waren sie über den Deich gegangen und folgten dem Weg an der Elbe neben grasenden Deichschafen. Rike atmete tief die frische Nordseeluft ein. Da packte Tom sie am Arm und sah sie an:

»Bitte, jetzt hör mir mal zu. Es geht nicht um Bettgeschichten. Das ist ernst und hat etwas mit dem Mord zu tun.« Sie sah ihn gespannt an. Was, in aller Welt, hatte er mit diesen Ereignissen in Finstermoor zu tun? Vor ihnen war ein Schaf entkommen und rannte über den Weg. Sie rief Prinz zu sich, denn sie kannte den Jagdinstinkt ihres Hundes. Am Eingang hatte ein Hundeverbotsschild gestanden.

»Fass dich bitte kurz, ich habe wenig Zeit«, forderte sie ihn auf.

Er rang um seine Worte und begann stockend.

»Es geht um meine Doktorarbeit. Und um Waldmann. Damals war ich doch in der Praxis in Finstermoor. Er übergab mir seine Unterlagen über die Übertragbarkeit der Katzenseuche auf Hunde. Das war damals eine ganz neue Erkenntnis für die Wissenschaft. Diese Forschungsergebnisse habe ich übernommen.«

Sie sah, dass es ihm nicht leicht fiel, mit ihr über das Thema zu reden, er sah beschämt aus. »Ich habe es als Entdeckung ausgegeben, aber diese war nicht auf meinem Mist gewachsen. Ich habe die Ergebnisse geklaut«, den letzten Satz sagte er so leise, dass sie ihn kaum verstand.

»Warum das denn?«, wollte Rike wissen, die ihrem Ex alles Mögliche vorwerfen würde, doch niemals an seiner Intelligenz gezweifelt hatte. Es gab keinen Grund, weshalb er eine solche Doktorarbeit nicht selbst verfassen könnte.

»Ich hatte so unendlich viel um die Ohren als selbstständiger Partner. Die Ausstattung hat Hunderttausende gekostet, das musste ich wieder reinholen. Die ganze Zeit im Auto unterwegs, hier ein lahmendes Rennpferd, dort eine schwierige Geburt im Kuhstall mitten in der Nacht. Ich habe diese Arbeit immer wieder aufgeschoben, da war keine Kraft mehr da. Jahrelang stand ich kurz vor der Pleite.« Er nahm Daumen und Zeigefinger knapp auseinander. »Ich hatte mich mit dem teuren Röntgengerät und der OP-Ausstattung übernommen. Und dann lag da eines Tages ein Ordner mit einem Thema, das einen wissenschaftlichen Durchbruch versprach, und die kompletten mikrobiologischen Untersuchungen dazu«, räumte er ein.

Rike war überrascht, denn das hätte sie von ihrem Ex-Freund niemals erwartet. Er hatte zwar schon bewiesen, dass er nicht unbedingt ein geradliniger Mensch war. Eine komplette Fälschung seiner Arbeit und den Diebstahl der Forschungsergebnisse hätte sie ihm trotz der Enttäuschung nicht zugetraut. Dabei sah sie keinerlei Zusammenhang zu ihrem aktuellen Fall.

»Und Holger Waldmann war dein Kunde?«, wollte sie wissen.

Tom lachte bitter: »Das war er und außerdem in Hannover bei meinem Professor vorstellig geworden. Der hatte ihn abblitzen lassen, ohne nur einen Blick in die Unterlagen zu werfen.«

»Und du hast dann zugegriffen?«, fragte sie ungläubig.

Er nickte. »Ich habe alle Dokumente an mich genommen. Er hatte erstmalig die Übertragung der Katzenseuche auf

Hunde nachgewiesen. Das hielt die Veterinärwissenschaft für strikt undenkbar.«

»Und Waldmann, der hatte doch eine Antwort erwartet, was habt ihr dem gesagt?«, wollte sie wissen.

Er zögerte. »Der ließ nicht locker. Ich habe dem erzählt, dass das alles unmöglich ist. Dann habe ich die Ergebnisse angesehen und sie heimlich genutzt, ohne ihm etwas zu sagen«, beichtete Tom.

In Rike blitzte ein Gedanke auf, und sie fragte ihn:

»Soll das heißen, dass du Waldmann umgebracht hast?«

»Was denkst du von mir! Ich werde erst seit seinem Tod erpresst«, widersprach er.

Das wunderte Rike, denn der Mann hatte isoliert gelebt, hatte kaum Freunde und, soweit sie wussten, keine Familie. Entfernt verwandt war er nur mit Henning Lüder. Sie hielt es für unwahrscheinlich, dass dieser ein Erpresser war. Ihn kannte sie schon seit ihrer Kindheit.

»Hast du ein Schreiben oder so etwas?«, wollte sie wissen. Er schüttelte den Kopf. »Das ist eine Computerstimme, die mich mehrmals angerufen hat. Ich kann nicht sagen, ob es ein Mann oder eine Frau war. Der Erpresser fordert, dass ich meine Doktorarbeit zurückziehe und dies öffentlich bekanntgebe. Andernfalls wird mir das Gleiche zustoßen, was Waldmann geschehen ist. Ich habe Angst, stell dir vor, die sprengen das Schloss, da sterben Felicitas und deine Eltern …« Er schwitzte und wirkte panisch.

Rike begriff den Ernst der Lage, sie mussten dringend diesen Erpresser finden. »Hast du Papa und Felicitas informiert?«, wollte sie wissen. Doch er schüttelte den Kopf, er hatte zuerst mit ihr reden wollen. Dann gab er zu: »Das ist mein gesellschaftlicher Tod, wenn das rauskommt. Felicitas wird sich scheiden lassen und mich rausschmeißen.« Aber das war das geringere Problem. Sie eilte zurück zum

Auto und überlegte fieberhaft. Tom war verdächtig, und sie musste vor allem die drohende Gefahr von ihrer Familie abwenden. Sie sah auf ihr Handy und erschrak. Es war 13 Uhr, und sie hatte genau vier Stunden bis zum Termin beim Haftrichter. Wenn dieser den Eindruck bekam, dass die Polizei schlampig ermittelt hatte, würde er die Verdächtige freilassen. Ehe sie einstieg, wandte sie sich noch mal zu Tom: »Aber ein Alibi hast du hoffentlich schon für die Tatnacht, oder?«

»Du glaubst doch nicht, dass ich den Mann umgebracht habe«, protestierte er.

»Glauben spielt in meinem Job keine Rolle. Wo warst du zwischen 22 und 4.30 Uhr?«, fragte Rike.

Er sah sie finster an: »Na, wo soll ich schon gewesen sein. Im Bett, in meinem eigenen! Auch wenn du vermutest, dass ich dauernd mit irgendwelchen Weibern rumziehe.«

»Wie gesagt, das Spekulieren gehört nicht zur Stellenbeschreibung. Wir werden in unserem Job fast durchgängig belogen.« Sie sah ihn prüfend an: »Du warst nicht gerade ein Musterschüler.«

Er war sauer und sagte: »Deine Schwester hat schon recht. Du bist ein echter Moralapostel.« Rike drehte sich auf der Stelle um und ging eilig zu ihrem Wagen, sie ärgerte sich, dass sie sich auf die Diskussion eingelassen hatte und er es geschafft hatte, die Dinge umzudrehen. Nicht er war der Lügner, nein sie war angeblich verklemmt. An diesem Tag hatte das glänzende Bild ihrer verflossenen Liebe zahlreiche Risse bekommen, und das schmerzte. Hatte sie viele Jahre lang um einen Mann getrauert, der das gar nicht verdient hatte? Sie verstaute Prinz in seinem Abteil und trat das Gaspedal ihres Wagens durch. Als sie auf die Bundesstraße fuhr, versuchte sie, ihre Gedanken zu ordnen. Der Schutz ihrer Familie war das Wichtigste, sie überlegte, ob sie Tom vorerst aus den Ermittlungen heraushalten konnte.

Am einfachsten wäre es gewesen, einen Deal mit Felicitas zu machen und die Verdächtige länger festhalten zu können, aber sie war sich nicht sicher, ob sie ihre Schwester überzeugen konnte. Diese Möglichkeit schied aus. Sie musste dringend versuchen, den Erpresser zu schnappen. Er kam aus dem Umfeld von Holger Waldmann. Noch immer wussten sie nicht genug über ihn, wie er lebte und mit wem er Kontakt hatte. Sie dachte an die Ordner, die sie im Kofferraum hatte. Vielleicht ergab sich ja irgendetwas?

»Auch mal wieder da?«, fragte Carla Bredow, der sie am Eingang des Präsidiums begegnete: »Weißt du, was das kostet, die gesamte Kriminaltechnik ausrücken zu lassen und praktisch den kompletten Boden umzukrempeln? Ich hoffe, dass die Kollegen etwas finden.«

»Ich habe diese Gräber gefunden, und der Verdacht, dass bei einem Pädophilen Kinderleichen vergraben sein könnten, ist zu schwerwiegend. Das könnte das Motiv des Mordes untermauern«, rechtfertigte sie sich und hastete in Richtung Büro.

Die Chefin rief ihr noch hinterher.

»Morgen bekomme ich bitte den Bericht über diese Aktion.« Rike ging direkt zu Matthias Jahn und schloss die Tür hinter sich. Sie ließ sich auf den Stuhl fallen.

»Schön, dass wir uns mal sehen«, sagte er.

Sie seufzte. »Ich wollte dich heute mitnehmen, tut mir leid. Ich bin aber um 6 Uhr losgefahren, das schien mir ein bisschen früh.«

Er nickte und fragte: »Hast du etwas gefunden?«

Rike legte ihm den Stapel halb verbrannter und durchnässter Ordner auf den Tisch und zuckte mit den Schultern.

»Ich habe auf jeden Fall einen Anhaltspunkt. Ich bräuchte aber dringend eine Telefonüberwachung, das wäre wichtig.«

Er sah sie überrascht an. »Du weißt schon, dass wir dafür die richterliche Genehmigung brauchen und den Staatsanwalt fragen müssen, oder? Ich bin zwar Anfänger, aber das weiß sogar ich«, wandte er ein.

Rike überlegte, wie viel sie ihm sagen sollte.

»Du, Matthias, ich erkläre dir alles später, es geht dabei um Leben und Tod, und die Person, die überwacht werden soll, ist einverstanden, da sie bedroht wird. Es ist mein Schwager.«

Er sah sie skeptisch an: »Möchtest du nicht die Chefin einweihen? Du sollst ja in Hamburg in Schwierigkeiten stecken, sagt die Gerüchteküche. Damit machst du es doch nur schlimmer, oder? Und ich habe lange auf diese Chance gewartet, in der Mordkommission zu arbeiten.«

Rike seufzte: »Du weißt von nichts, ich halte dich raus. Um das genehmigen zu lassen, fehlt die Zeit. Dann kann es Tote geben. Meine Familie ist in Gefahr. Und ich muss erst einmal grob den Zusammenhang verstehen.«

Er nickte zögernd: »Ich habe einen Kumpel beim Bundeskriminalamt, der in der technischen Abteilung arbeitet. Er kann das übernehmen. Aber nur, wenn du mich künftig in alles einbeziehst.«

Rike umarmte ihn spontan und bedankte sich überschwänglich. Dann versprach sie: »Ich erkläre dir bald, worum es geht.«

Als sie in ihrer Kammer saß, klingelte das Telefon. Volker Hoffmann war am Apparat. Gespannt fragte sie: »Und?«

»Das war eine der ekelhaftesten und sinnlosesten Einsätze, die wir jemals durchgeführt haben. Widerlich, zum Kotzen«, der Mann war extrem aufgebracht. »Ja und, was haben Sie gefunden?«

»Nichts, aber rein gar nichts, was von Interesse wäre«, wetterte Hoffmann.

»Was soll das denn heißen? War Luft in den Gräbern?«, fragte Rike erstaunt.

»Das wäre ja schön gewesen. In den Gräbern waren genau 76 tote Köter, die meisten mumifiziert. Wir sind über Stunden im Schlamm rumgewatet, haben dort in den Dreckslöchern rumbebuddelt. Das war ja 'ne ekelhafte Sauerei.«

Rike verstand nur die Hälfte dessen, was er berichtet hatte. »Was meinen Sie denn mit den Mumien?«

»Na, Köter eben, die durch das saure Milieu erhalten waren wie der Körper der Moorleiche neulich. Das konserviert alles. Da waren keine Kinder verbuddelt.«

»Es tut mir leid, aber wir hatten ernste Hinweise darauf, dass er ein Pädophiler war und all diese Kreuze …«

»Na, das hoffe ich, dass es Ihnen leid tut. Die sind nicht mal umgebracht worden, sondern auf natürlichem Wege verreckt. Da steht nicht mal Tierquälerei als Tatverdacht im Raum. Überlegen Sie beim nächsten Mal gründlicher!« Dann hörte sie es tuten, der Mann hatte aufgelegt.

Das war eine Katastrophe, vor allem hatte Bredow sie schon verwarnt, und sie sollte ihren Bericht vorlegen. Sie würde Ärger bekommen.

Nun musste sie schnellstens den Termin am Nachmittag vorbereiten. Sie hatte nicht mehr gegen Augusta Rothermund in der Hand. Vor allem gab es keine Beweise, dass Waldmann ein Pädophiler war.

KAPITEL 33

Sie hatte einen Schlachtplan für ihre Detektivarbeit entwickelt. Nur musste sie die Kinder wieder einmal sich selbst überlassen. Margo kochte einen Kakao und stellte Plätzchen auf den Tisch, dann rief sie in die Küche. Elegante und Maurizio kamen als Erste und setzten sich artig an den Küchentisch, Gülce rannte in den Raum. »Ist Gusti da?«

Sie nahm sie in den Arm. »Ganz bald, wir müssen etwas besprechen.« Aus Sophies Zimmer hörte sie das Krachen eines Computerspiels hinter der Tür. »Kannst du nicht lesen? Eintritt verboten«, maulte das Mädchen, als Margo den Kopf hineinsteckte. Sie ging ihr seit Tagen aus dem Weg. Etwas bedrückte sie, doch sie wollte sich ihr nicht anvertrauen. Immerhin hatte sie mit einer Psychologin gesprochen und sich von einer Kinderärztin untersuchen lassen.

Beide hatte ihr Felicitas von Menkendorf empfohlen, die Anwältin. »Das ist wichtig für Sophie, es könnte eine Rolle in dem Fall spielen«, hatte sie gemahnt.

»Es gibt etwas zu besprechen, wir sind alle unten. Es geht auch um deine Mutter. Komm doch zu uns«, versuchte Margo, die Jugendliche zu erreichen.

»Mit Henry hättest du mal sprechen sollen. Kein Bedarf.« Das Mädchen warf ihr einen wütenden Blick zu, kam auf sie zu und knallte ihr die Tür vor der Nase zu. Innen hörte sie den Schlüssel.

Sie setzte sich zu den anderen. »Ich muss euch leider alleine lassen, da ich im Dorf Menschen besuche, die Augusta helfen können«, sagte sie. Die Jungs nickten. »Kommt sie dann bald wieder?«, wollte Gülce wissen. »Ich tue alles dafür, ihr müsst mich unterstützen.«

»Machen wir, was liegt an«, Elegante stand schon auf, bereit, nach draußen zu stürmen. Die Jungs hatten die Stallarbeit alleine übernommen. »Ich räume den Tisch ab, bitte hilf Gusti«, bat die kleine Gülce.

Sie nahm ihre Handtasche und die Zigaretten. »Bis später«, rief sie durch das Haus. Sie wollte die Nachbarn aufsuchen, mit denen Holger Waldmann Streit gehabt hatte.

Sie folgte dem Pfad hinter dem Schießstand am Waldrand entlang und kam zu einer Parallelstraße, wo sie schon von Weitem die Villa mit weißen Säulen und dem dahinterliegenden Park sah. Überall am Zaun waren Warnschilder angebracht: »Privat. Wer diesen Grünstreifen mit Fäkalien verunreinigt, hat mit rechtlichen Folgen zu rechnen. Die Fläche wird videoüberwacht.« War das überhaupt legal?

An den Enden des Zauns befanden sich Kameras, die auf den Rasenstreifen gerichtet waren. Sie kam an das schmiedeeiserne Tor und sah am Jaguar in der Garage, dass der Bewohner zu Hause war. Schon bevor sie geklingelt hatte, krächzte es aus der Sprechanlage: »Wir kaufen nichts. Scheren Sie sich sonst wohin.«

Wenn das mal kein charmanter Empfang war. Sie klingelte dennoch.

»Margo Valeska, ich recherchiere zum Unfallhergang in Ihrer Nachbarschaft für eine Anwaltskanzlei«, sprach sie in die Anlage. Die schwere Holztür der Villa öffnete sich, und ein grauhaariger hochgewachsener Mann mit Cordhosen und einem karierten Hemd unter dunklem Strickpullover sah hinaus.

»Eduard Scholten«, stellte er sich vor. »Für welche Kanzlei recherchieren Sie?«, fragte er misstrauisch, zündete sich einen Zigarillo an und nahm einen tiefen Zug.

»Ich arbeite mit Felicitas von Menkendorf zusammen«, entgegnete Margo.

Die Antwort stellte ihn offenbar zufrieden. »Wenn Sie mich fragen, dieser Tod ist eine Wohltat, und der Mörder müsste mindestens das Bundesverdienstkreuz erhalten«, platzte er wütend heraus und fügte gleich hinzu: »Nein, ich hatte zwar schon lange Mordgelüste, aber nicht mal eine Gelegenheit, denn an dem Tag war ich zur Aufsichtsratssitzung bei *Worldlive*, Sie kennen sicher den multinationalen Ölkonzern?« Er wartete ab, ob sie die Bedeutung seiner wichtigen Position erfasst hatte, und fügte noch hinzu: »Der größte Energieproduzent der westlichen Welt.«

Margo hatte sich von Titeln und Geld nie beeindrucken lassen. Sie ging darauf nicht weiter ein, obwohl er vermutlich länger ausgiebig über *Worldlive* und dessen Markterfolge referiert hätte.

»Und da waren Sie in dieser Nacht?«

»Am Abend bin ich zurückgekehrt und direkt in die Dorfkneipe gegangen. Dort war ich bis in die frühen Morgenstunden.«

»Was hatten Sie denn gegen den Mann?«, fragte sie so unbefangen wie möglich.

»Eine lange Geschichte«, begann er und bat sie, ihm zu folgen, er wollte ihr zeigen, wie alles angefangen hatte. Sie gingen an die Grundstücksgrenze zum Nachbarn, und er zeigte ihr Baumstümpfe auf Waldmanns Seite. »Das war der Wirbelsturm Kyrill, da fing alles an.« Bäume waren von nebenan auf das Grundstück des Ölmanagers gefallen, mehrfach habe er ihn aufgefordert, diese zu entfernen, doch der Nachbar habe auf stur geschaltet.

»Ich habe das nach Jahren des Streits durch einen Anwalt regeln wollen und den Mann verklagt.« Daraufhin sei Waldmann mit einem Maschinengewehr über den Zaun gestürmt und habe ihn und seine Frau bedroht. »Der hat hier krudes Zeug rumgebrüllt, immer mit dem Gewehr im Anschlag. Ich habe dann mitgeteilt, dass die Klage fallengelassen wird. Er hat am Ende die Fenster der Gartenlaube zerschossen. Wohl um zu zeigen, dass er es ernst meint.« Scholten schüttelte den Kopf.

Die Konflikte flammten dann wieder auf, als die Zahl der Hunde auf dem Grundstück des Nachbarn immer weiter zunahm. »Das Gekläffe war nicht mehr auszuhalten. Wir hatten mittlerweile einen Schriftverkehr über Anwälte, der ein ganzes Regalbrett füllte. Wir hatten den Zaun gesichert und Kameras installiert. Wir mussten uns zur Wehr setzen.«

»Was sagt denn die Gemeinde dazu?«

Er hob die Hände in einer Geste der Ohnmacht. »Die Behörden waren komplett untätig. Die hatten alle Angst vor dem Waffennarren. Der Irre hatte ja sein eigenes Land ausgerufen, angeblich war die Bundesrepublik für ihn nicht mehr zuständig.«

»War das so eine Art Reichsbürger?« Margo hatte in Brandenburg von solchen Gruppen gehört, die in Dörfern eigene Staaten ausgerufen hatten.

Scholten nickte. »Damals kannte man das gar nicht, die Behörden waren ratlos. Heute ist das ja eine neue Mode geworden, den Staat abzuwählen und einen eigenen zu gründen. Da gibt es einen zweiten Irren im Dorf, das ist eine ganze Gruppe in der Region.«

Scholten zog tief an seinem Zigarillo, sah auf die Uhr und verabschiedete sich dann, da er eine Telefonkonferenz vorzubereiten hatte.

»Letzte Frage: Wer könnte dem Mann nach dem Leben getrachtet haben?«

Er deutete in Richtung Dorf: »Jeder hier, der in seiner Nähe wohnt. Der hat uns allen das Leben zur Hölle gemacht, sich selbst eingeschlossen.« Dann brachte er sie zum Tor und verabschiedete sich. »Ach ja, mit dem anderen Irren hat er sich vor Längerem geprügelt. Das ist noch so ein Reichsbürger, dieser Kuhbauer.«

»Worum ging es?« Scholten hob bedauernd die Hände. »Das konnte ich auf der Überwachungskamera nicht verstehen.«

Gleich zwei Leute, die auch ein Motiv hatten, dachte Margo. Da wollte man seinen Lebensabend in einem beschaulichen Dorf verbringen, baut sich eine teure Villa in die Idylle, und das entwickelt sich zur Hölle. Lärm, der kaum auszuhalten ist und ein gewalttätiger Waffennarr wenige 100 Meter entfernt.

Sie wollte den Nachbarn auf der anderen Seite sprechen, der in einem geschmackvoll sanierten Ziegelhaus lebte. Sie ging einmal um das Karree und klingelte dann. Ein korpulenter Mann mittleren Alters mit Schnauzbart öffnete ihr.

»Herzlich willkommen. Ich bin Herbert Löwen«, sagte er, als sie ihm von ihren Recherchen erzählte. Für den Hausherrn schien ihr Besuch eine angenehme Abwechslung zu sein.

Er bat sie in seine Küche, die aussah, als würde hier ein Profi seine Gerichte zubereiten. In der Mitte befand sich ein freistehender hochmoderner Herd, unter dem in der Backröhre etwas schmorte und köstlich duftete. Rundherum waren in Reihe und Glied Messer verschiedener Größen, Töpfe, Raspeln und sonstige Gerätschaften, die Margo nicht kannte, aufgereiht.

»Wie wäre es mit einem Aperitif«, fragte Löwen und stellte, ohne die Antwort abzuwarten, einen Portwein und salziges Gebäck auf die Arbeitsfläche neben dem Herd. Margo kostete und lobte das Getränk, sie fragte dann, ob er mit Waldmann auch so gastfreundlich gewesen war.

»Der Irre? Der hat mich krank gemacht. Dieser Lärm«, sagte Löwen. Er seufzte tief. »Es war kaum auszuhalten, Tag und Nacht ging das.«

Bei ihm musste es wesentlich lauter gewesen sein als in der weißen Villa, denn sein Haus stand näher an der »Hundehütte«, wie er schimpfte.

»Der Mann war verrückt, total durchgedreht. Man hätte den einweisen müssen. Aber die Ämter, die tun leider nichts. Wir sind ja nur Zugezogene«, klagte er.

»Hatten Sie denn Kontakt zu dem Mann?«

»Ich eher nicht, aber meine Frau dafür umso mehr«, sagte Löwen und lachte bitter. Margo fragte nach: »Inwiefern hatte sie eine Verbindung?« Doch er schüttelte den Kopf und riet ihr, lieber Martha selbst zu fragen. Und bemerkt hatte er nichts in der entscheidenden Nacht, er sei im Sportlerheim mit den anderen am Tresen versackt.

»Bleiben Sie doch zum Essen, da lohnt sich das Kochen«, lud er sie wieder ein.

»Tut mir leid, ich habe jede Menge Arbeit«, lehnte sie ab. Vor allem die Aussagen seiner Frau könnten sie weiterbringen. Er zeigte ihr den Weg um das Haus herum. »Richten Sie bitte Grüße aus von mir. Bei uns herrscht Eiszeit«, bat er.

»Wie meinen Sie das?« Er winkte nur und trat den Rückzug in seine Küche an. Es wirkte merkwürdig, dass sie Botschaften von einem Ehepartner zum anderen ausrichten sollte. Offenbar waren die beiden zerstritten. Ob das an Waldmann lag?

Sie stand vor dem ehemaligen Stalltrakt. Das Gebäude war romantisch mit Efeu berankt. In alten Steintrögen wuchsen Gartenkräuter.

In dem Anbau befand sich unten ein Atelier, in dem sie um diese Uhrzeit nach Auskunft ihres Ehemannes normalerweise arbeitete. Doch der Raum war abgeschlossen und durch das Fenster niemand zu sehen. An den Wänden hingen gemalte Ölporträts von Hunden und Pferden. Sie würde ein anderes Mal wiederkommen. Spontan hatte sie sich entschieden, den Kuhbauern aufzusuchen. Zuerst kam sie am Stall vorbei, wo die Kühe eng zusammen standen, Gebrüll setzte ein, als Margo »Hallo« in den Stalltrakt rief. Sie sah weder Futter noch Wasser. Die Tiere schienen auf Versorgung zu warten.

Sie klingelte an der Tür des Wohnhauses, einem schmucklosen Backsteingebäude. Der Mann stand mit beflecktem Unterhemd und blutunterlaufenen Augen leicht schwankend vor ihr.

»Herr Wenning?«

»Wer will das wissen?«, lallte er. Ihren Spruch schluckte er so wie die anderen. Da er sie nicht hineinbat, fragte sie ihn an der Straße.

»Sie waren ein Freund von Holger Waldmann?«

»Ein großes Wort. Wir hatten gleiche Interessen in dem Dreckskaff!«

»Wann haben Sie ihn zuletzt getroffen?«

Nach einem Moment der Überlegung machte er eine ausladende Handbewegung, die ihn kurz ins Straucheln brachte. »Lange her, das war ein verdammter Geizkragen!«

»Hatten Sie deshalb Streit?«

Er schüttelte den Kopf. »Und wenn, geht es Sie nichts an.« Er schloss schwungvoll die Tür, und sie wartete einen Moment, doch das Gespräch war beendet.

Einen Besuch hatte sie noch vor sich, um mehr über das Mordopfer erfahren.

Von Felicitas von Menkendorf hatte Margo gehört, dass Holger Waldmann früher mit seiner Mutter in einer winzigen Gemeindewohnung in der Schule gelebt hatte.

»Das ist so etwas wie eine Sozialwohnung, dafür wurde er während der kompletten Schulzeit gehänselt«, hatte ihr die Anwältin erklärt. Margo erhoffte sich, dort mehr über den Mann zu erfahren. Möglicherweise hatten Ereignisse in der Vergangenheit mit seinem Tod zu tun.

Sie ging die Hauptstraße hinab und bog dann vor dem ehemaligen Gasthaus *Moorblick* ein, das aufgegeben aussah. Die Straße führte an Einfamilienhäusern mit kurz gemähtem Rasen und sauber blitzenden Autos in den Carports vorbei zum Ortsausgang. Vor dem Schild ging eine schmale Nebenstraße zum Kindergarten, dem Schulgebäude und dem Sportplatz ab. Auf dem Platz trainierten Jugendliche an einem Tor abwechselnd Elfmeterschießen. Sie sah ihnen einen Moment zu und sprach in einer Pause den Trainer an, ob er Holger Waldmann gekannt habe. Er verneinte, zeigte aber zur Schule und empfahl ihr, mit dem Rudi zu sprechen. Der sei ein echtes Urgestein und schon lange bei der Gemeinde angestellt, der kenne jeden in Finstermoor.

Sie fand den älteren Mann hinter dem Schulgebäude, wo sich der Schulgarten befand. Er stand auf einer Leiter an einem Baum und pflückte mit einem Greifer Äpfel, die er vorsichtig in einen Korb an der obersten Sprosse bugsierte.

»Herr Rudi?«, rief Margo, die den Nachnamen nicht kannte. Er drehte sich um, und die Leiter kam bedrohlich ins Wanken. Behände sprang der ältere Mann nach unten und musterte sie.

»Rudi reicht aus. Wer will das wissen?«

Margo stellte sich vor und erzählte, dass sie für eine Anwaltskanzlei Informationen über den Unglücksfall im Dorf sammelte.

»Unglück? Umgebracht haben sie den Jungen«, finster spuckte der Dorfarbeiter aus, »jahrelang ist der nur als Bastard drangsaliert worden, die haben ihn verprügelt, wenn er nicht schnell genug wegrannte.« Dann zeigte er auf Bäume an der Straße. »Dort saß er immer, hat gelernt, blitzschnell zu klettern, bis ich ihn geholt habe, so 'ne Angst hatte er.«

»Warum haben die Bengel ihn geprügelt?«

»Einen Grund brauchen die nicht.« Er zuckte mit den Schultern. »So sind Jungs eben, die suchen sich immer einen Schwachen, um sich selber stark zu fühlen.« Er erzählte dann von der Mutter, Elsa Waldmann, die ohne Hab und Gut mit ihren Eltern aus Schlesien gekommen war, keiner wollte die Vertriebenen damals haben. Sie war in dem Ort hängen geblieben, weil eine entfernte Cousine sich da niedergelassen hatte. Die Verwandte war weitergezogen, Elsa dagegen kam nicht mehr weg. »So sind die im Dorf, man bleibt immer ein Fremder, wenn sich die Großeltern nicht gegenseitig gekannt haben. Das erlebe ich am eigenen Leibe, aber ich kann mich wehren«, versicherte er ihr und ballte seine Hände zu Fäusten. Auch er war hier im Ort hängen geblieben, ein Habenichts, nach seinen Worten. Während Elsa geputzt hatte, war er für sämtliche Grünflächen und Bäume der Gemeinde zuständig. Das Rentenalter hatte er längst erreicht, aber er mochte seinen Beruf und kümmerte sich weiter um die Grünpflege.

»Wie war Holger Waldmann in der Schule?«

»Dumm war der Junge nicht, aber voller Angst vor den anderen. Die haben ihn gequält. Und glauben Sie, die Lehrer haben dem geholfen?« Das hätte Margo erwartet.

»Warum sind die denn nicht eingeschritten?« Er lachte bitter. »Die Lehrer sind auch Fremde und bei der Gemeinde angestellt, wenn der Sohn des Bürgermeisters Unfug treibt und einen Habenichts prügelt, sehen die lieber weg. Ich habe ihn beiseite genommen und ihm gezeigt, wie er sich mit seinen Fäusten wehren kann. Aber das brachte ihm dann auch wieder Ärger.«

Das klang nach einer schrecklichen Kindheit und Jugend, fand Margo. Es war kein Wunder, dass Holger Waldmann so ein Sonderling geworden war und sich komplett abschottete. Hing damit auch eine ungesunde Neigung für Kinder zusammen, die ihm nachgesagt wurde?

Sie überlegte, wie sie diese delikate Frage stellen sollte, der Gemeindearbeiter schien an seinem Schützling zu hängen.

»Möchten Sie einen?« Er streckte ihr einen rotwangigen Apfel hin, sie bedankte sich und biss hinein. Dieser war zwar etwas hart, schmeckte aber intensiv fruchtig-säuerlich, anders als die genormten Früchte aus dem Supermarkt, die immer mit einer glitschigen Wachsschicht überzogen und Chemikalien behandelt waren. Rudi machte Anstalten, wieder auf seine Leiter zu klettern, doch Margo fragte: »Hatte er eine Freundin oder einen Freund?«

Er schnellte herum. »Glauben Sie etwa das Gerede, er sei ein Kinderficker? Nie im Leben. Er war früher mal verlobt.« Dann kletterte er genauso flink wieder auf die Leiter, wie er zuvor abgestiegen war. »Aber er soll ermordet worden sein. Wer hatte denn einen Grund?«, wollte sie wissen.

Er brummelte etwas Unverständliches und begann, weiter Äpfel zu pflücken.

Sie bedankte sich und lief in Richtung Tor, da rief er sie noch mal zurück. »Als der Holger das Haus von dem Alten bekommen hat, ging der Stress von vorne los. Die haben sogar versucht, ihn zu enterben. Einem Bastard steht doch kein eigenes Haus zu. Im Dorf herrscht Krieg.«

Nachdenklich verabschiedete sich Margo. Bei diesem Mord ging es vielleicht doch um andere Konflikte als die jüngsten Vorfälle. Das war kein friedlicher Ort auf dem Lande. Das Leben im Dorf war geprägt von jahrelanger Ausgrenzung, Missgunst und Hass. Sie konnte verstehen, dass Holger Waldmann sich ein ganzes Waffenarsenal angeschafft hatte. Auch wenn das mit Sicherheit keine Lösung war. Doch wen hatte er so gefürchtet? Verdächtige gab es genug, sie hoffte, dass Felicitas von Menkendorf Augusta mit dem Hinweis auf die zahlreichen Feindschaften freibekommen würde.

KAPITEL 34

Er wand sich und winselte um Gnade. Allein das war eine Genugtuung. Das Gespräch war beendet, der Stimmverzerrer eingepackt und das Handy wieder gut versteckt. Niemand durfte das in Holland gekaufte Gerät finden. Bald sollte die Aktion starten. Er musste verstehen, wie ernst die Lage war. Keine Spielerei. Es ging ans Eingemachte, um seinen Ruf. Ohne jeglichen Stolz bettelte er. »Bitte tun Sie das nicht. Mein Leben wird zerstört, schützen Sie die Familie. Sie wissen von nichts. Ich habe Schuld auf mich geladen, ich allein«, winselte er.

Er hatte keine Skrupel, das Leben von Henry kaputt zu machen. Niemals hatte er eine Chance gehabt. Von klein auf war er der Bastard, auf den die anderen straflos einprügelten. Und der Herr Doktor hatte das auf seine Weise fortgesetzt, ohne Not, nur um seines Vorteils willen. Fast jeden Tag sollte er Anrufe bekommen. Die Angst in seiner Stimme war Genugtuung.

Er hatte doch alles im Leben. Warum musste er Henry um seine Anerkennung bringen?

An diesem Morgen war das Ultimatum ausgelaufen. Er hatte nun die letzte Warnung erhalten, so wie angekündigt. Wieder bat er um Aufschub, klagte und jammerte.

Doch es war an der Zeit, zumindest ein Exempel zu statuieren, ihm einen Denkzettel zu verpassen. Er sollte merken, was geschah, wenn er nicht spurte. Das Messer mit langer Klinge würde seinen Zweck erfüllen, Farbspray lag schon bereit. Das dürfte vorerst genügen.

Der feine Herr Doktor, der abgestritten hatte, was Henry herausgefunden hatte. Immer hatten ihn alle als Deppen bezeichnet, der nichts wusste und konnte. Aber Henry war nicht dumm gewesen, im Gegenteil, ein kluger Mann, dem diese bornierten Hinterwäldler immer nur Steine in den Weg gelegt hatten. Sie hatten ihn gehasst, weil er ein Fremder war, der nicht zu ihnen gehörte und nicht aus dem gleichen Holz geschnitzt war. Er würde nicht zurückkehren, der Freund. Er war tot, unwiederbringlich. Aber Rache an all denen, die ihm übel mitgespielt hatten, war das Einzige, was blieb. Und die üble Nachrede musste enden. Denn Henry hatte nichts verbrochen, außer zu helfen. Wie diesen Mädchen. Einmal hatte eine der beiden herzzerreißend geweint, und die andere hatte sie getröstet und ermutigt, Henry alles zu erzählen. Dann hatte die Kleine ihr Geheimnis mitgeteilt. Es war eine hässliche Geschichte. Es betraf Henrys schlimmsten Feind, und bald schon sollten dessen üble Machenschaften ans Tageslicht kommen. Doch jetzt war der feine Herr Doktor an der Reihe. Der hatte Henrys Leben zerstört. Rache war alles, was blieb. Von dem würde nur ein Häufchen Elend bleiben, das in der Tierklinik den Flur reinigte.

KAPITEL 35

Wattige graue Wolken zogen über den Himmel, die das Licht dämpften. Kein einziger Passant war in der Cuxhavener Fußgängerzone unterwegs, die Innenstadt wirkte abweisend und düster. Ohne Ziel ging sie die Straße hinab. Der Wind hatte eine Bresche geschlagen, durch die ein paar Sonnenstrahlen gleißend herableuchteten. Augusta hielt ihre Handflächen nach oben und drehte ihr Gesicht genießerisch ins Licht. Genauso schmeckte die Freiheit, endlich wieder den Himmel sehen. Ein paar Minuten wollte sie in der Stadt verweilen, ihre Anwältin hatte sich netterweise bereit erklärt, sie später nach Hause zu bringen. Sie schlenderte an den Geschäften entlang, sah sich die Schaufenster der Boutiquen an und entschied sich, ihren Tee zur Feier des Tages im italienischen Eiscafé zu trinken.

Sie setzte sich an einen Zweiertisch auf der Terrasse, es war ihr egal, dass der Wind eine kühle Brise mit sich brachte. Sie musste jetzt draußen sein und tief einatmen.

Sie dachte an die Verhandlung beim Haftrichter, ihre Anwältin hatte eine Haftprüfung beantragt. Augusta hatte nicht geglaubt, dass diese so problemlos über die Bühne gehen würde. Noch immer war sie völlig überrascht von dem Termin.

»Pronto, Signorina.« Der Kellner riss sie aus dem Gedanken, als er ihr Teekännchen auf dem Tisch abstellte, ihr zulächelte und ihr einen kleinen Teller mit Keksen reichte. »Zum Probieren.« Sie bedankte sich, er zwinkerte ihr zu, und sie griff instinktiv in ihre Haare, für die sie sonst immer Komplimente erhalten hatte. Doch nach der Untersuchungshaft stand die rote Pracht filzig vom Kopf ab, sie musste schrecklich aussehen. Aber das sollte ihr egal sein. Sie war froh, endlich wieder frei zu sein. Felicitas von Menkendorf hatte auf dem Flur des Polizeigebäudes gewartet, als ein Beamter sie aus ihrer Zelle geführt hatte, und sie in das Büro des Richters begleitet. Es war ein älterer Herr, der die Anwältin in einem fast väterlichen Ton mit

»Guten Tag, Felicitas« begrüßte und sich dann an sie wandte: »Augusta Rothermund?« Sie bestätigte ihren Namen. Sie setzten sich an die lange Seite des Konferenztischs nebeneinander, der Richter saß im Präsidium und schaute auf die Uhr. »Ich hoffe, die Kriminalpolizei kommt heute noch.«

Nach zehn Minuten flog die Tür auf, und Friederike von Menkendorf stürmte keuchend und mit einem rot gefleckten Gesicht in den Raum. Schwungvoll knallte sie eine Akte auf den Tisch und sah erst den Richter überrascht an: »Oh, Onkel Helmut.« Sie hatte nicht daran gedacht, der der Bruder ihrer Mutter in der Region tätig war.

Dann sprach sie hektisch: »Ich beantrage, die Untersuchungshaft wegen Verdunklungsgefahr aufrechtzuerhalten.«

»Ich wünsche dir auch einen guten Tag, Friederike«, antwortete der Richter formell und sah dann in ihre Richtung. »Jetzt hat die Antragstellerin das Wort. Felicitas, was ist die Begründung für den Antrag auf Haftprüfung?« Augusta war froh, diese engagierte Frau neben sich zu haben. Die Juristin wirkte selbstsicher und kompetent. Sie selbst zitterte am ganzen Leib und hatte Mühe, ein vernünftiges Wort hervorzubringen. Die Anwältin hatte ihr ohnehin die strikte Anweisung gegeben, keine Aussage zu machen. Allenfalls sollte sie ihre Personalien bestätigen.

»Die Polizei stand offenbar unter hohen Erfolgsdruck und hat die erstbeste Person festgenommen, die Meinungsverschiedenheiten mit dem Opfer hatte – und zwar ohne Beweise. Das ist höchst schlampige Arbeit, das sind keine Ermittlungen …«

Bevor Felicitas von Menkendorf weitersprechen konnte, fiel ihre Schwester ihr mit lauter Stimme ins Wort: »Von wegen erstbeste Person. Die Tatverdächtige hat kein Alibi und hatte einen unbändigen Hass auf das Opfer. Holger Waldmann hat mutmaßlich ihre Tochter missbraucht. Wir haben Zeugenaussagen, dass sie einen Stein auf ihn geschleudert hat und sie wurde in der Mordnacht auf dessen Grundstück gesehen.«

Der Richter sah die Kommissarin missbilligend an. »Das Wort hat die Verteidigung. Ich weiß ja nicht, wie das in Hamburg läuft, aber hier achten wir die Grundrechte und halten uns an Gesetze.« Zornig hallte seine tiefe Stimme durch den Raum, offenbar war er es gewohnt, in großen Gerichtssälen zu sprechen. Er war laut geworden, sodass die Kommissarin verschreckt innehielt.

»Ich fange einmal mit dem Wesentlichen an: dem Motiv. Dieses ist nicht vorhanden. Denn warum sollte sich Augusta Rothermund rächen? Nur weil ihre Tochter zu dem Mordopfer ausgebüxt ist? Herr Waldmann hat Sophie nicht missbraucht. Er war kein Pädophiler, oder hat die Polizei dafür auch nur einen einzigen Beweis?«

Triumphierend hatte Felicitas von Menkendorf in Richtung ihrer Schwester geschaut und eine kleine Schweigeminute eingelegt, um den Effekt ihrer Aussage zu erhöhen. Die Kommissarin hätte zu gerne etwas erwidert, man sah förmlich, wie sie mit sich rang, die Verteidigung erneut zu unterbrechen.

»Außerdem scheint der Tathergang lückenhaft konstruiert zu sein. Angeblich wurde Holger Waldmann durch den Steinwurf getroffen. Aber wo ist die Tatwaffe für einen Abgleich? Und wie ist die Gasexplosion ausgelöst worden? War es eine Zigarette, die er selbst entzündet hat, oder wurde diese durch ein Gerät verursacht?« Sie legte einen Bogen auf den Tisch: »Statistisch gesehen kommen 99 Prozent der Gasexplosionen durch Unfälle zustande. Das wurde überhaupt nicht ermittelt.«

Ihre Augen funkelten, sie machte ein Kunstpause: »Wie soll meine Mandantin das Gas entzündet haben, ohne ihr eigenes Leben in Gefahr zu bringen. Diese Rekonstruktion stimmt hinten und vorne nicht.« Gespannt sah der Richter sie an: »Wie soll das Ganze denn nach Ansicht der Verteidigung gelaufen sein?«

»Das ist zwar nicht unsere Aufgabe, dies zu ermitteln. Doch allein der gesunde Menschenverstand sagt, dass Waldmann nicht an einem Steinwurf auf die weite Entfernung zu Tode gekommen sein kann. Meine Mandantin ist nicht gerade ein Kraftprotz.« Sie blickte Augusta an, bevor sie fortfuhr.

»Zudem kann es ein Schlag gewesen sein. Wie hätte sie den Mann überwältigen sollen? Hat der ganz seelenruhig gewartet, bis sie ihm einen Hieb versetzte, und sich nicht gewehrt? Also hat jemand körperlich Überlegenes ihn verletzt, er wachte auf und zündete sich eine Zigarette an, und dann flogen die Propangasflaschen in die Luft. Woher soll meine Mandantin überhaupt von den Flaschen wissen, da sie das Haus nie betreten hat?«

Mit undurchdringlichem Ausdruck hörte der Richter zu. »Haben Sie das?«, fragte er die Mitarbeiterin, die Notizen in einem schwarzen Heft aufschrieb. Wahrscheinlich entwickelte man über die Jahre in diesem Beruf ein solches Pokerface, das die eigenen Gedanken komplett verbergen konnte. Augusta hatte keine Ahnung, ob er sich von dem Vortrag überzeugen lassen hatte, sie zitterte vor Aufregung.

»Leider haben die Ermittlungen eine weitere Lücke«, fuhr die Anwältin fort. In dem Moment klingelte das Telefon von Rike von Menkendorf, sie sah auf den Bildschirm.

»Entschuldigung, leider wichtig«, sagte sie und nahm ab. Dann hörte sie einen Moment stumm zu und sprang auf. »Ich beantrage eine Verschiebung des Haftprüfungstermins. Tut mir leid, Gefahr in Verzug, ich muss weg.«

»Abgelehnt. Das ist ja das Allerletzte. So was kannst du in Hamburg machen, bei uns läuft das nicht«, polterte der Richter. Die Kommissarin war schon zur Tür hinaus.

»Ich führe das dennoch zu Ende, damit keinerlei Zweifel bleiben«, sagte die Anwältin und hatte ein triumphierendes Leuchten in den Augen. »Es gibt zahlreiche weitere Verdächtige, denn Waldmann war ein sogenannter Reichsbürger und Querulant, der mit Dutzenden Hunden mitten in Finstermoor den Anliegern durch eine unerträgliche Lärmbelästigung und Verwahrlosung seiner Freiflächen das Leben zur Hölle machte. Er hatte heftige Streitigkeiten mit zwei Nachbarn, darunter hatte er einem die Frau ausgespannt. Außerdem neidete ihm ein Verwandter das Grundstück. Er wird das wahrscheinlich erben, sofern kein Testament vorliegt. Die Polizei hat es nicht für nötig gehalten, in eine andere Richtung zu ermitteln. Da war es bequemer, Frau Rothermund wegen der Aussage einer pubertierenden 14-Jährigen festzunehmen.«

Augusta wunderte sich, denn von einer Zeugin hatte sie nichts gewusst. Ob Michelle sie beschuldigt hatte, um ihren Vater zu schützen?

Der Richter stellte seine Notizen fertig und schwieg. Er blätterte in seinen Aufzeichnungen, sah zur Tür. Einige Minuten lang war es still in dem Raum. Vermutlich wartete er, ob die Kommissarin zurückkam. Augusta hatte schwitzige Hände vor Aufregung, ihr Herz wummerte. Am liebsten hätte sie sich auf die Knie geworfen und um ihre Freilassung gebettelt, sie hielt das Warten kaum aus.

Nach einer gefühlten Unendlichkeit sah er auf, räusperte sich. »Dem Antrag wird stattgegeben, es besteht kein dringender Tatverdacht, und Verdunklungsgefahr erkenne ich nicht.«

Sie verstand nicht sofort, was das bedeutete. Doch Felicitas von Menkendorf hatte sie angestoßen und breit gegrinst. »Sie sind frei.« Augusta hatte stumm in ihre Richtung das Wort »Danke« geformt. Erst draußen hatte sie die Juristin gefragt, um welche Aussage es denn ging, wegen der die Polizei sie beschuldigte. Sie druckste etwas herum, das sei nicht mehr so wichtig. Aber Augusta hatte vor, der Freundin ihrer Tochter gründlich die Meinung zu sagen. Sie wollte zumindest erfahren, was diese erzählt hatte.

Felicitas von Menkendorf schüttelte bedauernd den Kopf und sagte dann: »Es war Sophie, die diese Aussage gemacht hat. Sie hat behauptet, dass sie in der Nacht zu Holger Waldmann gegangen sind und die Explosion ausgelöst haben.« Das hatte Augusta schockiert, ausgerechnet Sophie, ihr Ein und Alles, sollte sie bei der Polizei angeschwärzt haben.

»Das kann nicht sein«, wehrte sie ab, das musste ein Irrtum sein. Felicitas von Menkendorf hatte ihren Ordner zur Hand genommen und gab ihr die Akte. Dann hatte sie es mit eigenen Augen gelesen. Der Schmerz schnürte ihr die Kehle zu. Ihr Kind, ihr Fleisch und Blut hatte sie verraten. Sie war froh um diese Stunde Aufschub, die sie sich selbst gegeben hatte, bevor sie nach Hause fuhr. Sie überlegte, wie es dazu kommen konnte. Seit Margo bei ihnen lebte, hatten sie sich weiter voneinander entfernt. Ihre Freundin hatte sie dauernd kritisiert, wegen der Demonstrationen.

War es doch keine gute Idee gewesen, die frühere Kommilitonin für ihr Projekt einzustellen? Sie trank den letzten Schluck Tee und nahm einen von den Keksen. Es wurde Zeit, nach Hause zu fahren und dort alles wieder in Ordnung zu bringen. Sie konnte das nicht länger aufschieben. Hoffentlich war dieser Albtraum endlich vorbei. Sie wollte ihr Leben zurück.

KAPITEL 36

Sie ahnte, dass ihr kein angenehmes Kaffeekränzchen bevorstand. Zögernd trat Rike in das Chefbüro ein. Carla Bredows Augen nahmen sie ins Visier, sie lächelte nicht und ihr Gesicht war rot gefleckt.

»Bist du denn vollkommen von allen guten Geistern verlassen?«, zischte sie.

Die Sekretärin hatte sie in den Raum geschoben, dessen Wände Großaufnahmen von Kitesurfern und gigantischen Wellen bedeckten. Dann hatte sie die Tür geschlossen.

»Sie ist unzufrieden mit Ihrer Arbeit, Frau von Menkendorf«, sagte sie rügend, ermunterte aber gleichzeitig: »Bisher hat sie niemandem den Kopf abgerissen.«

Rike stand unschlüssig vor dem Tisch und überlegte, ob sie sich auf einer der ungemütlich aussehenden Sitzgelegenheiten niederlassen sollte. Carla Bredow hielt ihr einen Vortrag über die Sparzwänge. Die Kripochefin hatte eine Akte vor sich auf den Tisch geknallt.

»Würdest du mir das mal erklären? Du hast eine Verdächtige drei Tage lang festgehalten und bist mitten in der Haftprüfung abgehauen? Es wurde bemängelt, dass die Polizei einseitig ermittelt hat!«

»Es gab einen Notfall. Wir haben neben dem Mord mit einer Erpressung zu tun.«

Bredow schüttelte den Kopf. »Warum weiß ich davon nichts? Und den Kollegen Jahn und das Team hast du vermutlich nicht eingeweiht.«

Sie überlegte, was sie ihr sagen konnte. Sie hatte mittlerweile wieder auf dem roten Chefsessel Platz genommen und klopfte ungeduldig mit einem Bleistift auf den Tisch.

»Ich bin dabei, das genau zu rekonstruieren. Der Erpresser kommt aus dem Umfeld des Opfers, er ist gewalttätig und hat einen Unfall verursacht. Das habe ich mitten in dem Termin erfahren.« Sie wollte es so lange wie möglich vermeiden, Toms Namen ins Spiel zu bringen. Wenn sie die ganze Geschichte offenbarte, verlor ihr Schwager seinen Ruf. Andererseits trug er selbst die Verantwortung für seinen Betrug. Sollte sie mit der Wahrheit herausrücken? Doch vielleicht konnte sie alles unter der Decke halten und eine Lösung finden.

Sie musste Bredow beruhigen, bis sie klarer sah und den Erpresser ausfindig gemacht hatte. Sie hoffte, dass ihr Kollege, Matthias Jahn, bei der Nachverfolgung der Handydaten irgendetwas gefunden hatte, und lenkte das Gespräch lieber auf die Grabungen durch die Kriminaltechniker.

»Es gab ernste Hinweise darauf, dass Holger Waldmann eine pädophile Neigung hatte. Ich habe diese Gräber entdeckt, die wir zuvor nicht bemerkt hatten. Der Verdacht lag nahe, dass darin Opfer begraben sein könnten«, kam Rike auf die teure Aktion zu sprechen, die keinerlei Ergebnisse hervorgebracht hatte. Ihre Vorgesetzte sprang darauf an, so wie sie gehofft hatte. »Weißt du, was eine solche Untersuchung kostet? Wie viel Personal das bindet? Über Tage?« Sie begleitete jede Silbe mit einem Stiftklopfen auf den Tisch.

»Ich bedaure diese Fehleinschätzung«, versuchte sie, die Chefin zu besänftigen.

Diese wurde jetzt lauter. »Kannst du dir vorstellen, was wir in der Region für einen Anstieg der Einbrüche haben? Und die Bevölkerung klagt andauernd, dass die Polizei nichts tut! Stattdessen graben wir Gärten um.« Die Mine des Stifts verteilte sich splitternd über den Tisch. Die Brösel wischte sie mit einer Handbewegung weg und verschmierte Graphit auf den Dokumenten. Doch dem schenkte sie keine Beachtung, sondern fixierte Rike wieder empört:

»Und warum tut sie nichts, die Polizei. Weil solche abgehobenen Großstadtermittlerinnen sich einbilden, hier auf dem Land gäbe es einen Serienkindermörder. Schaust du zu viele amerikanische Serien?«

Rike schwieg, schaute auf ihre verschlammten Schuhe, wartete, ob das Donnerwetter vorüberging.

Dann fragte sie: »Und hast du jetzt irgendeine Idee, wie du weiter vorgehen willst? Wer als Täter infrage kommt? Dank des fluchtartigen Aufbruchs ist die Verdächtige ja in Freiheit. Warum wurde nur in eine Richtung ermittelt? Was ist mit all den verfeindeten Nachbarn?

»Wir haben unsere Hausaufgaben gemacht. Die drei Männer, Eduard Scholten, Herbert Löwen und Henning Lüder, haben den Abend mit weiteren Dorfbewohnern im Schützenhaus verbracht. Alle hatten Streit mit dem Opfer. Und dieser Volker Wenning ist körperlich kaum dazu in der Lage, eine solche Tat zu begehen.«

»Wie soll es nun weitergehen?«, fragte Bredow.

Rike hatte im Moment keine neue Strategie vorbereitet. Doch sie sah ihr direkt in die Augen und erklärte: »Wir haben in alle Richtungen ermittelt und werden jetzt den Fall noch mal komplett neu aufrollen. Gleichzeitig werden wir nach dem Erpresser suchen. Ich habe die Kollegen zu einer Besprechung gebeten.«

Skeptisch sah Bredow sie an. »Tu das, aber wenn ich bis Ende dieser Woche keine Ergebnisse habe, dann hat die Hamburger Dienststelle einen Schreibtisch in der Bußgeldstelle. Die Presse beginnt, unangenehme Fragen zu stellen.«

Sie hatte leise gesprochen, doch die Botschaft war deutlich. Sie hatte keine Ahnung, wie sie den Mord und die Erpressung in zwei Tagen lösen sollte. Rike war jedoch froh, dass sie nicht von dem Fall abgezogen wurde.

KAPITEL 37

Matthias Jahn war am Bildschirm beschäftigt. Er sah auf, als sie hereinkam. »Na, den Orkan überlebt? Die Chefin war vorher bei mir und ziemlich geladen.« Er sah sie fragend an, doch sie ging nicht auf das Gespräch ein. Sie blieb in der Tür stehen.

»Hast du etwas zu den Anrufen herausgefunden?«, fragte sie ihn.

Er hatte eine Liste auf dem Bildschirm, wie sie sah, war es das ein Einwohnerverzeichnis von Finstermoor.

»Hab ich«, sagte er und senkte wieder seinen Blick auf die Recherchen.

»Ja, und verrätst du mir, was genau?«

Er bot ihr einen Stuhl neben sich an.

»Es wäre ja nett, wenn du mich über den Stand deiner Ermittlungen informieren könntest. Ich erfahre das alles immer nur aus der Kaffeeküche. Du sollst einen gewissen Erfolg bei wütenden Kripochefinnen und cholerischen Haftrichtern haben.« Rike musste lachen, obwohl sie völlig erschöpft war und ratlos, wie es jetzt weitergehen sollte. Doch sie hatte das Gefühl, ihm vertrauen zu können, und berichtete von der Anhörung.

»Während der Haftprüfung erhielt ich den Anruf, dass mein Schwager Tom einen schweren Unfall hatte. Vorher hat er mir von Drohungen gegen sich und die Familie erzählt.« Sie hatte Angst, dass der Erpresser ernst machen würde. Doch sie war das Risiko eingegangen, nicht die große Maschine bei der Polizei anzuwerfen, um Toms Ruf zu schützen. Glücklicherweise hatte er nur leichte Verletzungen davongetragen. »Er hatte sich mit seinem Wagen überschlagen und lag mit dem Dach zuunterst auf einem Feld neben der Straße. Wenn er gegen einen Baum geprallt wäre, hätte er tot sein können«, sagte Rike.

»Was hat denn der Erpresser damit zu tun?«, wollte Matthias Jahn wissen.

»Die Untersuchung hat ergeben, dass die Radmuttern am rechten Vorderrad gelockert waren, und zwar so, dass es keine bloße Nachlässigkeit sein konnte. Zudem hat der Erpresser danach angerufen und mitgeteilt, dass dies geschehen sei, weil mein Schwager die Forderungen nicht erfüllt hatte.« Rike hatte sich eigens in der Autowerkstatt vergewissert, ob dort eine Schlamperei vorgefallen war. Doch das hatte der Werkstattleiter ausgeschlossen.

Matthias Jahn sah nachdenklich aus. »Wollen wir die Chefin nicht lieber einweihen?«

»Hab ich gemacht, nur nicht in alle Details«, sagte Rike und bat ihn, baldmöglichst eine Sitzung anzusetzen.

»Was ist mit dem Telefon?«, wollte sie wissen.

Er nickte und deutete auf ein Programm auf seinem Computerbildschirm, das er aufgerufen hatte. »Die Nummer gehört zu einem holländischen Handy, das gestohlen wurde.

Es ist nicht möglich, den Besitzer zu ermitteln.« Das hatte Rike befürchtet, das wäre zu einfach gewesen. Sie wollte schon aus dem Büro gehen, da hielt er sie auf.

»Etwas kam doch heraus. Ich habe eine Funkzellenabfrage gemacht. Das Telefon hat sich jeweils in der Funkzelle eingeloggt, die sich in Finstermoor befindet, in der gleichen wie Holger Waldmann. Der Erpresser oder die Erpresserin müssen vor Ort wohnen.« Rike bedankte sich, das hatte sie ohnehin erwartet. Leider half diese Information nicht weiter, um den Urheber dieser Anrufe zu identifizieren.

»Ich habe die Ordner durchgeschaut. Das war der Schriftverkehr mit Ämtern, der Baubehörde, dem Finanzamt und der Tierärztlichen Hochschule sowie der Versicherung. Der hat sich immer wieder über alles Mögliche beschwert und gegen jedes Schreiben, was er erhielt, Widerspruch eingelegt, Klagen geführt. Im letzten Ordner fanden sich massenhaft Austrittsschreiben.«

»Wo ist der denn ausgetreten?«

»Aus der Bundesrepublik Deutschland im Großen und ansonsten aus allem, was ging. Zum Beispiel aus dem Steuersystem, der Krankenkasse, oder dem öffentlich-rechtlichen Rundfunk. Den ablehnenden Schreiben hat er dann widersprochen, jedes Mal. Naja, so ein richtiger Querulant eben.«

»Puh, schon verrückt, aber ein Motiv gibt das leider auch nicht her«, seufzte sie.

Sie wollte vor der Konferenz nochmals mit Tom sprechen, der im Krankenhaus lag. Hoffentlich war er ansprechbar und sie konnte ihm ungestört weitere Fragen stellen. Außerdem musste sie sich zurechtlegen, was sie ihrer Schwester mitteilte.

Sie fuhr in die Klinik und fragte am Empfang nach ihrem Schwager. Sie erfuhr, dass dieser von der Notaufnahme direkt in die Abteilung Inneres verlegt worden war. Sie hatte ihrer Schwester nicht sofort von dem Unfall erzählt, weil Tom sie gebeten hatte zu schweigen. Die Rezeptionistin hatte ihr eine Zimmernummer gegeben, sie fuhr mit dem Fahrstuhl in den dritten Stock. Sie öffnete die Tür zu einem Zweibettzimmer. An der Tür schlief ein älterer Mann, am anderen Bett sah sie eine Krankenschwester, die dabei war, die Bettwäsche abzuziehen.

Rikes Herz setzte einen Moment aus. »Ich suche Tom von Menkendorf.« Ihre Stimme zitterte. So schlimm war er doch nicht verletzt!

Die Schwester sah auf und sagte kopfschüttelnd: »Hat sich vor einer halben Stunde selbst entlassen, wieder mal so ein Unbelehrbarer.« Rike war erleichtert, sie beschloss, Tom zu Hause aufzusuchen und Klartext zu sprechen, es war ihr egal, dass dann ihre Familie von dieser Fälschung erfahren würde. Der Erpresser hatte gezeigt, wozu er fähig war. Das nächste Mal konnte ein solcher Anschlag schlimmer ausgehen.

KAPITEL 38

Mama war wieder da. Statt sie zu umarmen, hatte sie an ihr vorbeigesehen. Sophie konnte verstehen, dass sie sauer war. Mittlerweile bereute sie die ganze Aktion. Das war keine kleine Dummheit, zur Polente zu gehen und die eigene Mutter anzuschwärzen. Sie hatte das nicht einmal Michelle erzählt, selbst ihre Freundin würde es nicht verstehen. Augusta hatte wegen ihr im Gefängnis gesessen. Im Fernsehen hatte sie gesehen, wie schrecklich es im Knast zuging. Sophie hatte überlegt, ob sie nicht nochmals zur Kommissarin gehen sollte und sagen, dass sie in der Nacht geschlafen und niemanden bemerkt hatte. Ehe sie sich dazu durchgerungen hatte, war Augusta zurückgekommen. Sie würde sich entschuldigen, sobald sie mit ihr alleine sprechen konnte. Mama hatte sie nicht in den Arm genommen wie Gülce und die anderen Kinder. Sie hatte nur »Hallo, Sophie« gesagt und sie traurig angesehen. Das traf sie, und ihr wäre es lieber gewesen, wenn Mama mit ihr geschimpft hätte.

Doch sie sah müde aus, war lange im Badezimmer verschwunden und hatte sich dann hingelegt. »Am besten, ihr lasst sie erst mal in Ruhe ankommen. Sie braucht Schlaf«, sagte Margo.

Sie sollten in ihre Zimmer gehen. Doch in dem Moment kam ein Auto vorgefahren. Das tiefe Röhren des Motors kam Sophie bekannt vor. Sie sah aus dem Küchenfenster, wo sie um den Tisch saßen. Sie hatte sich nicht getäuscht. Das war Papas Porsche. Für einen Augenblick hoffte sie, dass alles wieder gut würde. Wenn ihr Vater zu ihnen zurückkehren würde. Sicher würde er ihre drei Stiefgeschwister mögen.

Sie rannte auf den Hof und stoppte ruckartig, als sie seine Tussi auf dem Beifahrersitz sah. Wie konnte er ihr und Mama das nur antun? Er breitete die Arme aus und sagte:

»Hallo, Sophie.« Sie ließ die Umarmung widerwillig zu, denn sie war enttäuscht, dass er diese Frau in ihr Zuhause mitbrachte. Mama ging es nach den Tagen im Gefängnis schlimm genug.

»Hast du Lust, in Zukunft bei uns zu wohnen?« Papa hielt sie vor sich und sah sie an. Er trug Jeans und seine Motorradlederjacke, in der sie ihn so cool fand, und sie genoss seinen vertrauten Ledergeruch. Doch was sollte das – bei ihnen wohnen?

»Bei der da?«, Sophie zeigte auf die Frau, schüttelte den Kopf. »Nie im Leben.« Sie riss sich los, rannte durch die Küche in ihr Zimmer. Was sollte das denn bedeuten? Er wusste doch, dass sie die Tussi absolut nicht ausstehen konnte. Nach Monaten ohne jede Nachricht tauchte er auf und brachte diese Frau mit. Für diese Trulla hatte er sie beide sitzen lassen. Der merkte wohl nichts mehr? Sophie schmiss sich auf ihr Bett, doch sie hörte, wie sie sich im Wohnzimmer stritten. Mama und Papa schrien sich in einer Lautstärke an, dass sie es mitbekam, obwohl sie sich die Ohren zuhielt.

Elegante war in ihr Zimmer gekommen, hatte sich auf den Bettrand gesetzt und ihren Kopf gestreichelt. »Geht vorüber, weine nicht«, hatte er gesagt, und da hatte sie gemerkt, dass ihr Kissen schon fast nass geheult hatte. Dabei wollte sie das gar nicht. Die konnten sie mal, ihre Eltern waren ihr doch völlig egal. Ein paar der Wortfetzen hatte sie verstanden und sie musste einsehen, dass Papa nicht gekommen war, um sie zu besuchen. Er wollte den

Hof verkaufen und hatte die Scheidung eingereicht. Ihr Vater und die Tussi bekamen ein Kind, und er hatte das Sorgerecht für sie beantragt. Angeblich war Mama nicht in der Lage, für sie alleine zu sorgen. Als ob sie nicht selber entscheiden konnte, wo sie leben wollte. Sie überlegte krampfhaft. Niemals würde sie bei Papa mit dieser Tussi wohnen. Doch wenn er das Haus verkaufte, hatten sie keine Wohnung. Wo sollten sie hin mit Pony Max, den Eseln und vor allem Elegante, Maurizio und Gülce, wenn sie den Hof nicht mehr hatten? Sophie wollte nicht wieder nach Hamburg, ihr gefiel es hier in der Schule. Sie hatte nie eine so gute Freundin gehabt wie Michelle und sie konnte sich nicht vorstellen, auf Max zu verzichten.

Es war umso trauriger, dass Henry nicht mehr lebte. Seit Mama mit dem Hof alleine so viel zu tun hatte, war sie oft nach drüben gegangen, wenn sie nicht weiterwusste. Er tröstete sie, erklärte ihr, wie hart das alles für ihre Mutter war. Jetzt gab es keinen Erwachsenen, der ihr zuhörte. Michelle sah sie kurz in der Schule. Sie konnten nur in den Pausen miteinander sprechen, doch ihrer Freundin ging es nicht gut. Henry hatte einen Plan gemacht, dann hatte ihn jemand umgebracht. Sie hatte keine Ahnung, wer sonst helfen könnte. Michelle wollte nicht mit der Polizei reden.

Sie hörte, wie Margo auf ihre beiden Eltern einsprach. »Schluss jetzt, Felix. Du solltest dich mal um deine Tochter kümmern und nicht an ihr herumzerren. Sie leidet unter diesem Streit und hat einiges durchgemacht. Und was denkst du dir dabei, sie mit der Neuen und ihrer Schwangerschaft zu überrumpeln«, hatte sie Papa angefahren. Diese Margo konnte nerven. Aber im Grunde war sie gar nicht so verkehrt. Die Antwort hatte sie nicht gehört, denn dieses Mal hatte er nicht geschrien.

Sophie hatte die Hoffnung aufgegeben, dass ihre Eltern sich vertrugen. Die beiden schienen sie vergessen zu haben.

Das Telefon klingelte, und sie war froh um jede Ablenkung. »Hallo, Sophie, du magst doch Hunde. Möchtest du uns in einem Notfall helfen?«, fragte ein Herr Meyer vom Tierheim.

Den Mann kannte sie nicht, obwohl ihr die Stimme bekannt vorkam. Sicher war sie dem netten Herrn schon begegnet, es gab so viele Ehrenamtliche, die sie nicht alle namentlich kannte. »Gerne. Wann soll ich denn da sein?«, fragte sie aufgeregt. Dann hörte sie sich aufmerksam an, was sie zu tun hatte.

Natürlich würde sie sofort losfahren in diesen Wald und den verletzten Hund ins Heim bringen. Tiere waren nicht so gemein wie Menschen, das hatte Henry gesagt. Sie kletterte lieber aus dem Fenster, damit ihre Eltern oder die Tussi sie nicht bemerkten. Die brüllten immer noch herum. Auf deren Fragen hatte sie null Bock!

KAPITEL 39

Er liebte das raue Klima seiner Heimat. Tage, an denen Stürme unbarmherzig über das flache Land zogen, die Flut an den Deich drückten, die Bäume bogen und ganze Dächer mitnahmen. Die Temperaturen waren meist milder als anderswo im Land. Er konnte sich nicht erinnern, dass es Anfang November Frost gegeben hatte wie an diesem Tag. Das Moor war eine gleichmäßige weiße Landschaft, wie eingefroren, eine Schicht Raureif hatte sich über das Schilfgras gelegt. Das Mädchen würde frieren, doch das war ihm egal, sie sollte einen richtigen Denkzettel bekommen, diese freche Göre. Das war ein Früchtchen, das hatte er von Anfang an gesehen.

Er verschloss alle Fenster der Jagdhütte mit den Fensterläden, die Tür hatte er abgeschlossen und zudem oben und unten jeweils ein Vorhängeschloss angebracht. Hier war sie vorerst sicher und würde nicht länger ihre Späße auf seine Kosten treiben. Vor zwei Tagen hatte es angefangen mit diesen Anrufen, diesen dreckigen Worten und Drohungen. Er werde dasselbe erleben wie Holger Waldmann.

Diesen Spaß konnte nur sie sich erlaubt haben. Er hatte Michelle gefragt, ob sie ihrer beider Geheimnis der Freundin anvertraut hatte, doch sie hatte nicht geantwortet. Sie waren sich früher immer einig, dass nur sie davon wussten. Dass sie niemandem davon erzählen würde. Seine Kleine hatte sich verändert. Sie war ein braves und sanftes Mädchen gewesen und hatte ohne Murren getan, was ihr Vater ihr gesagt hatte. Zuletzt schloss sie sich in ihr Zimmer ein, sprach nicht mit ihm oder ging sogar offen in den Widerspruch. Das war der schlechte Einfluss dieser Hamburger Göre. Wie rannte die überhaupt rum? Ein völlig vernachlässigtes Kind, das selbst am Sonntag dreckige Reithosen anhatte und gar nicht daran dachte, in die Kirche zu gehen, wie sich das gehörte. Völlig unerzogen. Dabei hatte eine Ohrfeige nie geschadet. Ein Kind musste doch lernen, was richtig war. Seiner Michelle hatte er verboten, nach der Schule das Haus zu verlassen. Denn er hatte nur sie. Sie liebte ihren Papa, das hatte sie ihm immer wieder gesagt. Was sind das nur für Menschen, fragte er sich, die alles mit hässlichen Bezeichnungen versahen. Es gab solche bösartigen Täter, die Kindern Gewalt antaten. Dazu gehörte er nicht, er erzog seine einzige Tochter, und das war gut so. Sie war ein braves und ehrliches Mädchen, wusste, was sich schickte und was nicht.

Er war an seinem Wagen angekommen und schloss ihn auf, um nach Hause zu fahren. Endlich war diese Göre weggesperrt und konnte Michelle nicht länger aufwiegeln. Das war schon unglaublich gewesen, mit welcher Frechheit sie ihn angerufen hatte. Aus dem Mädchen würde sicher später einmal eine Kriminelle werden. Es war eine Computerstimme, die ihm das Hässliche ins Gesicht gesagt hatte und ihn aufforderte, dass er sich der Polizei stellen und Vergehen an seiner Tochter zugeben solle. Sonst würde ihm etwas Schlimmes zustoßen, und sein Kind werde als Waise endlich richtige, gesunde Eltern bekommen. Er wusste gleich, wer sich diesen Schabernack mit ihm erlaubte. Michelle hatte in den vergangenen Monaten viel Zeit mit dieser Sophie verbracht. Es war ja nicht so, dass er ihr kein Vergnügen gönnte. Denn die Neuen hatten Pferde, das hätten sie sich niemals leisten können. Deshalb hatte er dem Treiben so lange zugesehen. Doch nun musste er andere Saiten aufziehen. Sonst würde die genauso eine Kriminelle werden wie das Mädchen vom Lüderhof. Denn die kam aus Hamburg, und die Gören dort rauchten, tranken und nahmen Drogen. Das würde er zu verhindern wissen. Endlich stand er vor seinem Haus, Michelle schlief. Er würde in ihr Zimmer gehen und ihr gleich selber sagen, dass sie ihre Freundin nicht mehr wiedersehen würde, weil die alleine abgehauen war. Doch ihr Papa, der würde für immer bleiben. Denn er liebte sie genauso wie sie ihn.

KAPITEL 40

Sie schrie ein drittes Mal den Namen des Mädchens. Margo lief ungeduldig zurück in die Küche, um auf die Uhr zu sehen. Die anderen drei Kinder hatten ihre Schultaschen gepackt und waren auf dem Weg zum Schulbus. Wenn sie nicht bald käme, würde der Bus weg sein, und sie durfte dann zusehen, wie sie das Mädchen in die Schule beförderte. Augusta hatte sie lieber in Ruhe gelassen, sie war nicht in der Lage aufzustehen oder die Kinder zu versorgen. Nach der Untersuchungshaft und dem Besuch ihres Ex war sie zusammengebrochen. Margo hatte sie beruhigen müssen und ihr versprochen, sich weiter um die Kinder zu kümmern. Sophie hatte den Streit ihrer Eltern mitgehört. Sie wirkte verstört. Nicht einmal zum Essen war sie nach unten gekommen. Margo klopfte an die Tür, niemand antwortete. Sie sah hinein, der Raum war leer, das Bett gemacht. Das hieß, dass Sophie gar nicht darin geschlafen hatte. Hoffentlich war sie nicht schon wieder ausgebüxt. Margo sah sich im Zimmer um. Es wirkte nicht, als ob etwas fehlte, und das Fenster war dieses Mal geschlossen.

Sie suchte die anderen Kinderzimmer ab, ging in den Stall, doch das Mädchen war verschwunden. Es half nichts, sie musste Augusta fragen, ob sie mit Sophie gesprochen hatte. Sie klopfte an die Wohnzimmertür und sah hinein, im Raum befand sich nur ihre Freundin, die auf dem Sofa lag und hochgeschreckt war. »Weißt du, wo Sophie ist?«

Voller Entsetzen richtete Augusta ihren Oberkörper auf. »Nein, sie kann doch nicht schon wieder weg sein.« Sie fing hysterisch an zu schreien. »Er wird sie mir wegnehmen. Ich kann nicht mehr«, und heulte dann wie ein kleines Kind.

Margo setzte sich auf die Sofakante und bat ihre Freundin: »Wir müssen jetzt einen klaren Kopf bewahren und sie suchen, bitte beruhige dich.«

Augusta entschuldigte sich, starrte mit leeren Augen vor sich hin und fragte mit ersterbender Stimme: »Was soll ich denn tun?«

»Wir überlegen jetzt erst einmal, wann wir sie zuletzt gesehen haben, und fragen die Kinder. Wir müssen in die Schule fahren und uns dort umhören«, schlug Margo vor, und ihre Freundin nickte.

Sie setzten sich in die Küche, sie machte einen Kamillentee und dachte nach, wann sie Sophie zum letzten Mal gesehen hatte. Das war am späten Nachmittag gewesen, nachdem sie ihren Vater auf dem Hof begrüßt hatte. Ihre Augen hatten geleuchtet, als sie ihn sah. Dann sank sie in sich zusammen, tränenüberströmt lief sie in ihr Zimmer. Felix war mit der Sensibilität eines Panzerkreuzers vorgefahren, hatte Forderungen gestellt und ihr gedroht, ohne jede Rücksichtnahme. Doch Augusta hatte dazu glücklicherweise nicht Ja und Amen gesagt, sondern sich zur Wehr gesetzt und an seine Verantwortung für ihr gemeinsames Kind appelliert. Danach war es zu einem hässlichen Streit gekommen. Beide waren laut geworden. Deshalb konnten sie nicht ausschließen, dass Sophie ausgerissen war. Allein der Anblick ihres Vaters mit seiner neuen Partnerin hatte sie völlig verstört. Vielleicht war sie schon am frühen Abend abgehauen? Sie hatten es nicht bemerkt.

Sie hatte Elegante gebeten, sich um das vorbereitete Abendessen zu kümmern. Margo hatte zur Feier des Tages eine Lasagne zubereitet, die der Junge selbstständig warm machen sollte. Die Kinder hatten alleine gegessen, während sie über die Situation sprachen, den Streit mit Felix, die Zukunft des Hofes und aller Bewohner. Sie hatte sich ernsthafte Sorgen um Augusta gemacht, die miserabel aussah und völlig verzweifelt war. Sie hatten die Perspektiven diskutiert, ohne den Hof weiterzumachen. Als Erstes würde sie versuchen, ihre frühere Arbeit wiederzubekommen. Doch das schien schwierig, denn die Stelle der Kunstpädagogin war wieder besetzt. Zudem wollte sie nach Alternativen Ausschau halten und einen Anwalt befragen, welche Pflichten Felix finanziell hatte. Eine dritte Option war es, einen Träger zu finden, der den Hof finanzierte, sodass sie hier mit allen Kindern bleiben konnte.

Sie hatten lange geredet und überlegt, wie es weitergehen sollte. Hätte sie doch bloß nach dem Mädchen gesehen. Erst jetzt war ihr klar, wie es Sophie gehen musste, die ihr Zuhause bedroht sah. Offenbar hatte Augusta den gleichen Gedanken.

Sie schob ihre Tasse Tee von sich, sodass der halbe Inhalt auf den Tisch schwappte. »Was bin ich für eine schreckliche Mutter. Felix hatte recht mit seinen Vorwürfen, ich habe Sophie vernachlässigt. Aber ich war schockiert darüber, dass sie gegen mich ausgesagt hatte.« Davon erfuhr Margo zum ersten Mal. Augusta berichtete, was sie von Felicitas von Menkendorf gehört hatte.

»Das darfst du ihr nicht übel nehmen. Sie ist durcheinander und war empört über die Demonstrationen gegen Henry«, beschwichtigte Margo. »Ich werde mal mit ihr reden, ob sie jemanden gesehen hat. Wir finden sie schon!« Doch insgeheim machte sie sich Sorgen. Was, wenn Sophie Zeugin der Tat war und der Mörder sie in seiner Gewalt hatte?

»Wir müssen in die Schule, ich bin dann mal weg«, sagte sie. Augusta sprang auf. »Ich kann jetzt hier nicht alleine rumsitzen, ich bin dabei.«

Sie verabredeten im Auto, dass sie sich auf die Klassenzimmer der Kinder aufteilen und dann fragen wollten, was diese über Sophies Pläne wussten. Elegante sagte, dass sie am späten Nachmittag mit ihrem Fahrrad weggefahren war. »Es ging um einen verletzten dreibeinigen Hund. Sie sollte ihn abholen und ins Tierheim bringen.« Vom Abendessen hatte sie sich abgemeldet. Das erschien Margo merkwürdig. Zwar half Sophie häufig bei dem Verein aus, sie hatten schon Katzen und Igel dorthin gebracht. Aber das Heim rief niemals an, um Hunde von einem Teenager transportieren zu lassen. Irgendjemand musste sie aus dem Haus gelockt haben.

Sie gingen in Sophies Klasse, die Lehrerin erlaubte ihnen, einige Worte mit Michelle zu wechseln, die sie lange nicht mehr zu Gesicht bekommen hatten. Margo fiel auf, dass diese abgemagert und blass aussah und schwarze Augenringe hatte. »Weißt du, wo Sophie sein könnte?«

Das Mädchen schüttelte den Kopf, alles Blut schien ihr aus dem Gesicht gewichen zu sein.

»Keine Ahnung, sonst hätte ich gesagt, bei Henry, das war unser Freund. Was ist mit Sophie?«

»Das wissen wir nicht«, sagte Margo. »Weißt du, ob sie schon mal einen Hund ins Tierheim geschafft hat?« Michelle sah sie mit großen Augen an und schüttelte den Kopf. »Das dürfen Kinder nicht. Wir müssen anrufen, und das Tier wird abgeholt. Hat sie deshalb Ärger?«, sie klang angsterfüllt und schluchzte. »Sophie soll wiederkommen, sie ist meine einzige Freundin. Sonst kann mir keiner mehr helfen.«

»Wir werden sie finden«, sagte Margo und ließ sich den letzten Satz auf der Zunge zergehen. Sie fragte: »Ist alles okay mit dir, oder sollen wir dich nach Hause bringen?« Michelle schüttelte schnell den Kopf und ging dann wieder in ihre Klasse. Margo hatte den Eindruck, dass die Kleine erschrocken war, nicht nur wegen des Verschwindens ihrer Freundin. Sie hatte nicht alles gesagt und ihre Aussage klang kryptisch, so als enthielte sie eine verborgene Botschaft. Was hatte sie damit gemeint? Sie musste nochmals in Ruhe mit dem Mädchen sprechen – und hoffte, dass Augusta mehr erfahren hatte. Sie traf ihre verzweifelte Freundin, die mit Maurizio und Gülce gesprochen hatte. Diese bestätigten, dass Sophie am späten Nachmittag losgefahren war und von dem Hund erzählt hatte. »Wir müssen Rike von Menkendorf informieren«, sagte Margo.

Augusta war nicht überzeugt von den Fähigkeiten der Kommissarin. Sie schlug vor, zuerst das Tierheim zu befragen und direkt dorthin zu fahren. Margo hatte keine Ahnung, wo sich das Heim überhaupt befand, seit ihrer Ankunft war sie kaum aus Finstermoor hinausgekommen. Sie fuhren wieder durch ihr Dorf, von dort aus eine kleine schmale Straße zwischen den Feldern entlang, diese endete in einem Waldweg, den Augusta weiterfuhr. Margo erschrak, als sie an einem Maschendrahtzaun ankamen, an dem sich eine Meute von 20 Hunden laut bellend gegen das Gitter warf. An einem Metalltor hielt sie und klingelte. Sie wurden hereingebeten, das Tor ging auf, und sie fuhren bis zu einem Bungalow und parkten dort. Margo hatte wegen der Hunde Angst auszusteigen, doch Augusta beruhigte sie.

»Die bellen nur, kein Grund zur Sorge.« Das war leicht gesagt. Ein zotteliger schwarzer Vierbeiner legte ihr die Pfoten auf die Schultern, während sie vor dem Auto warteten. »Kss, gehst du weg«, versuchte sie, ihn abzuschütteln. Doch er genoss den Kontakt. Eine ältere Frau mit wallendem rotem Wollgewand im Schichtenlook kam lächelnd auf sie zu: »Oh, Tyson scheint ja ein Frauchen gefunden zu haben.«

Margo verdrehte die Augen. »Sehr freundlich, aber ich habe eher Angst vor Hunden. Könnten Sie Tyson übernehmen?«

Sie hoffte, dass sein Name kein Programm war. Endlich befreite die Betreiberin sie.

»Hallo, Bella«, begrüßte Augusta die Frau und sagte dann: »Wir haben einen Notfall, Sophie ist weg. Wann ist sie gestern hier gewesen?«

Die Frau strich sich nachdenklich durch die Lockenpracht:

»Sophie habe ich vor zwei Wochen zum letzten Mal gesehen. Sie stand unter Quarantäne, da sie bei Holger Waldmann die kranken Tiere mitbetreut hat.«

»War Sophie gestern nicht hier? Sie hat einen Anruf bekommen, dass sie einen dreibeinigen Hund hier ins Tierheim bringen sollte«, fragte Margo.

»Nein, wir haben nicht angerufen. Und das wäre nicht Sophies Aufgabe, wir haben Mitarbeiter, die gesichtete Tiere einsammeln. Dafür setzen wir keine Jugendlichen ein«, sagte die Frau verwundert.

Das hatte Margo befürchtet. Es war höchste Zeit, die Kommissarin zu informieren.

Gab es einen Zusammenhang zwischen der Entlassung von Augusta und dem erneuten Verschwinden ihrer Tochter? Gab es jemanden, der eine Zeugin beseitigen wollte? Der Mörder oder die Mörderin von Holger Waldmann waren auf freiem Fuß, da die Polizei in die falsche Richtung ermittelt hatte. Hatten die Täter Sophie in der Gewalt? Wer hatte sich die Geschichte mit dem dreibeinigen Hund ausgedacht?

KAPITEL 41

Es war so still im Konferenzraum, dass ein Papierrascheln auffiel. Es war eine der unangenehmsten Situationen, die sie in ihrem Beruf erlebt hatte. Rikes Kopf fühlte sich wattig an, doch sie gab sich einen Ruck und verteilte den Bericht, den sie erstellt hatte.

»Informieren Sie die Kollegen über den kompletten Vorgang«, hatte Bredow ihr in einem Ton aufgetragen, der keinen Widerspruch duldete. Es half nichts, sie musste die Hochstapelei ihres Schwagers und die Erpressung öffentlich bekannt geben.

In ihrem Bericht hatte sie die Forschungsergebnisse von Holger Waldmann zur Katzenseuche zusammengefasst. Er hatte erkannt, dass der Erreger von Katzen auf Hunde übertragen werden konnte – und dies anhand eigener Untersuchungen bewiesen. Die Fachwelt hatte diese Erkenntnis zurückgewiesen und dem Amateurforscher keinerlei Gehör geschenkt. Ihr Schwager war ebenso wenig auf dessen Forschungen eingegangen, hatte die Entdeckung aber in seiner Doktorarbeit übernommen. Er hatte die Ergebnisse gestohlen. Irgendjemand hatte nach Waldmanns Tod davon erfahren und ihren Schwager mit diesen Erkenntnissen unter Druck gesetzt. Der Moment im Sitzungsraum, als alle Augen sich auf sie gerichtet hatten und die Kollegen minutenlang schwiegen, war schrecklich. Sie wusste, dass die Neuigkeit sich blitzschnell im Landkreis und in der Kleinstadt verbreiten würde. Der feine Herr Amtstierarzt war ein Betrüger, der einem Außenseiter Forschungsergebnisse gestohlen hatte, da er sonst seine Promotion nicht geschafft hatte. Ausnahmsweise tat ihre Schwester ihr leid. Diese konnte nicht verlieren – und sie würde nicht glauben, was ihr Mann getan hatte. Felicitas würde eine Intrige vermuten und Rike alles in die Schuhe schieben.

Nach ihrem Bericht schwiegen die Kollegen. Nur das Blättern eines Papierstapels war an dem langen Tisch zu hören. Schließlich ergriff Carla Bredow das Wort.

»Sie wissen schon, dass Ihr Schwager damit auch des Mordes verdächtig ist. Sein Motiv ist ebenso stark wie das dieser Frau Rothermund. Möchten Sie ihn selber ins Präsidium holen?«

Sie war dankbar für den Vorschlag und sah Matthias Jahn an. »Alles klar, wir sind schon so gut wie unterwegs.« So konnte sie ihre Familie zumindest darauf vorbereiten, was auf sie zukam. Der Name von Menkendorf, den er bei der Hochzeit angenommen hatte, würde durch sein Verhalten in den Schmutz gezogen. Ihr Vater wäre aufgebracht.

»Nobel, nobel«, bemerkte Matthias Jahn, als sie die Allee zum Schloss hinauffuhren. Ihr gingen zu viele Gedanken durch den Kopf, sie schwieg. Sie wollte vorher schon mit Tom über den Mordvorwurf sprechen, um diesen ausräumen zu können.

In der Halle traf sie auf ihre Schwester, die sie voller Wut attackierte:

»Wann hatte denn die feine Frau Kommissarin die Absicht gehabt, die Ehefrau des Verunglückten über den Autounfall zu informieren? Ist das jetzt die Rache, weil Tom mich mehr geliebt hat als dich?« Sie schüttelte Felicitas ab, die sich voller Wut mit ihren Händen in ihre Jacke gekrallt hatte, wandte sich ihr kurz zu.

»Felicitas, seitdem sind über 15 Jahre vergangen, lass mich bitte mit den alten Geschichten in Ruhe!« Sie hatte nach

Tom gerufen und war unter lautem Protest ihrer Schwester zu seinem Arbeitszimmer gegangen.

»Ist Tom jetzt auch verdächtig, weil du im Fall nicht weiterkommst?«

»Wir müssen Ihren Mann befragen, bitte lassen Sie uns durch«, bat Matthias Jahn versöhnlich.

Sie wusste nicht, was er seiner Frau über die Erpressung gesagt hatte, doch er würde nicht umhinkommen, reinen Tisch zu machen. Sie konnte die Informationen nicht länger zurückhalten. Unter Felicitas' Protest waren sie bis zu seiner Tür gegangen. Sie klopfte mehrmals.

Unschlüssig warteten sie ein paar Minuten. Er antwortete nicht. Rike hatte ein schlechtes Gefühl und öffnete die Tür. Mit einem Blick hatte sie die Situation erfasst. Er saß da, zusammengesunken und leblos, die Pistole auf dem Boden, überall rot. Sie fühlte sich, als würden die Beine unter ihr wegsacken. Dann dachte sie an Felicitas, die ihr gefolgt war. Blitzschnell stieß sie ihre Schwester zurück, nahm sie dann am Arm und brachte sie ins Wohnzimmer. »Du solltest ihn nicht so sehen.«

»Was hast du ihm gesagt? Das kann nicht sein!« Felicitas schrie laut auf, wollte an ihr vorbeilaufen, zu ihrem Mann.

Rike musste sie mit Kraft auf das Sofa drücken, ihre Schwester weinte hemmungslos, wie von Sinnen schlug sie auf sie ein: »Warum bist du nur wiedergekommen, alles war doch in bester Ordnung, bevor du hier aufgetaucht bist.«

Sie löste sich und rannte in das Büro ihres Vaters. »Papa, bitte komm schnell. Tom ist tot.«

Er wurde blass, behielt aber die Fassung und folgte ihr zu Felicitas. Er nahm seine jüngere Tochter tröstend in den Arm.

Friederike ging zurück in das holzgetäfelte Büro ihres Schwagers. »Die Spurensicherung ist unterwegs«, sagte

Matthias Jahn, der den Raum bewacht hatte, sodass kein weiteres Familienmitglied den Toten unvorbereitet sah und Spuren vernichtete.

»Wir sehen uns den Tatort noch mal an, ob es irgendwelche Zweifel am Ablauf gibt. Es könnte vorgetäuscht sein«, schlug Rike vor. Sie reichte dem Kollegen einen Ganzkörperanzug, Füßlinge und Handschuhe, dann nahmen sie den Toten und das Zimmer erneut in Augenschein.

Ihr lebloser Schwager saß auf seinem Bürostuhl, überall um ihn war Blut verspritzt. Sie konnte einen Einschuss an seiner Schläfe erkennen, die Schusswaffe lag neben ihm auf dem Fußboden. Seine Papiere lagen geordnet auf dem Schreibtisch.

Die Situation schien auf den ersten Blick klar, sie müssten ihn auf Schmauchspuren untersuchen. Er hatte eindeutig ein Motiv für einen Suizid gehabt. Kurz dachte Rike an die Zeit zurück, als sie mit ihm zusammen war, ihrer großen Liebe. Doch sie wusste, dass sie alles Persönliche verdrängen musste, sonst konnte sie nicht länger objektiv bleiben. Die Ermittlungen in diesem Fall würde sie einem Kollegen überlassen müssen.

Auf seinem Schreibtisch lag ein Abschiedsbrief, den sie kurz überflog und fotografierte. Er räumte darin seinen Betrug beim Erstellen der Doktorarbeit ein und entschuldigte sich bei seiner Frau. Über den Mord und die Erpressung hatte er nichts geschrieben. Felicitas hatte klar bezeugt, dass er in der betreffenden Nacht zu Hause war. Ihre Schwester hatte einen leichten Schlaf, und selbst wenn sie beide schon immer wie Hund und Katze waren, traute Rike ihr nicht zu, einen Mord zu decken. Sie warf einen letzten Blick auf ihren toten Schwager. Wie traurig, dass alles so gekommen war. Motorengeräusche und ein Klingeln rissen sie aus ihren Gedanken, sie ging zur Haustür und nahm die Kollegen von der Spurensicherung in Empfang, sie führte sie zu Toms Arbeitszimmer. Danach rief sie die Chefin an und berichtete ihr, was geschehen war. »Lass die Spusi ihre Arbeit machen und komm direkt hierher in mein Büro, ohne Alleingänge«, befahl diese.

Als sie dort eintraf, murmelte Carla Bredow eine kurze Beileidsformel und stellte fest: »Damit ist der Fall doch klar, deutlicher kann man eine Tat nicht gestehen.«

Für Rike war nichts aufgeklärt. »Er kann nicht der Mörder gewesen sein, er hat ein Alibi!«

Skeptisch sah Bredow sie an. »Meinst du die Aussage deiner Schwester, seiner Ehefrau?«

Rike war sich bewusst, dass die Erklärung von Ehegatten meist kein zuverlässiges Alibi hergab, doch niemand kannte Felicitas so wie sie. Sie konnte beschwören, dass diese nie einen Mord decken würde. Selbst eine Falschaussage traute sie ihr nicht zu.

»Ich kenne meine Schwester, die würde niemals …«

Doch Bredow schüttelte unwirsch den Kopf: »Findest du das professionell? Ich hätte dich längst von dem Fall abziehen müssen! Du scheinst dich in eine Richtung verrannt zu haben und alle anderen Lösungen auszuschließen. Außerdem hätte ich gerne eine Erklärung dafür«, sie knallte ihr einen Stapel Papier auf den Tisch, sie erkannte den Briefkopf der Kriminaltechnik. »Nur für den Fall, dass du an die Rothermund als Täterin glaubst, wir haben die Tatwaffe. Das war keineswegs der Stein, den sie geschleudert hat. Schau dir das bitte mal genau an.«

»Es gab Indizien, die für sie als Täterin sprechen, aber wir werten neue Informationen aus, unter anderem suchen wir den Erpresser. Wir brauchen zwei oder drei Tage.«

Bredow schüttelte den Kopf. »Du hast bis übermorgen Abend Zeit, dann machen wir eine Pressekonferenz. Der

Täter war Tom von Menkendorf. Klarer kann das Motiv nicht sein.«

Rike war sich sicher, dass Tom Waldmann nicht umgebracht hatte. »Er war es nicht. Er hat sich lieber selbst gerichtet, als seinen Betrug zuzugeben. Du riskierst damit, dass der Mörder frei draußen herumläuft«, widersprach sie.

Die Kripochefin stöhnte genervt auf. »Zwei Tage bekommst du, bring mir bis dahin etwas Brauchbares.«

Sie sah auf die Uhr und griff zum Telefonhörer, sie hörte, dass sich der Pressesprecher meldete. Bredow kündigte die Pressekonferenz an. Sie verstand das Signal, ihre Audienz war beendet. Sie ging in Richtung des Büros ihres Kollegen, sie hatte keine Ahnung, wo sie in dieser kurzen Zeit einen neuen Verdächtigen finden sollte.

KAPITEL 42

Es war mitten in der Nacht, wieder diese Stimme am Telefon. Er hielt Arko an der Leine dicht bei sich und ging seine Runde entlang der Hauptstraße von Finstermoor. Es war still, kein Gebell hallte von dem Grundstück des Verrückten. Das Hurenbalg war tot, mausetot, doch das Schwein hatte seiner Tochter Flausen in den Kopf gesetzt. Und er verfolgte ihn aus dem Jenseits, drohte ihm. Er glaubte nicht an solchen Firlefanz wie Stimmen von oben so wie seine Gitti. Doch wer war es, der ihn mit diesen Anrufen quälte? Blechern tönte es aus seinem Telefonhörer. »Ich weiß, was du getan hast. Stell dich oder richte dich selbst, sonst wirst du ein schlimmes Ende nehmen.«

»Wollen Sie Geld?«, fragte er verzweifelt, doch da ertönte nur das irre Lachen, dann tutete es aus dem Apparat. Täglich ging das so, mehrmals.

Er bog jetzt am Schützenhaus ein und überlegte fieberhaft, wer konnte das nur sein, wenn es nicht aus dem Jenseits kam. Wer drohte ihm? In der letzten Nacht war es schlimm gewesen, die Stimme hatte ihn aufgefordert, bei der Polizei alles zu gestehen oder selbst Schluss zu machen. Dann würde er lieber sein eigenes Ende wählen – und er würde nicht alleine gehen.

Die Göre aus dem Herrenhaus war untergebracht. Er hatte sie im Verdacht, ihn mit Anrufen zu terrorisieren. Doch sie war es nicht, schließlich saß sie fest, die Belästigung war weitergegangen, sogar mehrmals täglich. Irgendetwas hatte sie damit zu tun. Wer kam infrage?

Arko war an einer Holzbank stehen geblieben und beschnüffelte diese von allen Seiten, er reagierte nicht auf sein Kommando zum Weitergehen. Seine Welt stürzte zusammen, was sollte er mit diesem dreisten Gör anstellen? Er könnte sie lassen, wo sie war, dann würde sie verhungern. Eigentlich konnte ihm das ja egal sein, sein Leben war zerstört. Denn wer außer ihr wusste von allem? Da kam nur seine eigene Tochter infrage. Und wenn sich sein Fleisch und Blut gegen ihn richtete, das Liebste auf der Welt zur Verräterin wurde – was sollte das Leben für einen Sinn haben. Und sie würde er nicht alleine zurücklassen. Niemals ohne seine Kleine! Dann wären sie wieder vereint als Familie. Alles würde gut!

KAPITEL 43

Verzweifelt kam Rike zurück in ihre Besenkammer, streichelte Prinz, der in seinem Korb leise schnarchte. Sie hatte sich die Akte vorgenommen, die ihr Carla Bredow übergeben hatte. Ein Ziegelstein war gefunden worden, an dem die DNA der Verdächtigen nachweisbar war. »Erbgutanhaftung des Opfers nicht vorhanden«, stand in dem Bericht. Sie überlegte kurz. Dann handelt es sich bei dem Stein in keinem Fall um die Tatwaffe. Er war nicht mit Holger Waldmann in Berührung gekommen. Rothermund hatte geworfen, wenn auch nicht auf das Opfer oder sie hatte nicht getroffen. Dahinter folgte ein Bild eines halbverkohlten Stabes mit einer flachen und schmalen Verlängerung aus Metall. Es sah aus, als würde ein rostiges Schwert auf dem Holzstab sitzen. So etwas hatte sie schon einmal gesehen. Sie kam aber nicht darauf, wo sie es einordnen sollte.

Ein gelber Zettel fiel aus der Mappe. »Backtorfschneider« Sie sah das Gerät vor sich. An einer Wand im Holzschuppen bei Onkel Cordt und Tante Rixa, die neben ihren Großeltern lebten. Sie bewirtschafteten ein Moorgrundstück und stachen Torf. Die Verwandten hatten ihnen den Gebrauch der Geräte gezeigt, sie hatten als Kinder eigene Portionen des Brennmaterials zurechtgestochen und diese bei dem Ehepaar im Ofen angezündet. Es war ein eigentümlicher Geruch, den das Naturmaterial verströmte.

Ob Waldmann diese Geräte besaß? Zu seinem Besitz

gehörte das Moorgrundstück mit den toten Hunden, sie hatte keine Anzeichen bemerkt, dass er dort aktiv Abbau betrieb.

Sie blätterte weiter. Am Metallteil befanden sich zwei verschiedene DNA-Spuren und Reste von eingetrocknetem Blut. Dies war vermutlich die Waffe, mit der Holger Waldmann niedergeschlagen wurde, bevor sein Reethäuslein in die Luft geflogen war. Sie mussten herausbekommen, wer diese Geräte besaß, dann konnten sie die Verdächtigen eingrenzen. Eine Nachricht ploppte auf. »Bitte in die Kaffeeküche kommen, Matthias.«

Etwas Koffein würde ihr gut tun, denn die schrecklichen Geschehnisse hatten sie ausgelaugt. Er war dabei, eine Torte zu schneiden. »Auch ein Stück?«

»Ein Kaffee wäre toll, ich bin nicht so der Tortenfan, und die Maschine hat ein Problem mit mir.«

Flores Salazar gesellte sich zu ihnen. »Alles Gute zum Geburtstag, Matze.« Dann sah sie Rike in der Küchenecke und verstummte. »Tut mir leid mit Ihrem Schwager.« Rike nickte. Sie fühlte sich fehl am Platz bei der Zusammenkunft, aber sie war froh, dass ihr Kollege sie einbezogen hatte. Sie schämte sich, dass sie nichts von seinem Geburtstag mitbekommen hatte. »Alles Gute, Matthias«, wünschte sie ihm. Er bedankte sich und drückte auf den Knopf, der Kaffee floss anstandslos in die Tasse, röchelnd produzierte der Apparat Milchschaum.

»Danke dir.« Mit ihrem Cappuccino ging sie ins Büro zurück. Er folgte wenige Minuten später. »Was meinst du, hat dein Schwager den Waldmann aus dem Weg geräumt?«

»Nein, auf gar keinen Fall. Die Chefin will ihn als Täter präsentieren, ich bin mir aber sicher, dass er es nicht war. Er hat den Betrug zugegeben, ich erkenne, wenn er lügt«, beharrte sie.

Matthias Jahn ging zu Prinz und streichelte ihn. »Weil es dein Schwager ist, kann er nicht der Täter sein?«

Das konnte man denken, doch sie schüttelte entschieden den Kopf. »Das ist es nicht. Ich habe kein inniges Verhältnis zu ihm und zu meiner Schwester. Ich kenne sie seit 33 Jahren und habe wenig Gewissheiten im Leben, aber es ist sicher so, dass sie ihrem Ehemann niemals ein falsches Alibi geben würde«, beharrte sie.

»In deinem Hamburger Fall sollst du danebengelegen haben. Das berühmte Bauchgefühl kann trügen«, gab er zu bedenken.

Sie entschied sich, ihm die Details über die Mordermittlung zu berichten. Jeden Tag musste sie an die tote japanische Studentin denken. Deren grausamer Tod ungesühnt bleiben würde, weil der Mörder der Sohn einer Polizistin und der Stiefsohn des Polizeipräsidenten war, dass sie daher niemals einen Täter aus der eigenen Familie schützen würde.

Er nickte. »Ja, das würde man kaum für möglich halten, aber auch in Deutschland gibt es solche Polizisten, die mauscheln und betrügen«, bestätigte Matthias Jahn.

»Richtig, und ich werde niemals krumme Touren machen, möchte den Ermittlungen nur den falschen Umweg sparen, es wäre Zeitverschwendung gewesen, meinen Schwager des Mordes zu verdächtigen«, bestätigte Rike, die dennoch wusste, dass sie auf dünnem Eis wandelte. Sie hoffte auf einen Vertrauensvorschuss.

»Ein Geschmäckle hat das – und anderswo wärst du längst suspendiert, aber du gehörst zu den Topermittlern, und wir sind froh, dich in Cuxhaven zu haben. Ich habe eine Idee«, erklärte Matthias Jahn und bat sie, ihm gegenüber Platz zu nehmen. Dann nahm er sein Telefon, wählte und fragte: »Kommst du bitte?« Er wollte nicht verraten, worum es ging.

Zwei Minuten darauf trat Flores Salazar in den kleinen Raum und blieb in der Tür stehen. Sie schaute sich in dem Miniraum um. »Moin, in Hamburg arbeiten Sie nobler, oder?«

»Das sieht nur von außen so aus. Haben Sie etwas für uns?«, fragte sie gespannt. Die Kollegin, mit der sie in der Vergangenheit zusammengearbeitet hatte, war bislang noch nicht mit ihrem Fall befasst.

»Ich hatte mich um die Ergebnisse der Untersuchungen der beiden Mädchen gekümmert, da musste ich mehrfach nachhaken. Nun habe ich die Berichte bekommen.«

Die junge Frau legte die zwei Dokumente auf den Tisch und sah sie erwartungsvoll an. Rike hatte keinen Nerv, jetzt seitenweise Gutachten durchzublättern.

»Frau Salazar, könnten Sie uns schon einen kurzen Überblick verschaffen. Wir haben Zeitnot. Vor allem Informationen, die Hinweise auf einen Täter im Fall Waldmann geben«, bat sie.

»Eines der Mädchen ist mit hoher Wahrscheinlichkeit ein Opfer häuslicher Gewalt. Das haben die Gespräche mit der Psychologin ergeben, auch wenn sie es abstreitet, aber das kommt häufig vor. Das andere Kind ist durch die familiäre Situation verunsichert und verhaltensauffällig, weist aber keine Spuren von Missbrauchs oder Gewalt auf«, erklärte Salazar.

Sie blätterte weiter und hielt Rike ein Dokument hin.

»Das hier dürfte Sie interessieren. Die medizinische Untersuchung. Keines der Mädchen wies Spermaspuren auf, es wurde ein Vortest gemacht, der negativ war. Beide haben das zudem heftig bestritten, dass irgendetwas vorgefallen ist.« Rike überlegte laut.

»Dann war der Ermordete kein Pädophiler, also fällt das Motiv der Rache wegen des Missbrauchs weg.«

Flores Salazar nickte. »Das Mordopfer hat sich in dieser Hinsicht nichts zuschulden kommen lassen. Dennoch gab es Auffälligkeiten bei dieser Untersuchung. Einen Bruch am Arm, der nicht richtig versorgt wurde, Hämatome unterschiedlichen Datums. Angeblich waren das Fahrradunfälle und ein Sturz vom Pferd, aber der Arzt hat Zweifel geäußert.«

»Inwiefern hat er die?«, fragte Rike und blätterte in den Akten, um den Bericht nochmals selbst zu lesen.

Dann stutzte sie. Das betroffene Mädchen war nicht Sophie Rothermund. Das Opfer war die andere Kleine, die Tochter von Henning Lüder, Michelle.

»Die Verletzungen sehen nach häuslicher Gewalt aus, das ging über eine längere Zeit. Allerdings hat das Mädchen dazu nichts gesagt. Nur vehement bestritten, dass Waldmann etwas damit zu tun hat. Es besteht der Verdacht, dass die Übergriffe in der Familie passieren.«

Rike dachte nach. Das hieße doch, dass ein Verwandter das Kind misshandelt hatte, aber nahe Angehörige hatten die beiden nicht, niemanden, mit dem sie engeren Kontakt hatten – soweit sie wusste. Henning hatte ihr schon bei ihrem ersten Besuch sein Leid über die Verwandtschaft geklagt, die er beschuldigte, das Erbe der Familie und das Familienanwesen für einen Appel und ein Ei weggegeben zu haben. Und Henning? Das schien undenkbar. Was hatte das außerdem mit dem Mord zu tun? Hatte das Mädchen dem Opfer sein Leid geklagt?

Augusta Rothermund war nicht länger verdächtig, denn der Mann hatte ihrer Tochter kein Haar gekrümmt.

Als Hauptverdächtiger im Mordfall galt ihr Schwager Tom. Sie kam ins Grübeln. Hatte er doch versucht, Waldmann zum Schweigen zu bringen? Die Nachbarn rundherum hatten den Eigenbrötler bis aufs Blut gehasst, er machte ihnen das Leben zur Hölle. Alle hatten sich gegenseitig Alibis gegeben, bis auf den Kuhbauern. Auch der war höchst verdächtig, da er mit Waldmann erbittert um ein Stück Land im Moor gestritten hatte. Genau dort hatte sich die Fundstelle der Mumie gefunden. Ein junges Mädchen, das durch das saure Milieu hervorragend konserviert war. Sogar der brutale Schnitt in den Hals, mit dem sie ermordet wurde, war zu sehen.

Sie mussten eine Konferenz einberufen, um mit den Kollegen den aktuellen Stand auszutauschen. Vielleicht gab es weitere Ergebnisse aus der Gerichtsmedizin und der Kriminaltechnik.

Sie hatte die Kollegin und Matthias Jahn gebeten, das Team im Konferenzraum zusammenzurufen, als ihr Handy klingelte.

»Hallo, Frau von Menkendorf. Sie werden es nicht glauben, Sophie Rothermund ist verschwunden«, sagte Margo Valeska. Sie hatte Schwierigkeiten, die Malerin zu verstehen. Diese war völlig atemlos.

»Ist sie etwa wieder abgehauen?«

»Keine Ahnung. Sie ist weg, und wir haben es erst später mitbekommen. Ich befürchte, dass sie mehr über den Mord an Waldmann weiß und in Gefahr ist. Sie hat einen Anruf bekommen, aber wir wissen nicht von wem.« Die Kollegen waren dabei, den Konferenzraum zu betreten. Rike gab die Nachricht bekannt. Sie würden sofort wieder nach Finstermoor aufbrechen.

KAPITEL 44

Der Raum hatte sich gefüllt, auch Carla Bredow war eilig hinzugekommen. »Was genau ist denn passiert? Ist das Mädchen wieder ausgerissen?«, wollte sie wissen. Sie war vor dem Konferenztisch stehen geblieben.

»Das ist schwer zu sagen, sie hat keine Anlaufstelle mehr. Weitere Informationen habe ich nicht.« Rike wählte die Nummer der Malerin, doch die antwortete nicht, ebenso wenig ging Augusta Rothermund an ihr Telefon.

»Ich bekomme keine Verbindung.«

»Wir schicken schon mal eine Streife, dann macht ihr euch als Vorhut auf den Weg. Wir sammeln das Suchteam und überprüfen die sozialen Netzwerke und Überwachungskameras. Bitte gebt so schnell wie möglich Informationen über das Geschehen durch«, ordnete Bredow an.

Sie veröffentlichten einen Fahndungsaufruf mit einem Bild von Sophie Rothermund. Ein Foto des Mädchens würde sofort über Radio, Fernsehen und die Onlineausgaben der Zeitungen verbreitet.

Matthias Jahn hatte Blaulicht angemacht und schaffte es in 20 Minuten bis zum Anwesen der Rothermunds. Margo Valeska erwartete sie in der Küche. »Wo ist Frau Rothermund?«, fragte Rike.

Die Malerin deutete nach hinten in Richtung Stall. »Die ist nicht erpicht, mit Ihnen zu reden. Ich soll das übernehmen.«

Dennoch gingen Rike und Matthias zur Mutter. Sie stand mit einer Axt am Hackklotz, hielt in der Bewegung inne und fing an zu schluchzen, als sie nach Sophie fragten. »Ich hätte besser auf sie aufpassen müssen. Ich bin schuld!« Viel mehr war aus der Frau nicht herauszubekommen, die wie eine Verrückte am Holzklotz Stämme mit der Axt zerkleinerte. Hoffentlich fügte sie sich keine Verletzung zu.

»Wann haben Sie Sophie zum letzten Mal gesehen?«, fragte Matthias Jahn Margo, da die Mutter ihnen nicht antwortete. »Am Vortag irgendwann am Nachmittag. Der Vater war mit seiner schwangeren Partnerin hier, die Stimmung war entsprechend.« Sie schüttelte den Kopf.

»Sie sprachen von einem Anruf, von wem kam der?«, fragte Rike.

»Sie hat den anderen Kindern erzählt, dass sie im Tierheim helfen sollte. Aber da ist sie nicht«, sagte Margo.

Sie gingen zum Zimmer der Jugendlichen und sahen sich um. Das Fenster war geschlossen, dieses Mal gab es keine Fußspuren.

Margo war in der Tür stehen geblieben. »Ich vermute, sie wusste mehr über den Tod von Waldmann. In den letzten Tagen ist sie so um mich herumgeschlichen, als wolle sie mir etwas anvertrauen. Es kam aber nicht dazu. Ich befürchte, dass sie in Gefahr ist«, sagte sie. »Könnte der Hund mal sein Glück versuchen?«, schlug sie vor.

Die Durchsuchung des Zimmers brachte keine weiteren Erkenntnisse. Das Handy war wieder auf dem Schreibtisch, der Rucksack stand so da, wie sie ihn von der Schule mitgebracht hatte. Im Tagebuch gab es keine neuen Einträge. Den Computer konnten sie nicht öffnen, er war mit einem Passwort geschützt.

Rike holte Prinz aus dem Wagen und hielt ihm einen Pullover von Sophie vor die Nase. »Such«, sagte sie ihrem vierbeinigen Freund. »Das ist nur ein Versuch, der ist nicht ausgebildet.«

Prinz lief zügig voran, ging über die Straße, dann blieb er stehen, trabte im Kreis, sah sich ratlos um. »Ich glaube, er weiß nicht weiter, hier verliert sich die Spur. Wir müssen auf unser Team warten«, sagte Rike.

KAPITEL 45

Er saß im Auto vor dem Jagdhaus und dachte nach. Was sollte er mit diesem blöden Gör anfangen. Erkannt haben dürfte sie ihn nicht. Er war immer mit einer Maske zu ihr gegangen, trug eine Kutte und Handschuhe. Das spielte aber keine Rolle mehr. Sein Leben war vorbei, schon lange. Seit Gittis Tod war jeder Tag Qual, nur seine Kleine, für die hatte er gekämpft. War morgens aufgestanden, auch wenn ihn der Mut verlassen hatte. Das Schicksal hatte ihm übel mitgespielt. Er war es, der in dem Gutshaus leben sollte. Aber der Alte war nicht bei Sinnen gewesen, hatte dem Balg einen großen Teil des Erbes vermacht. Die nächste Generation war gierig. Hatte den Rest aus Gier schnell verscherbelt, ihn um sein Gut gebracht.

Welche Schande, dass er in der Gesindehütte hausen musste. Was war das für ein Leben – und nun hatte ihn sein Mädchen verraten. War sie es, die diese widerlichen Anrufe bei ihm machte? Sie hatte ihr Geheimnis offenbart. Es schmerzte, aber um die Kleine würde er sich am Ende kümmern, sie würde alleine nicht zurechtkommen in dieser kaputten Umgebung.

Jetzt würde er sich ihre feine Freundin vornehmen, das Problem musste er aus der Welt schaffen, bevor er sich verabschiedete. Entschlossen stand er auf, nahm den Schlüssel aus dem Fach und ging zur Tür, um diese aufzuschließen. Bestimmt würde sie betteln und winseln dieses Mal und keine frechen Widerworte geben, wie das so ihre Art war. Eine Aussicht, die seine düstere Stimmung aufhellte.

Er grinste, auf das Gesicht war er nur zu gespannt. Dann blieb er stehen, drehte um und ging zum Kofferraum, aus dem er seine Jagdflinte nahm, mit der er sonst die verunglückten Tiere auf der Autobahn mit einem Gnadenschuss erlöste. Das war immer die sauberste Art, ein Ende zu setzen. Mit dem Gewehr kehrte er zur Jagdhütte zurück und schloss die Tür auf.

KAPITEL 46

Eine ganze Kolonne von Polizeiwagen reihte sich entlang der Hauptstraße. Rike und Matthias gesellten sich zu den Kollegen auf dem Parkplatz neben dem Schützenhaus. Die Hundestaffel war eingetroffen, sie folgten der Spur vom Haus bis zum Ende des Feldwegs. »Vermutlich hat das Mädchen diesen Weg genommen«, sagte einer der Hundeführer. Sie untersuchten die Stelle, die allerdings von den Polizisten stark zertreten war.

Bredow koordinierte die neue Suchaktion mit über 50 Kollegen. Eine Drohne war in der Luft, der Hubschrauber angefordert. »Kommst du mal«, rief Matthias sie an den Wagen. »Tata«, sagte er und zauberte eine Thermoskanne mit Kaffee hinter den Sitzen hervor. Er reichte ihr eine Tasse.

Rike bemerkte erst jetzt, wie müde sie sich fühlte. Das war genau das Richtige. Sie ließ sich auf den Beifahrersitz fallen und nahm einen großen Schluck. Eine Frau mit rostroten kurzen Haaren und einem mit bunter Farbe bekleckstem Overall kam auf sie zu und klopfte an die Scheibe. An der Leine hatte sie zwei Cockerspaniels. »Sind Sie die Hamburger Kommissarin?«

»Wie kann ich Ihnen helfen?«, fragte Rike.

»Martha Löwen«, stellte sich die Frau vor. »Ich möchte eine Aussage machen.«

Der Name sagte Rike etwas. Dann fiel ihr ein, dass die Löwens in direkter Nachbarschaft zu Holger Waldmann gelebt hatten. Im Dorf kursierte das Gerücht, dass die Frau ein Verhältnis mit diesem gehabt hatte. Diese Nachbarin des

Opfers hatten sie noch nicht vernommen, da sie bei mehreren Versuchen nicht angetroffen wurde.

»Können wir uns hinsetzen, ich möchte ein Geständnis ablegen«, sagte die Frau.

Rike war überrascht, Martha Löwen hatten sie nie verdächtigt, da sie nach den Aussagen eine Freundin des Opfers war. Sie schlug vor, sich ins Sportlerheim zu setzen, und bat ihren Kollegen, Matthias Jahn, hinzu. Sie wollte sich nicht erneut der Geheimnistuerei beschuldigen lassen.

»Ich melde uns kurz bei der Chefin ab«, sagte dieser. Sie ging mit Löwen zur Bar und bat den Betreiber um einen Raum, in dem sie sich in Ruhe unterhalten konnten. Er öffnete die Gaststube mit dem langen Tisch. Nachdem sie ihm einen Blick zugeworfen hatte, verließ er den Raum, sodass sie ungestört waren. Kurz darauf erschien der Kollege. Sie positionierten sich gegenüber der Freundin des Opfers, sodass Licht vom Fenster auf ihr Gesicht fiel.

»Bitte, was wollten Sie uns mitteilen?«, fragte Rike, da Löwen schwieg.

Diese überlegte einen Moment, bevor sie zu reden begann.

»Holger Waldmann war ein enger Freund von mir, und ich hatte wichtige Unterlagen von ihm. Darin ging es um die Übertragung einer Katzenkrankheit auf Hunde.«

»Das ist spannend, aber was hat das mit unserem Fall zu tun?«, hakte Rike nach.

»Darauf komme ich gleich«, entgegnete Löwen, die ihre Stirn wegen der Unterbrechung runzelte. »Lassen Sie mich erst mal ausreden, sonst sage ich nichts mehr. Sie wollen doch das Mädchen wiederfinden?« Sie war laut geworden.

»Wissen Sie, wo sie ist?«, fragte Matthias Jahn nach.

»Nein, aber Sie werden die Kleine finden, wenn sie mich ausreden lassen. Ich muss etwas ausholen. Mit den Forschungsergebnissen von Henry …«

»Sie meinen Holger Waldmann«, fragte Rike.

»Na, wen denn sonst«, Löwen schüttelte unwirsch den Kopf.

»Damit habe ich den Kreisveterinär konfrontiert. Der war früher sein Tierarzt. Es war vielleicht zu viel Druck. Ich wollte nur Gerechtigkeit für Henry, Anerkennung. Er hat das alles entdeckt, und der Dok hat ihm die Ergebnisse geklaut!«

Rike dachte an das Gespräch mit Tom. Er hatte von der gefälschten Doktorarbeit erzählt und dass ihm jemand auf die Schliche gekommen war. »Dann haben Sie ihn erpresst?«

Löwen nickte:

»Na ja, ein paar Mal angerufen. Erpresst habe ich den nicht, ihm ins Gewissen geredet. Ich habe nicht gewollt, dass sich der Mann umbringt. Der hatte keinen Grund, der hatte doch alles im Leben.«

Rike fuhr sie an: »Sie sind lustig, damit stand er als Betrüger da, und im Übrigen hätten Sie ihn mit der Schraubenaktion schon vorher beinahe umgebracht.«

»Ein Betrüger war er nun mal. Die Aktion ist ein bisschen aus dem Ruder gelaufen, weil er uneinsichtig war«, gab Martha Löwen zu.

»Und was ist mit dem Mädchen?«, meldete sich Matthias Jahn zu Wort, »bitte sagen Sie uns, wo sie ist!«

Martha Löwen sah ihn entsetzt an. »Sie denken doch nicht, ich hätte was damit zu tun? Ich weiß es nicht, habe einen Fehler gemacht, glaube ich.«

»Kommen Sie doch mal bitte auf den Punkt. Lassen Sie sich nicht jedes Wort aus der Nase ziehen.« Rike war dabei, die Geduld zu verlieren. Für den Mord an Waldmann kam sie wohl nicht infrage, sie hatte schlichtweg kein Motiv dafür. Zudem wäre sie körperlich dazu nicht fähig, ihn niederzuschlagen.

Aber sie wusste etwas über die Entführung der kleinen Sophie.

»Welchen Fehler?«, fragte Matthias Jahn mit sanfter Stimme und fixierte sein Gegenüber. Unter dem Tisch bewegten sich seine Füße. Wie Rike rang er um Geduld.

»Ich hatte es satt, dass überall herumerzählt wurde, dass Henry ein Kinderschänder ist. Ich hatte ein Gespräch der Mädchen mit ihm gehört, und deshalb wusste ich, dass ein anderer Dreck am Stecken hat. Das Mädchen wollte wegen dem ins Moor gehen. Dem habe ich per Telefon Druck gemacht, damit der sich stellt.«

»Wen meinen Sie denn?«, wollte Matthias Jahn wissen, doch Rike kam ihm zuvor: »War das Henning Lüder?«

Martha Löwen nickte. »Genau der, das ist das größte Schwein, was hier rumläuft. Dem habe ich ein paar nette Anrufe gemacht.«

»Und Sie meinen, er hat etwas mit der Entführung zu tun?«

Martha Löwen sah auf den Tisch. »Ich habe das Mädchen gestern gesehen, als ich am Feld mit den Hunden Gassi war. Die Kleine kam mit dem Fahrrad vorbei. Sie hatte kurz gegrüßt und erwähnt, dass sie zu einem Notfall unterwegs war, einen Hund für das Tierheim sichern.«

»Wo war das genau?«

»Keine Ahnung. Sie hat gegrüßt und ist schnell vorbeigeradelt. Dabei war sie stolz, und ich habe mich schon gewundert. Dann sah ich einen weißen Kastenwagen, der ihr folgte. Zuletzt sah ich ihn an der Kreuzung vor dem Wald neben dem Fahrrad. Einen Moment später war das Mädchen verschwunden. Vermutlich ist sie eingestiegen oder hineingezerrt worden.«

»Henning Lüder hat so einen Wagen«, stellte Rike fest.

Die Frau nickte. »Die sehen alle gleich aus, aber ich denke, der war es. Etwa eine Stunde später habe ich gesehen, wie er mit dem Kastenwagen wieder auf seinen Hof gefahren ist. Er hat vielleicht gedacht, dass Sophie die Anruferin war.«

Rike war empört über diese kriminelle Energie. »Warum sind Sie mit Ihrem Wissen nicht zu uns gekommen, Sie haben damit Schlimmes angerichtet.« Sie hätte die Frau verprügeln können, denn ohne deren Aktion wäre Tom nicht gestorben. Das Leben des Kindes hatte sie aufs Spiel gesetzt. Doch vielleicht konnte sie ihnen helfen, die Kleine lebend zu finden.

»Das heißt, er hielt Sophie für die Erpresserin, brachte das Mädchen irgendwohin, ermordete es und kehrte zurück?«, fasst Matthias Jahn zusammen.

Betreten sah Löwen auf ihre Fingernägel. »Bin ich festgenommen?«

»Vielleicht lebt sie, wir müssen uns beeilen. Ich berate mit der Chefin. Erzählen Sie meinem Kollegen alles, was Ihnen einfällt. Wo könnte er sie festhalten?«

Matthias nickte, und sie ging nach draußen, um Bredow zu suchen. Sie hatte die Idee, Löwen als Lockvogel einzusetzen.

Die Suchtrupps waren im Moor unterwegs. Bredow saß in einem Bus und koordinierte die Aktion über Funk. Rike trug ihr die Idee vor. »Ich fasse es nicht, dass die Frau nicht schon überprüft wurde. Versuchen Sie es«, knurrte sie.

Rike und Matthias gingen mit Martha Löwen in ihr Atelier, sie hatte eine ganze Reihe von Wegwerfhandys angeschafft und ein Programm geladen, das Geschriebenes in Sprache verwandelte, sodass sie kein einziges Wort selbst sprechen musste. Rike war überrascht, dass die Frau das technisch überhaupt bewältigt hatte. »Ich habe Nachrichtentechnik gelernt«, erklärte Löwen, die ihre ungläubigen Blicke bemerkt hatte, stolz.

»Sie sagen ihm, dass er die Falsche entführt hat und dass er sie freilassen soll. Sonst machen Sie seine Taten bekannt. Fragen Sie ihn, was Gitti gewollt hätte«, wies Rike sie an.

Martha Löwen, die von ihrem Gewissen gequält wurde, nickte und machte sich für den Einsatz bereit. Henning Lüder ging an sein Telefon und war erst einmal stumm, als er die Computerstimme hörte.

Dann antwortete er gehetzt. »Was wollen Sie? Geld? Ich werde Ihnen alles geben, was ich habe.«

Martha Löwen gab die Antwort in ihr Softwareprogramm ein: »Lassen Sie das Mädchen frei. Wenn sie in den nächsten zwei Stunden nicht wieder zu Hause ist, werde ich Ihre Untaten bekannt machen.«

»Und wer garantiert mir, dass Sie das so nicht tun?«

»Ich garantiere es, eine andere Chance haben Sie nicht. Wo ist das Mädchen?« Rike hatte den Laptop an sich genommen, da Martha Löwen zu stark zitterte und verunsichert war. Er sollte keine Verzögerung bemerken.

Es tutete im Hörer, er hatte aufgelegt. Vergeblich hatte sie versucht, ihn länger in der Leitung zu halten. Sie sahen, wie der weiße Kastenwagen aus der Einfahrt bog.

»Wir fahren ihm mit etwas Abstand hinterher«, beschloss Rike. Er fuhr auf die Bundesstraße, drehte dann nach links ab. Sie hielten Distanz und setzten sich wieder in Bewegung, als sie ihn aus den Augen zu verlieren drohten. Hinter einer scharfen Kurve sahen sie das Auto nicht mehr.

»Da ist er«, schrie Matthias Jahn. Auf einem Feldweg links entdeckten sie die Rücklichter, bevor der Wagen im Wald verschwand. Der Weg war ausgewaschen, voller Pfützen, zu spät sah Rike, dass sie auf eine Sandpassage zufuhr. Es gab Spuren, die über das Feld führten, doch ihr Auto saß fest, die Räder drehten frei.

»Mist, wir haben ihn verloren«, fluchte sie. Sie beschlossen, zu Fuß weiterzulaufen, denn schnell würde er nicht vorankommen. Es gab Chancen, ihn zu finden.

Ratlos standen sie vor einer Gabelung. Mit Handzeichen verständigten sie sich, sich aufzuteilen. Jeder folgte einem Weg. Rike keuchte und hatte Seitenstechen, doch sie rannte weiter. Etwas Braunes schimmerte zwischen den Bäumen. Eine Holzhütte! Dahinter erspähte sie den weißen Kastenwagen. Sie war auf der richtigen Spur. Er kehrte um, fuhr zurück in Richtung Dorf. Die Passage war gut ausgebaut, er gab Gas. Doch was tat er da? Er musste sie entdeckt haben, er hielt genau auf sie zu. Rike stellte sich auf den Weg und zog ihre Waffe, kurz überlegte sie, ob sie auf einen Reifen schießen sollte. Doch sie hätte das Mädchen in Gefahr gebracht, falls es überhaupt lebte. Sie nahm das Risiko auf sich und sperrte den einzigen Fluchtweg. Sie erkannte Henning Lüder hinter dem Steuer. Er war bis auf 30 Meter herangerast und fuhr mit starrem Blick frontal auf sie zu, ohne zu bremsen. Es schien ihm völlig gleichgültig zu sein, dass sie dort stand. Er machte keine Anstalten auszuweichen. Im letzten Moment sprang sie beiseite. Er setzte den Weg fort und konnte fliehen. Rike klopfte den Dreck ab und fluchte wie ein Rohrspatz in den Wald hinein, wo sie zum Glück niemand hören konnte. Sie kontrollierte die Hütte, die offen stand. Nichts. Keine Spur von dem Mädchen. Allerdings schien es, als wäre der Innenraum hektisch durchsucht worden. Geschirr lag auf dem Boden verstreut, Schranktüren standen offen. Ein Eimer hatte als Toilette gedient. Vermutlich hatte er sie dort gefangen gehalten. Doch wo war sie jetzt?

Gesehen hatte sie die Kleine in den Sekundenbruchteilen nicht. Lag sie im Kofferraum? Hoffentlich konnten sie

Sophie retten. Sie hatte endlich wieder Empfang und sendete eine kurze Nachricht an ihren Kollegen und Bredow.

So schnell es ihre Kondition erlaubte, rannte Rike den gleichen Weg zurück. Matthias Jahn befand sich am Wagen und schichtete in mühevoller Handarbeit Erde und Steine auf.

»Ich werde künftig eine Schaufel mitnehmen!«, schwor sie.

»Jaja, das sage ich auch immer. Noch ein bisschen buddeln, gleich haben wir es!« Der Schweiß rann ihm von der Stirn, er keuchte vor Erschöpfung, arbeitete aber mit vollem Eifer weiter.

An der Kreuzung befanden sie sich wieder im Funkloch. Sie konnten die Kollegen nicht erreichen und waren auf sich gestellt. Endlich bekamen die Räder Griff, und sie fuhren, so schnell es der Holperweg hergab, in Richtung Finstermoor.

KAPITEL 47

Völlig verdreckt, desorientiert und stumm saß Sophie auf dem Beifahrersitz des Bäckereiwagens. In forschem Stil kam dieser die Allee am Gutshof hinaufgefahren und hupte. Die Fahrerin sah sich fragend um:

»Die Kleine wohnt doch hier? Ich habe sie im Wald gefunden, sie sah so verhuscht aus«, sagte sie unsicher, als Margo ans Tor trat. Sophie saß noch immer im Auto, sie war leichenblass. Margo rannte zu ihr, umarmte sie und bedankte sich bei der Bäckerin.

Sie nahm Sophie an der Hand und begleitete sie in die Küche. Augusta bedeckte ihre Tochter mit Küssen, weinte, lachte. Das Mädchen ließ die Begrüßung stumm über sich ergehen, sie war kreidebleich.

»Meine Süße, was war denn los, wo warst du nur«, wollte ihre Mutter wissen.

»Ich glaube, sie muss sich ausruhen.« Margo brachte die verstörte Jugendliche in ihr Zimmer und setzte sich an ihr Bett.

»Möchtest du reden – über das, was passiert ist?«, fragte sie vorsichtig, als sie Sophie zugedeckt hatte.

Das Mädchen runzelte die Stirn. »Das ging auf einmal alles schnell. Ich sollte einen Hund im Wald finden. Das Tierheim hat angerufen. Ich bin mit dem Rad los. Dann weiß ich nichts mehr.« Sie überlegte.

»Wurdest du niedergeschlagen oder betäubt?«, fragte Margo.

Sophie schwieg. »Daran kann ich mich nicht erinnern.

Da ist nur ein schwarzes Loch.« Sie kuschelte sich in ihr Kissen und umarmte ihren Stoffesel.

»Wann bist du denn wieder aufgewacht?«

»Wie lange ich weg war, weiß ich nicht. Ich saß in einem finsteren, stinkenden Raum. Mir war kalt, ich hatte riesigen Hunger.«

Margo fragte sich, ob der Entführer sie betäubt oder niedergeschlagen hatte, sodass sie das Bewusstsein verloren hatte. »Hast du Verletzungen? Kopfschmerzen?«, wollte sie wissen.

»Ein paar blaue Flecke vielleicht, weil der mich vorhin aus dem Auto gestoßen hat. Ich hatte einen stinkenden Sack drüber, die Hände waren gefesselt. Mein Kopf tut so weh.«

Margo streichelte ihr die Handknöchel, wo sich rot die Spuren abzeichneten.

»Du Arme, erhol dich erst mal! Dann kannst du alles erzählen. Die Polizei wird fragen, wer das war.«

Wenn sich die Kleine ausgeruht hatte, würde die Kommissarin sie vernehmen wollen – und sie hatten Interesse an einer Aufklärung. So ein Verbrecher durfte einfach nicht frei rumlaufen.

»Ich weiß es nicht. Es war ein Mann, der hat nicht geredet. Meine Augen waren verbunden. Er hat mich vor sich hin geschubst aus dem Gefängnis und in einen Wagen, dann gab er mir einen Stoß, und ich war draußen. Zum Glück kam der Bäckerwagen«, Sophie schluchzte.

»Gut, dass du mir alles erzählt hast, das gebe ich der Polizei weiter. Du brauchst jetzt deine Ruhe.«

Sie schloss die Tür, Sophie gab gleichmäßige Atemzüge von sich. Sie war eingeschlafen. Nach zwei Stunden sah sie mit Augusta leise durch die Tür. Das Mädchen blinzelte. Sie stellte eine Tasse Kakao auf den Nachtisch.

»Wie geht es dir, mein Schatz. Du bist ja heiß«, sagte Augusta.

»Okay«, piepste Sophie mit schwacher Stimme.

»Sollen wir den Arzt rufen?«, schlug Margo vor. Der Hausarzt ließ das Mädchen liegen und untersuchte sie. »Du musst kurz aufstehen, ich muss deine Lunge abhören«, bat er. Mit dem Stethoskop lauschte er ihren Atemzügen, sah sie besorgt an. »Das kriegen wir wieder hin, junge Dame«, sagte er.

Er nahm die Einladung zu einem Kaffee an. »Das ist eine leichte Lungenentzündung, aber schlimmer sind die psychischen Belastungen durch die Entführung. Ich schreibe Ihnen ein Rezept aus. Vor allem braucht sie Ruhe und liebevolle Unterstützung«, empfahl er.

KAPITEL 48

Sie waren zu spät gekommen, um das Mädchen selbst nach Hause zu bringen, doch Rike war unendlich erleichtert, dass Sophie zurück war. Margo und Augusta empfingen sie am Küchentisch.

»Wie gut, dass sie endlich wieder da ist. Wir haben den Entführer unter Druck gesetzt, damit er sie frei lässt«, erklärte sie. »Das Versteck haben wir gefunden.«

»Wer hat mein Mädchen entführt?«, wollte Augusta wissen. »Es tut mir leid, dass ich Sie verdächtigt habe«, entschuldigte sich Rike. »Die Antwort wird Ihnen nicht gefallen. Sie kennen den Entführer, Frau Rothermund.«

»Mein Ex-Mann?«, fragte diese.

Rike tauschte einen Blick mit Margo. Jetzt war es Zeit für die Wahrheit, auch wenn es das Weltbild der Pädagogin erschütterte.

»Henning Lüder hatte Ihre Tochter in seiner Gewalt. Wir haben eine Hütte im Wald gefunden, wo er sie festgehalten hat.«

Augusta schüttelte langsam den Kopf: »Das war doch nicht Henning, er ist ein grundehrlicher Mensch und hat selbst ein Kind. Da irren Sie sich.«

»Daran besteht kein Zweifel«, schnitt sie ihr das Wort ab. Sie hatte genug von den Lebenslügen.

Augusta zuckte zusammen. »Aber warum?«, wisperte sie kaum hörbar.

»Das ist eine lange Geschichte. Es ging um ein Familiengeheimnis, das Sophie kannte. Jemand hat den Mann damit erpresst, und er verdächtigte Ihre Tochter.«

»Sophie soll das getan haben? Was für ein Humbug. Welches Geheimnis überhaupt, sie erzählt mir alles!« Augusta hatte rote Flecke vor Aufregung.

Wieder wechselte Rike von Menkendorf einen Blick mit Margo, da galt es, Illusionen zu beseitigen.

»Sie war es nicht, jemand anderes hat ihn angerufen. Doch er hielt Ihre Tochter für die Anruferin. Er hatte niemals etwas für Sie übrig, er hasst alle Zugezogenen und Sie besonders. Sie bewohnen den früheren Stammsitz der Familie, der ihm zustehen würde«, erklärte sie.

Augusta sah sie mit großen Augen an, sie schien sich gegen die Tränen zu wehren.

»Mensch, erinnere dich mal an die Nacht, als die Mädchen weg waren. Sie vertraut dir schon lange nichts mehr an«, sagte Margo.

»Hat sie Ihnen erzählt, dass Michelle ein Gewaltopfer ist? Sie litt darunter. Das hatte sie Ihrer Tochter anvertraut und Holger Waldmann«, sagte Friederike von Menkendorf. Sie hatte das Tagebuch gelesen. In dem ging es darum, dass Sophie ein Geheimnis erfahren hatte und keinen Erwachsenen außer Henry um Rat fragen konnte.

Augusta schüttelte entschieden den Kopf. »Nein, aber sie waren ja beim Waldschrat. Dieses Schwein. Der war das, Henning ist unschuldig«, sie hieb empört auf den Tisch, was kraftlos blieb.

»Sie müssen sich der Realität stellen. Häusliche Gewalt passiert in der Familie und wird verschwiegen. Nach dem Verlust ihrer Mutter war Michelle höchst verunsichert. Erst als sie eine Freundin gefunden hatte, vertraute sie sich ihr an«, sagte die Kommissarin.

Augusta öffnete und schloss nur den Mund, sie war leichenblass geworden. Sie musste sich eingestehen, dass sie getäuscht und manipuliert worden war.

»Und die Mädchen haben Holger Waldmann die Wahrheit gesagt?«, fragte Margo.

Rike bestätigte. »Ja, das vermuten wir. Er hat Lüder mit den Informationen konfrontiert. Wir konnten in den Telekommunikationsdaten ein Gespräch am Todestag nachweisen.«

»Warum haben die beiden ausgerechnet mit so einem Waffennarren gesprochen? Das war doch eine finstere Gestalt, vor der jeder Angst hatte«, wunderte sich Augusta.

»Er war mit dem Staat und dem Dorf auf Kriegsfuß. Aber er liebte seine Hunde und Kinder. Und zwar uneigennützig. Vielleicht, weil er eine so schwere Kindheit hatte, selbst gemobbt und geprügelt worden war«, sagte Rike. Sie hatte anfangs vermutet, dass er die toten Hunde ermordet hatte. Doch alle waren an einer Krankheit gestorben, ansonsten waren sie gut genährt und gepflegt worden. Jedes Tier hatte ein eigenes Grab im Moor mit einem Kreuz. Seine Vierbeiner hatten ihm am Herzen gelegen. Und Michelle hatte berichtet, dass er sich geduldig und liebevoll um sie und ihre Freundin gekümmert hatte. Da gab es keine zweideutigen Annäherungsversuche. Er hatte versprochen, ihr zu helfen.

»Er hatte versucht, mich anzurufen. Unmittelbar bevor er starb. Möglicherweise ging es um Michelle«, sagte Margo.

Sie nahm ihr Mobiltelefon und suchte die Nachricht, die sie nach dem Mord abgespeichert hatte. »Guten Tag, mein Name ist Holger Waldmann. Ich müsste dringend mit Ihnen sprechen, es geht um die beiden Mädchen, die zu Besuch waren. Ich brauche Ihre Hilfe, denn mir wird niemand glauben«, sagte er. Leider hatte sie ihn zu spät zurückgerufen, als er schon tot war. Vielleicht hatte er die Geduld verloren und sich direkt an den Täter gewandt. Er hatte kein Vertrauen in die staatlichen Institutionen mehr.

»Kann ich kurz mit Sophie sprechen?«, fragte Rike, denn deshalb waren sie gekommen. Doch Augusta Rothermund verstellte energisch die Tür zum Flur. »Mein Mädchen ist krank und hat schlimmste Ängste gelitten. Auf gar keinen Fall«, wehrte sie ab. »Wir werden Sophie aber vernehmen müssen, ein paar Puzzlestücke fehlen noch«, sagte sie. Vor allem mussten sie den Täter finden und festnehmen.

KAPITEL 49

Carla Bredow hatte Henning Lüder zur Fahndung ausgeschrieben. Das Häuschen war durchsucht worden, von ihm und seiner Tochter fehlte jede Spur, ebenso von dem weißen Kastenwagen. Damit war er wahrscheinlich auf der Flucht. »Was meinst du, wollen wir uns im Haus noch mal umsehen?«, schlug Rike vor.

Die Haustür stand offen, die Kaffeemaschine war eingeschaltet und die Kanne voll. Der Frühstückstisch war gedeckt, vermutlich war er geflohen, nachdem er Sophie aus dem Wagen gestoßen hatte.

Neben der Küche ging es in ein holzgetäfeltes Wohnzimmer mit dunklen Möbeln. An den Wänden hingen Geweihe. Der einzige Farbtupfer waren Fotos von Michelle. Ein monströser Fernseher stand in der Ecke, es wirkte aufgeräumt. In der oberen Etage befanden sich drei Räume: ein Schlafzimmer mit Postern und hellblauen Möbeln, das war vermutlich das Reich des Mädchens. Daneben ein Elternschlafzimmer mit Ehebett, von dem eine Seite frei war. Eine dritte Tür führte zu einem Arbeitszimmer. »Alles leer, niemand zu Hause«, stellte Matthias fest, der sich diesen Raum vorgenommen hatte. Rike steckte den Kopf in die Tür. Vor dem Fenster stand ein Schreibtisch, daneben ein Rollschrank und rechts und links der Tür Regale mit Ordnern.

»Wir müssen nach Hinweisen suchen, wo Lüder sich aufhalten könnte. Vielleicht Bekannte oder ein Grundstück«, sagte Rike. Matthias nahm sich das Regal vor, sie durchwühlte den Rollschrank. Kontoauszüge, Steuerunterlagen.

Ganz unten stieß sie auf einen Ordner, der mit »Grundsteuer« beschriftet war. Sie sah sich den Inhalt genauer an. »Schau mal, ich habe etwas. Es gibt noch ein weiteres Grundstück.« Die Adresse lautete »Am Moorsee 6.« Matthias suchte diese über den Routenplaner. »Das ist mitten im Moor, beim Torfabbaugebiet.«

»Ich habe auch etwas. Ein Notarschreiben, das lag neben dem Schreibtisch. Ist wohl runtergefallen. Da geht es um Erbansprüche nach dem Tod von Holger Waldmann«, sagte er.

»Und wie ist die Lage?«, fragte Rike. Das konnte ja ein weiteres Motiv sein. »Unübersichtlich. Jedenfalls steht hier, dass Lüder keinen Anspruch hat, trotz der Verwandtschaft. Es gab ein Testament.«

»Wer ist denn der Begünstigte?«, wollte Rike wissen. Matthias Jahn überflog die nächsten Seiten. »Davon steht da nichts. Das wurde nicht mitgeteilt. Vermutlich Datenschutz.«

Rike stöhnte. Dann hatten sie ja noch einen Verdächtigen! Sie mussten dringend herausbekommen, wer der Erbe war. »Dennoch hat Lüder Sophie entführt, wir haben ihn praktisch gesehen. Wir müssen zu dem Grundstück.« Der Moorsee war eine Viertelstunde entfernt, sie folgten einem kleinen Weg in Richtung See. An der Hütte flackerte ein Feuer. Der weiße Kastenwagen stand an der Straße. Als sie auf 30 Meter an das Haus herangekommen waren, sahen sie eine Gestalt. Beim Näherkommen erkannten sie Lüder.

Er hatte sie in dem Moment auch entdeckt und schrie: »Keinen Schritt näher, oder ich knalle euch alle ab. Ich habe nichts getan. Nur dieser Göre eine Abreibung verpasst.«

»Das wissen wir doch. Nimm die Waffe runter, Henning! Lass Michelle gehen, und wir reden in Ruhe. Ich werde ein gutes Wort einlegen.«

»Du hast dich Jahre nicht gemeldet, dir glaube ich nichts«, schrie der Mann zurück. Rike nahm Blickkontakt mit Matthias auf. Er deutete unauffällig auf einen kleinen Pfad durch das Gebüsch, und sie verstand. Sie würde das Gespräch aufrecht erhalten, während er auf das Haus zu schlich.

»Das tut mir leid mit Gitti. Ich hatte auch keine einfache Zeit. Ich möchte aber wissen, wie es ihr ging.«

»Na, wie geht es einem mit Krebs. Da kannst du nur abwarten, dass es vorbeigeht!«

»Darf ich reinkommen, dann müssen wir nicht so schreien. Bitte erzähl mir von ihr«, bat Rike. Als Antwort dröhnte ein Schuss, der neben ihr einschlug.

»Lass doch das Gesülze. Ich weiß, warum du hier bist. Aber mich kriegst du nicht und meine Michelle schon gar nicht.« Sie hörte das Mädchen weinen.

Fieberhaft überlegte Rike, wie sie ihn weiter in eine Kommunikation einbinden sollte. Aus den Augenwinkeln sah sie, dass Matthias schon ein ordentliches Stück geschafft hatte. »Wenn ich dich nicht festnehme, tun es die Kollegen. Du hast keine andere Chance, als aufzugeben. Ihr könnt nicht ewig hier im Moor bleiben. Leg die Waffe nieder, komm mit erhobenen Händen aus dem Haus.«

»Das hättest du gerne«, er lachte jetzt höhnisch, trat hervor und zielte direkt auf sie.

»Was soll das denn, das bringt dir keine Freiheit.« Er kam mit dem erhobenen Jagdgewehr auf sie zu. »Rike, ich kann dein Gesülze nicht mehr hören. Mir doch egal, ich ergebe mich nicht. Ich knalle alle ab, die kommen. Meine Munition reicht für 'ne ganze Hundertschaft.« Er lachte wieder dröhnend. »Und dann?«, fragte Rike. »Was hast du vor?«

Er überlegte einen Moment. Das reichte Matthias, um hinüber zu hechten und ihn zu Boden zu schlagen, Rike entriss ihm das Gewehr. Er legte dem Verdächtigen Handschellen an, sie suchte nach dem Mädchen. Michelle hatte ein blaues Auge, aus der Nase rann Blut. Sie saß in der Hütte auf einem Stuhl, die Hände an einen Träger gefesselt. Rike befreite sie, fand in der Küche ein Handtuch. Sie tauchte es in den See und reichte es ihr. »Kühl das mal«, sagte sie dem Mädchen. »Wie fühlst du dich?«, fragte sie. Michelle schluchzte, sie zitterte am ganzen Körper, ihr Gesicht war leichenblass. »Ruf bitte den Krankenwagen, sie steht unter Schock«, bat Rike. Matthias hatte Lüder im Polizeiauto fixiert und telefonierte. Er wartete an der Straße auf den Rettungswagen und wies dem Notarzt den Weg zur Hütte. »Schwerer Schock. Sie muss ins Krankenhaus«, erklärte er. Die Gesichtsverletzung sollte geröntgt werden. Sie brachten den Verdächtigen nach Cuxhaven. Matthias Jahn und Flores Salazar sollten die Vernehmung durchführen, da Rike ihn noch von früher kannte. Sie hörte zu und versuchte, ihren Vater zu erreichen. Sie mussten wissen, wer der Erbe von Holger Waldmann war.

Henning Lüder erklärte, keinen Anwalt zu brauchen. »Ich habe die Göre mitten im Wald aufgelesen und in meiner Waldhütte untergebracht. Ansonsten habe ich nichts getan.«

»Sie werden verdächtigt, Holger Waldmann verletzt und getötet zu haben«, konfrontierte ihn Matthias Jahn.

»So ein Unfug, ich habe ein Alibi. Ich konnte den nicht leiden, das war alles! Keiner mochte den, dann ist das halbe Dorf verdächtig?« Rike dachte daran, dass sich diejenigen, die mit Waldmann verfeindet waren, gegenseitig ein Alibi gaben. Sie konnten es nicht wiederlegen. Dennoch hatte er ein Motiv. Rike entschloss sich, ihn zu provozieren. »Henning, was ist denn mit den Prügelorgien. Das Ergebnis haben wir selbst gesehen. Michelle hat sich bei Waldmann beklagt, sie wollte, dass es aufhört.«

Er lachte höhnisch: »Ach was, ein kleiner Klaps hat noch keinem geschadet. So wurde ich auch erzogen, das braucht meine Tochter. Was für ein Unfug.« Er wirkte ganz und gar nicht beunruhigt durch diese Feststellung. Carla Bredow bat sie nach draußen. »Wenn ihr nicht mehr habt, müssen wir ihn laufen lassen. So schlimm es ist, beweisen können wir ihm nur die Entführung von Sophie und die Körperverletzung seiner eigenen Tochter.«

Rike überlegte fieberhaft. Sie war sich sicher, den Täter vor sich zu haben.

»Können wir ihn überwachen?«, fragte sie. Carla Bredow sah auf die Uhr. »Ich habe in zwei Stunden die Pressekonferenz. Das mag ein unangenehmer Zeitgenosse sein, doch für mich ist nach wie vor Tom von Menkendorf der Hauptverdächtige.«

»Carla, du riskierst, dass der Mörder weiter frei herumläuft. Ich habe einen Riecher, und da ist mehr. Lass uns herausfinden, wer der Erbe ist, und Lüder überwachen.«

Bredow stöhnte. »Rike, ich verstehe jetzt deinen Chef. Du lässt nicht locker. Ich hoffe, dass du nicht danebenliegst. Überwacht ihn, aber das müsst ihr selber hinbekommen.« Rike bedankte sich. Mit Matthias Jahn fuhr sie zum Amtsgericht in Cuxhaven.

KAPITEL 50

Er drehte seine Runde wie immer. Am Stammsitz spuckte er aus. Die würden ihn nicht so schnell los. Bestimmt würden sie ihn gerne in den Knast wandern sehen. Er würde einen Anwalt nehmen, vielleicht käme er mit Bewährung über die Runden. Am Waldrand entlang, endlich kein Gebell aus dieser Bruchbude, an der Villa vorbei, folgte er dem Moorpfad. Er umrundete das Schafsgehege, bevor er nach Hause kam. Seine Kleine, sie fehlte ihm so. Die Polizei hatten einen Aufpasser vor ihr Zimmer gesetzt.

Er hatte sie im Krankenhaus in Cuxhaven besuchen wollen. »Sie haben keine Genehmigung«, herrschte ihn der Bulle am Eingang an. »Das ist meine Tochter, das muss ich doch entscheiden«, hatte er gebrüllt, das Sicherheitsteam hatte ihn rausgeworfen. Es war eine Schande, dass man nicht mal sein eigenes Kind am Krankenbett besuchen konnte! Er würde einen Anwalt nehmen.

Er ging in sein Arbeitszimmer und nahm das Schreiben zur Hand. Leider war er doch mit diesem Bastard verwandt, der hatte keinen einzigen Familienangehörigen außer ihm. Warum erhielt er nicht das Erbe? Wer war im Testament aufgeführt? Wenn er das rausbekäme, könnte er doch an das Grundstück kommen. Es stand ihm zu. Der Alte hatte es unrechtmäßig dem Bastard vermacht. Er würde seine Jugendfreundin fragen, die so ganz anders war als ihre Schwester. Die würde es für ihn herausbekommen.

KAPITEL 51

Das Testament war am Amtsgericht hinterlegt. Rike war mit Matthias Jahn dorthin gefahren und las das Dokument durch. »Hiermit vererbe ich das gesamte Vermögen, Haus und alle Grundstücke an Volker Wenning in Finstermoor, meinen Großcousin. Ich bin im Vollbesitz aller geistigen Kräfte«, stand da. Ein Verzeichnis der Bankkonten, Grundbuchauszüge und eine Liste der Wertgegenstände war beigeheftet.

»Ist das gültig?«, fragte Rike den Richter, der es ihr zur Ansicht ausgehändigt hatte.

Er betrachtete das Schreiben. »Es ist mit der Hand geschrieben, datiert und unterschrieben. Das sieht danach aus«, erklärte er.

»Der hat doch kein Alibi«, fiel Matthias Jahn ein. »Und es gab einen heftigen Streit zwischen den beiden, der Waldmann hätte sein Testament ändern können«, überlegte Rike. Sie fragte sich, ob ihr Instinkt sie getäuscht hatte. Die Aussicht, ein so riesiges Grundstück zu erben, war ein Motiv, Waldmann umzubringen. Wieder setzte ihr Kollege das Blaulicht auf das Dach, sie rasten los in Richtung Finstermoor. Sie fanden den Mann im Stall, er fuhr mit einem Traktor durch das Gebäude und verteilte sauer riechendes Futter. Matthias Jahn schüttelte sich. »Das ist Silage. Kühe mögen das«, wusste Rike.

Der Bauer sah sie finster an, als sie vor dem Traktor standen. Es dauerte eine Ewigkeit, bis er hinabgestiegen war. Er hinkte, und Rike bemerkte einen Tremor der rechten Hand. »Können wir uns setzen?«

»Hab nicht aufgeräumt, was wollen Sie?«

»Sie sind der Erbe von Holger Waldmann. Wie kommt es?« Er sah nicht überrascht aus. »Wir sind miteinander verwandt, und er wollte, dass in keinem Fall unser feiner Dorfvorsteher zum Zuge kommt.«

Die Kühe fielen hungrig über das Futter her. »Ich muss noch Wasser fahren. Kann ich dann?« Er deutete auf sein Gefährt. »Wollte er das Testament nicht nach dem Streit ändern? Worum ging es?«

»Der hatte ja keinen, das glaub ich nicht.«

»Worüber haben Sie gestritten?«, fragte Rike nochmals. Er spuckte aus. »Der wurde immer komischer. Früher haben wir ja einiges im Verein gemacht, aber mit dem war nicht mehr zu reden. Der hatte riesige nutzlose Moorflächen. Die wollte er einfach nicht rausrücken. Der faselte was von heiliger Erde wegen der Toten im Boden«, schimpfte er.

»Da haben Sie ihn umgebracht, um schneller ans Erbe zu kommen?«

Er sah sie finster an. »Klar, der hätte sich von mir niederprügeln lassen. Das war ein gesunder und kräftiger Mann.« Kopfschüttelnd kroch er mühsam auf den Traktorsitz. Tatsächlich wäre er körperlich nicht zu einer solchen Tat in der Lage gewesen. Das musste sie einsehen. Sie setzte sich wieder auf den Beifahrersitz und sah auf die Uhr. In zwei Stunden war die Pressekonferenz. »Fahren wir«, sagte Rike traurig. Matthias nickte. Sie hatten nichts, aber auch gar nichts in der Hand. »Gehst du in die Konferenz und berichtest?«, bat sie ihn. Sie würde sich das nicht antun, wenn ihr Schwager als Täter vorgeführt würde.

In ihrem Büro wartete eine Überraschung. Eine asiatisch aussehende Frau im dunkelblauen Hosenanzug saß auf dem

Besucherstuhl, der Raum war von einem dezenten Parfümgeruch gefüllt. »Yenyen Scholten«, stellte sie sich vor. »Sind Sie die Frau von Eduard Scholten?«

Sie nickte. »Ich möchte eine Aussage machen. Es geht um den Abend, an dem unser Nachbar zu Tode kam. Ich habe mitbekommen, dass die Männer sich verabredet haben, sich ein Alibi zu geben. Der Dorfvorsteher kam zu uns und überzeugte meinen Mann.«

»Wann war das denn?«

»Das war direkt am nächsten Tag. Er sagte Eduard, als klagender Nachbar wäre er verdächtig, er wollte ihm helfen. Da war ich sofort misstrauisch. Der Mann hat Dreck am Stecken.« Rike nickte. »Bitte geben Sie das zu Protokoll, das ist eine große Hilfe.«

Sie informierte Carla Bredow über das geplatzte Alibi und fuhr mit Matthias Jahn zurück nach Finstermoor. »Er ist losgefahren, er geht auf den Bauernhof zu«, informierte Flores, die ihn überwachte. »Wir sind in zwei Minuten da«, rief Rike. Sie kamen rechtzeitig. Henning Lüder stand mit seinem Gewehr vor dem Traktor, und der Bauer war dabei abzusteigen.

»Hände nach oben, keine falsche Bewegung«, warnte Matthias, während Rike ihm die Waffe entriss und ihm die Hände fixierte. Lüder ergab sich ohne größeren Widerstand. Sie brachten ihn zur erneuten Vernehmung nach Cuxhaven.

Er stritt den Mord weiterhin ab, wenn es der Zustand seiner Tochter erlaubte, würde sie hoffentlich Anzeige erstatten. Als er wieder in seiner Zelle war, gingen sie zur Chefin, um ihr zu berichten.

Carla Bredow saß am Bildschirm und verfasste einen Text. »Gute Arbeit, Rike und Matthias«, lobte sie. »Gut, dass ihr dafür gesorgt habt, dass das Mädchen frei ist. Die

Freiheitsberaubung ist erwiesen. Doch für den Mord fehlt uns leider ein Beweis.«

Rike dachte nach. Irgendetwas hatte sie vergessen. Dann fiel es ihr ein. Vielleicht lag die Lösung nah. »Ich muss noch kurz etwas klären.«

Die Kripochefin nickte.

Arzu Mutlu hatte sie angerufen, als sie gerade auf dem Weg nach Finstermoor waren. Hatte sie noch etwas gefunden, was ihnen weiterhalf? Sie wählte die Nummer.

»Na endlich«, rief sie anstelle einer Begrüßung. »Ich dachte schon, Sie wollen Ihren Fall gar nicht lösen.«

»Haben Sie etwas für mich?«

»Na Sie sind niedlich. Meinen Sie, ich bin jetzt einfach so von meinem Rennrad gesprungen?«

Rike wurde ungeduldig. »Uns fehlt noch ein Beweis gegen Henning Lüder. Ich hoffe, dass die Untersuchung etwas hergegeben hat.«

»Dieses verkohlte Gerät passt«, sagte die Gerichtsmedizinerin Arzu Mutlu ohne Einleitung. »Auf die Kopfverletzung?«, fragte sie nach. »Ja genau, die Form dieses langen Metallschwertes passt auf die Kopfwunden, zudem haben wir Blut des Opfers daran gefunden«, erklärte sie. »Wieder ein Puzzlestück«, bedankte sich Rike.

»Und ich habe noch etwas Besseres«, versprach Mutlu. Hoffentlich war das ein weiterer Beweis, um ihn zu überführen. »Da waren doch Hundehaare erhalten, wie durch ein Wunder. Trotz des Feuers und der Explosion. Vermutlich, weil der Metallteil des Instruments unter dem Körper lag«, bemerkte Mutlu. Leider gab es bei Waldmann reichlich Hunde, dachte Rike deprimiert.

»Ich hatte mir den Spaß gemacht und von Ihrem Kollegen Proben erbeten. Diese Haare habe ich mir unter dem Mikroskop angesehen. Keiner der Köter von Waldmann hat solche Haare, aber sie stimmen exakt mit dem Vierbeiner von Lüder überein«, sagte sie. Rike bedankte sich überschwänglich. Sie stürmte wieder ins Chefbüro. Beide Kollegen, die über den Text gebeugt waren, sahen auf.

Sie berichtete von den Neuigkeiten aus Hamburg. »Da fehlte ein Gerät in der Hütte von Lüder«, bemerkte Matthias. Er suchte das Foto auf seinem Smartphone, das die Moorinstrumente zeigte. »Da, ein leerer Nagel.«

Das musste die Mordwaffe gewesen sein.

»Wusste ich genau, auf euch ist Verlass«, kommentierte Carla Bredow. Sie sah auf die Uhr. »Wir schaffen das, sogar fast pünktlich! Da kann ich mein neues Erfolgsduo vorstellen.«

Rike war kurz sprachlos. Hatte sie die Pressekonferenz gar nicht abgesagt? »Nur schnell den Text aktualisieren, dann gehen wir. Schaust du bitte mal, Rike?« Sie überflog den Text und nickte. »Du machst das schon«, bekräftigte sie. Rike hatte noch etwas vor. Mit einer Flasche Champagner kehrte sie auf den Pferdehof ihrer Gastgeberinnen zurück. »Zigarre gefällig?«, fragte eine der Schwestern. Doch mit diesem Geruch konnte sie sich nicht einmal anfreunden, wenn es etwas zu feiern gab.

KAPITEL 52

Es war ein rauer Herbsttag, kühl und nebelverhangen, sodass man kaum die eigene Hand sehen konnte. Margo hatte sich abgemeldet und war mit ihrer Kamera unterwegs in Richtung Moor. Neben dem aus Holz gebauten Pfad gluckerte es aus dem Wasser. Wie dunkle Gestalten säumten einzelne Birkenstämme den Weg. Sie erschrak, als ein Schatten sich erhob, bis sie den Flügelschlag hörte. Nur ein Vogel! Einen Moment hatte sie an die Sagen über Moorhexen und Kobolde denken müssen, die sich die Kinder gerne vorlasen. Schritte hinter sich auf dem Pfad, dieser schwankte. Stakkatoartige Geräusche. Jemand folgte ihr. Kurz überlegte sie, ihre Ausstattung fallen zu lassen und zu fliehen. Erst als sie direkt vor ihr stand, erkannte sie Friederike von Menkendorf.

»Moin, Frau Valeska. Ich verabschiede mich.«

»Guten Morgen. Zurück nach Hamburg?«

Die Kommissarin nickte. »Vorerst ja, ich habe einen Fall zu lösen, mal sehen, wohin die Reise dann geht.«

»Und was haben Sie danach vor?«

Sie lächelte, denn das wusste sie im Moment selbst nicht. Schon auf Helgoland hatte sie über Veränderungen nachgedacht. »Ich weiß nicht, ob ich nach diesem Fall weiter bei der Polizei sein werde. Notarin in der väterlichen Kanzlei werde ich jedenfalls nicht. Nicht in den kommenden zehn Jahren.«

»Man sieht sich nicht nur zwei Mal!« Margo lächelte vielsagend. Wieder einmal waren sie bei Weitem nicht einer

Meinung, doch war auch dieser knifflige Fall gelöst. »Spätestens beim Gerichtsverfahren«, entgegnete Rike von Menkendorf. Sie sah auf die Ausrüstung der Malerin. »Das würde ich gerne. Einfach in die Natur gehen und meinen Eindruck festhalten. Was ist denn mit Ihren Kunstspektakeln? Ich könnte ja in der Zwischenzeit malen lernen. Auch wenn ich ein hoffnungsloser Fall bin.«

Das konnte Margo sich bestens vorstellen. Analytische Menschen wie die Kommissarin waren anfangs verkopft und brauchten einen Moment, ehe sie sich aus der Reserve locken ließen.

»Wir können uns in einem Monat verabreden. Das Hafengebäude steckt voller Asbest, und der Boden ist mit Chemikalien kontaminiert. Wir dürfen dort keine Großveranstaltungen mehr durchführen«, bedauerte Margo. Wahrscheinlich würde die Sanierung kostspielig und dauerte Jahre. Sie musste sich neue Räume suchen. Sie wollte ein oder zwei Wochen in Finstermoor bleiben und die Landschaft des Moores malen.

»Na hoffentlich ohne Moorleiche«, bemerkte Rike von Menkendorf. »Da kommt der Polizistenhumor durch«, fand Margo, als sie sich verabschiedeten.

KAPITEL 53

Augusta Rothermund lauschte dem Gesang der Nachtigall. Melodisch, wie eine orientalische Weise. Ein Lächeln ließ ihr Gesicht leuchten. Mit zufriedenem Blick überschaute sie von ihrer Bank aus den aufgeräumten Gutshof. Ein Schluck Tee, durchatmen. Sie stand mit Elan auf und ging in den Stall, das Pony begrüßte sie mit einem sanften Stups. Sie streichelte die samtigen Ohren der Esel und verteilte das Futter. Hinter den Weiden erhob sich die Sonne als glutroter Ball, tauchte die Landschaft in ein goldenes Licht. Endlich konnte sie die Morgenstunden nach den turbulenten Ereignissen wieder genießen.

Ihrer Freundin Margo war sie dankbar, dass sie ihr die Anwältin Felicitas von Menkendorf vermittelt hatte. Die knallharte Juristin hatte ihre Scheidung bestens geregelt, und Augusta war alleinige Eigentümerin des Hofes. Zudem hatte sie noch eine Reserve auf dem Konto. Auf Unterhaltszahlungen von Felix hatte sie verzichtet, bloß die Bande abbrechen und wieder nach vorne sehen. Sie fühlte sich voller Energie und bereit für Neues. Sie konnten auf ihrem Hof bleiben, das war Sophies Wunsch. Finanziell reichte es nicht für große Sprünge, aber sie hatte eine Haushaltshilfe eingestellt und konnte Handwerker engagieren.

Mit gemischten Gefühlen dachte sie an die turbulenten Ereignisse der vergangenen Wochen. Die Kommissarin Friederike von Menkendorf war zurück nach Hamburg gegangen, und sie hatte in der Zeitung verfolgt, dass sie einen schrecklichen Mordfall aufgeklärt und zudem eine skandalöse Vertuschung publik gemacht hatte. Es ging um eine tote japanische Studentin, die ausgerechnet von einem Polizistensohn gequält und ermordet wurde. Nach einer Anzeige des Verdächtigen war sogar gegen Menkendorf ermittelt worden. Nun war sie vollkommen rehabilitiert. Margo hatte ihr die Zeitungsausschnitte zugeschickt. Augusta hatte der Kommissarin verziehen. Auch sie selbst war einem manipulativen Menschen aufgesessen und hatte lange gebraucht, sich das einzugestehen. Zufrieden nahm sie einen weiteren Schluck Tee, eine der Katzen gesellte sich schnurrend zu ihr.

Noch schliefen Sophie und die anderen Kinder und Jugendlichen. Ihr Projekt lief endlich in geordneten Bahnen, nachdem das Jugendamt die zweite Pädagogenstelle bewilligt hatte. Das war notwendig, denn sie hatte ein weiteres Pflegekind.

Sophie hatte inständig darum gebeten, Michelle aufzunehmen, und sie hatte zugestimmt. Karina, die neue Pädagogin, kam mit den Jugendlichen bestens aus, hatte ein Faible für Tiere und half zudem mit Begeisterung bei der Stallarbeit. Sie sah auf die Uhr, es wurde Zeit, die Kinder zu wecken. In dem Moment knarrte das Tor zum Stall, Sophie kam auf sie zu.

Wortlos trat sie zu ihr und legte die Arme um ihre Taille. »Mama, ich bin so froh, dass wir hierbleiben können. Und dass Michelle bei uns ist.«

Einen Moment standen sie eng umschlungen. Bis das Pony Max sich leise näherte und mit seiner Samtschnauze ihre Hände anstupste. Sie schlossen das Pferdchen in ihre Umarmung ein. Sie hatten lange miteinander gesprochen.

Abend für Abend setzte sie sich, wie früher, an das Bett ihrer Tochter und erzählte ihr Fantasiegeschichten. Oft sprachen sie aber über die zurückliegenden Ereignisse.

»Ich geh mal frühstücken und schau nach den anderen.« Sophie löste sich aus der Umarmung. Augusta stand neben dem Eselchen Sandiego, der morgens inhalieren musste. Sie spürte einen Lufthauch, eine Hand schob sich in ihre. Es war Michelle, die oft ihre Nähe suchte. Sie liebte das Mädchen wie ein eigenes Kind. Sophie hing an ihr und nannte sie ihre Wunschschwester. Das tröstete ihre Tochter darüber hinweg, dass Felix sich seit der Scheidung nicht mehr gemeldet hatte. Er schien sich nicht mehr für sein Kind zu interessieren. Vielleicht nahm er ihr nur übel, dass sie die Vermögensunterlagen aus der Familiencloud gefischt und der Anwältin zur Verfügung gestellt hatte. So flog seine Version auf, dass er kurz vor der Insolvenz stand.

Michelle hatte ihr etwas anvertraut, das ihr Geheimnis bleiben sollte, jetzt und für die Ewigkeit. Es war an einem Morgen, als sie in der Dämmerung mit ihrem Tee auf der Bank saß. Michelle sah übernächtigt aus, als hätte sie nicht geschlafen, ihre Augen waren rot geweint.

»Ich muss dir etwas sagen, auch wenn du mich wegschickst. Es ist schlimm.« Das Mädchen schluchzte, sie legte den Arm um sie. »Wir finden für alles eine Lösung, vertrau mir!«

Es ging um diese Nacht, als Holger Waldmann starb. Michelle stahl sich aus dem Haus ihres Vaters davon. Sie war verzweifelt und wollte noch mal mit Henry sprechen.

»Er lag da, blutete am Kopf und bewegte sich nicht mehr. Er war tot. Da war ich mir sicher, damals jedenfalls«, hatte ihr das Mädchen erzählt. Michelle war todtraurig über den Verlust des Freundes, denn damit hatte sie den einzigen Erwachsenen verloren, der ihr zuhörte.

»Ich wusste sofort, dass es mein Vater war, der ihn umgebracht hat«, sagte sie. »Der war an dem Tag voller Wut, ich dachte, er schlägt mich tot. Bis er plötzlich aufhörte und schrie: ›Das Schwein mache ich kalt, der weiß zu viel.‹« Sie weinte, und Augustas Pullover war schon nass, sie strich ihr über den Rücken.

»Der wollte nicht, dass es mit den Prügeleien rauskommt. Er war ja ein ehrenwerter Mann«, antwortete sie verständnisvoll. Vermutlich hatte er auf das Erbe spekuliert. Was für ein durch und durch verdorbener Mensch. Sie verspürte Ekel, wenn sie an die Tage dachte, als sie sich beinah nähergekommen waren.

Michelle hatte sich jetzt aufgerichtet. »Nein, das war nicht das Geheimnis. Es ging um Mama. Die ist nicht an ihrem Brustkrebs gestorben, sie galt als geheilt. Er hat sie stundenlang geprügelt, ich war eingesperrt, und als er mich rausgelassen hat, war ihr Körper schon kalt. Der hat sie totgeprügelt.«

Augusta war geschockt. Was für ein grässliches Geheimnis hatte die Kleine nur mit sich herumgetragen. »Und die Polizei?«

Michelle schüttelte den Kopf. »Der frühere Arzt war ein alter Freund von Papa, der fragte nicht groß, und dann wurde sie eingeäschert.« Sie wimmerte mit dem Kopf an ihrer Schulter. Augusta schwieg betreten. Das war schrecklich, doch vermutlich gab es keine Beweise mehr.

»Und Henry wusste davon?«

Michelle nickte. »An dem Tag habe ich es ihm gesagt, und als ich kam, war er tot. Ich wusste nicht mehr weiter.«

Schon lange hatte sie im Internet Wege gesucht, der schrecklichen Situation ein Ende zu machen. Sie hatte gelesen, dass der Tod durch Propangas sanft war, und wusste, wo sich die Gasflaschen in dem Haus befanden. Also hatte Michelle sich in den großen Raum gelegt, wo die Hunde gestorben waren, und die Ventile aufgedreht. Sie war eingeschlafen und später hochgeschreckt. Ihr war kalt. Sie konnte keinen Gedanken fassen, war benommen und dachte nicht an das Gas. Verwirrt taumelte sie hinaus, schaffte mit Mühe den Heimweg. Morgens wachte sie dort im Katzenkorb im Schuppen auf.

Sie wusste nicht, wie das Unglück geschehen war, vermutlich war es sein Boiler im Bad, der die Explosion auslöste. Hatte er sich trotz der Kopfverletzung eine Zigarette angezündet? Das würden sie nie erfahren. »Meinst du, ich hätte ihn retten können?«, wollte sie wissen.

Doch Augusta hatte ihre Ziehtochter beruhigt. »Selbst wenn Henry nicht tot war, seine Verletzungen waren schwer. Ohne die Explosion hätte er höchstens als Gemüse vegetiert. So ein Leben wollte er nicht.«

Was Michelle ihr anvertraut hatte, würde nie die Mauern ihres Hofes verlassen. Eines der Geheimnisse, das in den letzten 230 Jahren hier gelüftet wurde.

Henning Lüder war für den Mord an Holger Waldmann verurteilt worden, und Augusta fand es beruhigend, dass er mindestens zehn Jahre im Gefängnis sitzen würde. Wenn er eines Tages frei kam, wäre Michelle eine junge Frau. Und die würde sich zu wehren wissen.

DANKESCHÖN

Dieses Buch wurde gefördert im Rahmen des Stipendienprogramms der VG WORT in NEUSTART KULTUR der Beauftragten der Bundesregierung für Kultur und Medien. Allergrößten Dank dafür!

Monsieur K. sage ich Merci für das Verständnis und die Versorgung der vierbeinigen Freunde während der Schreibzeiten.

Nicht unerwähnt bleiben soll der Einsatz meiner Lektorin Claudia Senghaas, die dem Text den Schliff verpasst hat.

Ein Waldschrat mit seinen 40 Hunden lebte früher in einem Reetdachhäuschen, in dem ich in einem Zeitabschnitt meines Lebens zu Gast war. Danke an F.S. für die Unterlagen und gemeinsamen Gedankenspiele, die zum Roman wurden.

Mein herzlicher Dank gilt Experten der Polizei, die sich die Zeit nahmen, Einblicke in die Ermittlungsarbeit in einem solchen Fall zu geben. Hintergründe konnte ich mit POK Thorsten Möhlmann von der Polizeiinspektion Heidekreis erörtern. Danke für die Möglichkeit, der Rechtsmedizin im Butenfeld einen Besuch abzustatten – und Themen wie Mumifizierung von Mensch und Hund im Moor, Altersbestimmung und DNA-Proben zu ergründen, an die forensische Anthropologin Doktor Eileen Jopp und den Molekularbiologen Doktor Oliver Krebs.

Mit Informationen über Sucheinsätze und Aufklärung unterstützten der Leiter der Polizeiinspektion Cuxhaven Arne Schmidt, die Chefin der Kriminalpolizei Stefanie

Köster und der Pressesprecher Stefan Hertz. Der Mordermittler a.D. Manfred Lukaschweski hatte stets ein offenes Ohr für literarische Verbrechensplanung und deren Aufklärung.

Mumien aus dem Moor, das Mordwerkzeug und die Naturkulisse brachte Karin Fäcke, Leiterin des Moorinformationszentrums Ahlenmoor, der Autorin nah. Danke für lehrreiche Gespräche und Versorgung mit Fachliteratur.